부디 성공합시다

김종은은 1974년 서울에서 태어나, 추계예술대학교 문예창작과를 졸업하고 2000년『한국일보』신춘문예로 등단했다. 소설집『신선한 생선 사나이』『첫사랑』, 장편소설『서울특별시』등이 있다. 오늘의 작가상을 수상했다.

김종은 소설집
부디 성공합시다

펴낸날 2014년 3월 6일

지은이 김종은
펴낸이 주일우
펴낸곳 ㈜**문학과지성사**
등록번호 제1993-000098호
주소 121-840 서울 마포구 서교동 395-2
전화 02) 338-7224
팩스 02) 323-4180 (편집), 02) 338-7221 (영업)
전자우편 moonji@moonji.com
홈페이지 www.moonji.com

ⓒ 김종은, 2014. Printed in Seoul, Korea
ISBN 978-89-320-2608-4

＊ 지은이는 2010년 서울문화재단 및 한국문화예술위원회의 문학창작활성화 지원금을 수혜하였습니다.

부디 성공합시다

김종은
소설집

문학과지성사
2014

차 례

·

부디 성공합시다 7

줄넘기 41

등 77

버틸 수 있겠어? 109

지구본 137

상상과 거짓말 169

살구 177

가면 205

해설 리얼리즘의 리얼리즘_조형래 243

작가의 말 262

부디 성공합시다

열여섯 명이 모였다.

건네받은 커피는 지나치게 달았다. 고맙습니다, 하고 반갑게 덥석 받은 것이었는데 한 모금 만에 괜한 말 했다 싶었다. 머리가 띵할 만큼 달았다. 커피 한잔이 간절하던 차였다. 향 좋은 커피 한 모금 들이켜면 지독한 냄새를 어떻게 해볼 수 있을 것 같았다. 똥물이라도 퍼 나르고 있는지, 정문에 도착했을 때부터 코를 찔렀던 악취가 자리를 옮겼는데도 여전했다. 문제의 악취에 반응하는 사람이 나뿐인 듯해 더 고역이었다. 다들 태연한데 혼자 코를 틀어막을 순 없는 노릇이었다. 그렇게 반갑게 들이켠 커피였는데…… 앞니에 설탕 가루가 들러붙어 되레 인상만 더 쓰게 만들었다. 낯선 곳에 도착했을 때 그곳이 어떤 곳인지 단박에 알 수 있는 효과적인 방법은 대접받은 커피를 살펴보는 것 아니겠는가. 어떤 잔을 사용하는지, 향은 어떤지, 또 온도는 어떤지, 무엇보다 원두와 시럽과 크림의 조화는 얼마나 잘 이루어져 있는지. 종이컵에, 지독한 악취에, 미지근한, 원두의 품질은 고사하고 느껴지는 것이라고는 설탕 가루가 전부인 커피는 한 숨만 자아낼 뿐이었다. 어떤 곳일지 빤했다. 조화란 게 없구나, 조화. 조화란 이를테면 룰이다. 주저 없이 내 인생 최악의 커피로 꼽아도 좋을 문제의 조화롭지 않은 커피는 빌어먹게 양도 많았다. 숨만 쉬었을 뿐인데 연신 잔을 타고 주르르 흘러넘치고 있었다. 그렇게 홀짝이기조차 어려운 커피를 급하게 핥다 듣게 된 대답 역시 커피 맛처럼 최악이었다.

"전부입니까?"

"전부입니다."

"……"

"어떻게, 또 이렇게 되네."

말했다시피 앞니에 엉긴 설탕 가루 탓에 머리가 띵한 참이었다. 잔뜩 인상을 쓴 채로 애써 혓바닥을 굴려대고 있노라니 정말이지 오만 가지 생각이 다 들었다. 반갑게 덥석 받아놓은 터라 버릴 수도 없어 난감한 판인데, 무엇보다 열여섯 명이 전부라니 그야말로 기막히지 않겠나. 마음 같아서는 확 던져버리고 싶었지만, 참아야 했다. 한약을 들이켜는 기분으로 단숨에 삼킨다면 어떨까. 질끈 두 눈을 감고 삶이란 게 본디 고통을 감수하는 시간의 연속인 법이라 되뇌면서. 삼켜볼까? 뜨겁지 않을까?
성공은 인내의 다른 말일 것이라 여기자. 이 사회가 연단에 선
자에게 원하는 도덕이란 것도 결국에는 이론과 실천의 균형이
곤 했다. 해야 했다. 생각하고 보니 할 수 있을 것 같았다. 얼마
나 고역이었는지 물 한 모금 없이 돌멩이를 삼키면 딱 이렇겠다
싶었다. 그런데,

"야, 커피를 좋아하시네."

비죽비죽 튀어나온 턱수염을 소리 나게 문지르면서 사내가 말
했다. 우리 김 대리가 달달하게 잘 탄다고. 띵한 머리로 화사한
웃음을 머금은 수염 난 사내를 바로 보는 일 역시 고역이기는 마
찬가지였다. 대화의 기본 룰을 모르는 사람을 얼마 만에 만나게
된 것인지 몰랐다. 시작에서 일이 꼬이면 여지없이 마무리도 어
설프게 되곤 했던 불안한 기억들이 슬그머니 손을 내밀었다. 불
안했다. 초장부터 일은 그렇게 꼬여가고 있었다.

사내는 당당했다. 앞에다 '죄송합니다만' 정도는 붙여줄 줄
알았는데. 죄송합니다만 그렇게 됐어요,가 아니라 자신 있게 그
렇게 됐다,고 말한 것이 전부였다. 소도시 사람들을 만날 때마
다 느끼는 것인데 뻔뻔한 구석들이 있다. 물론 적은 숫자는 아
니었다. 축구도 할 수 있고 야구도 할 수 있는 숫자. 신세기를
이끌어낸 지저스와 제자들, 마리아까지 합쳐도 열넷이었다. 그
러니까 세상을 바꿀 수도 있는 숫자다. 그렇듯 긍정적인 생각이

필요했다. 하지만 정원이 이백 명인 강당 안에 줄조차 맞추지 않은 채 띄엄띄엄 자리 잡은 열여섯의 초라함은 쉽게 떨치기 어려운 것이었다. 누군가 먹다 버린 삶은 옥수숫대에 가까스로 매달린 옥수수 알갱이를 본 기분이랄까. 저걸 다 삼켜야 한다니. 엄두가 나지 않았다. 연단에 선 자는 무슨 일이 있어도 청중을 용감하게 삼켜버릴 줄 알아야 하는데.

나름 비장했던 순간 누군가 에취, 하고 재채기를 했다. 에취…… 에취…… 에취…… 에취…… 메아리가 퍼져 나갔다. 메아리라니. 메아리가 속삭였다. 긍정적인 생각은 미련 없이 버리라고. 메아리는 그런 투로 처연하게 가슴을 파고들고 있었다.

"어떻게, 더 드려?"

"괜찮습니다. 닥터가 카페인하고 상극이래요."

"상극이? 그게 누군지……"

"아…… 제 의사요. 그런데 좀 기다려보는 건 어떻겠습니까?"

"전부라니까."

다시금 전부라니까…… 전부라니까…… 전부라니까…… 전부라니까…… 메아리가 말했다. 고교 시절 동시 개봉관에서 들어봤던 고전적 에코와 다시 만난 순간이었다. 영화가 시작되려던 찰나 어김없이 스크린에 등장했던 괴이한 뿔테 안경의 여자를 여태 잊지 않고 있었다. 그녀의 목소리에도 마주 앉은 사람의 힘을 쭉 빼버리는 놀라운 능력이 있었다. ○○ 사거리 ○○ 안경원…… 안경원…… 안경원…… 안경원…… 전반적으로 그런 기분이었다.

내가 다녔던 고교의 교장은 연단에 서는 일을 거른 적이 한 번도 없었던, 퍽 성실한 사람이었다. 성실하다는 것은 버틸 줄 안다는 뜻이고 버틴다는 것은 모름지기 그것이 뭐든, 보잘것없을지라도, 잘하는 것이 최소 하나는 있다는 것 아닐까. 한 달에 네 번, 일 년이면 오십 번, 비가 오나 눈이 오나 교장은 손에 쥔 마이크를 놓지 않았다. 성실했다. 형편없는 말솜씨의 교장에게도 기막히게 잘하는 것이 하나 있었다. 거기 짝다리, 튀어 나와서 머리 박어. 연설은 시원찮았지만 짝다리 짚은 녀석을 골라내는 능력만큼은 입이 떡 벌어질 수준이었다. 그것이 야속하고 너무하다 싶어 대부분 학생들은 그를 악의 화신쯤으로 여겼다. 나도 그랬다. 누구도 밝혀내지 못했던 강당 중앙의 교장 사진 속 두 눈을 파버린 범인이 실은 나였다. 그런데 순간, 어쩐지 교장을 이해할 수 있을 듯한 기분이 되고 만 것이었다. 그때는 연단 위의 시선이라는 것을, 그 고독함을 알지 못한 나이였다. 얼씨구. 저것 좀 보란 말이다. 뒤에서 두번째, 벌써부터 졸고 있다. 돌려놓은 의자에 두 다리까지 올려둔 채다. 벗어놓은 신발에서 고린내가 풍기는 듯했다. 지독한 냄새는 혹 저기서 시작된 게 아닐까. 거기 아저씨, 이리 튀어 나와서 머리 박으세요, 하고 싶은 기분이었다. 하지만 참아야 했다. 아무래도 인내는 섹스와 닮아 있는 것 같다. 처음이 어렵지 하다 보면 쉽다. 것뿐인가, 자꾸 참다 보면 무덤덤해진다. 연단에 서려면 뭐든 삼켜야 하는 운명을 받아들여야 한다. 그래서 나는 참았다. 내 성실함의 근원은 인내다.

"의외로 다들 성공에 관심이 없나 봅니다."

불평처럼 내뱉은 혼잣말이었는데 귀는 또 밝은지 사회를 맡기로 했다는 사내는 눈을 크게 치켜뜨더니 우악스럽게 되물었다.

"뭐요?"

"이게…… 강당이 굉장히 큽니다."

"가끔 족구를 하는 데니까."

"아, 족구…… 좋죠."

"어떻게, 선생님도 뿔 좀 차시나?"

"구기 종목에 약한 편입니다."

이상했다. 그를 따라가고 있노라면 대화는 의지와 상관없이 기묘한 방향으로만 흘렀다. 아뿔싸, 이 대답은 아닌데 싶었지만 이미 늦었고, 그런 식의 반복. 끝을 조금 힘주어 말한 탓에 약한 편입니다…… 약한 편입니다…… 약한 편입니다…… 약한 편입니다…… 예의 메아리가 돌아왔다. 그에 맞춰 온몸에 힘이 쭉 빠져버렸다. 정신이 아득했다. 뭐랄까, 닿을 수 없이 까마득해 보이는 봉우리를 산소통 없이 등반하는 기분이랄까. 별안간 눈이 부셨고 호흡이 가빠졌으며 알 수 없는 메아리가 귓가를 맴돌기 시작했다. 그래, 참으리라, 정상에 오르는 길이란 누가 뭐래도 고난의 길이니.

성공하는 사람의 화법이라는 것을 정리한 적이 있었다. 『유통기한 지난 삼각김밥 이론』 8장에 자세히 기록해뒀다. 포인트는 상대방의 말에 적절히 화답할 줄 알아야 한다는 것. 나는 그것을 '대화의 하모니'라 칭했는데, 타인과 대화를 할 때 지나치게 자신의 목표만을 내세우다 보면 어느새 화자의 말투가 공격적이 됨을 잊지 말아야 한다. 곧 적절히 고개를 끄덕여야 한다는 것이 요지 되겠다. 누군가 전 홍합을 먹으면 이상하게 정수리가 가려워요, 라고 대화를 시작한다면 일반 상식 따위 생각하지 말고 그를 기묘한 눈초리로 바라보지도 말고 똥 씹은 표정도 물론 짓지 말고, 비록 사실이 아닐지라도 한때 저도 그런 적이 있었죠, 라고 되받아치자는 것이다. 설사 그런 적이 없을지라도 그것은 일반적인 거짓말과 범주가 다르다는 것을 잊지 말자는 건데 잘 이해되지 않는다면 뭐랄까, '한 차원 높다' 정도로 받아들이면 되겠다. 대체 한 차원 높은 것이 또 무엇이냐 묻는다면 노코멘트라고밖에 말할 길 없는 것이 참으로 아쉽기는 하지만 그것은 성공학의 영역이 아니라 철학의 영역이니 나로서도 어쩔 수 없음을 너그럽게 이해해줬으면 한다. 강조컨대 몰라서 그러는 것이 아니고 성공에 철학은 대체로 걸림돌이기 마련이니 철학이라면 길게 이야기하고 싶지 않은 것뿐이라 하겠다. 그러니까 이 남자와는 도무지 그 '하모니'를 이룰 수 없을 것 같았다는 것을 말하고 싶었다. 이것 참. 솔직히, 뿔 좀 차시나?에 뭐라 반응을 해야 하는 것일까. 적절한 대답을 찾을 수가 없었다. 그러니 멍하니 있을 수밖에. 때마침 정체를 짐작할 수 없는 누런 얼룩이 가득한 장갑을 벗어 뒷주머니에 욱여넣은 사내는 다시 내게 말했다. 지나치게 공격적으로,

"말을…… 참 이상하게 하시네."

"예?"

"어제 죄다 당직했던 사람들이라. 조는 사람 있어도 신경 쓰지 말라고."

"그렇죠. 피곤들 하실 텐데 되레 영광입니다."

"이런 거는 왜 하는지. 나는 이 프로필 그대로 읽으면 되나?"

"그러세요."

"강사 선생님이 테레비도 나오셨다며?"

"예. 몇 번."

"못 봤는데…… 몇 번? 칠 번?"

"예?"

"칠 번?"

"아, 칠 번에도 나왔고 십일 번에도 나왔고."

"우리 집은 비 오면 칠 번이 잘 안 나와."

"아, 그러시구나."

"어떻게, 여긴 엠비씨가 십일 번 아닌데. 똑소리 나신다더니 아무것도 모르네."

"예?"

"에이, 칠 번이 잘 안 나온다고."

"아, 예에……"

"서울 사람들은 엠비씨가 다 십일 번인 줄 알아."

"아무래도…… 그렇죠?"

아아, 다시금 이 대답이 아닌데 싶었지만 또 늦고 말았다. 말을 마친 그는 대뜸 앞섶에서 껌을 꺼내 씹기 시작했다. 버릇이 돼놓아서 이해해달라면서. 대체 어쩌자고. 역시 별안간 눈이 부셨고 호흡이 가빠졌으며 알 수 없는 메아리가 귓가를 맴돌 뿐이었다. 별수 있나. 아무래도 개정판에는 8장의 내용을 전면적으로 수정해야 할 모양이었다.

언젠가 자고로 성공이란 시크한 것이라 말한 적 있었다. 물론 『유통기한 지난 삼각김밥 이론』 12장에 좀더 상세하게 기록해뒀으니 참고해도 좋겠다. 어찌 됐든 지방의 소도시라면 아무래도 성공과는 거리가 있다는 것을 비로소 실감할 수 있는 순간이었다. 그렇게 마음을 다스려야 했다. 고로 대한민국인이라면 서울에서 살아야 할 필요가 있는 것이다. 서울 본사 직원들은 달랐다. 그렇게 본사 쪽 일만 죽 했으면 좋았겠지만 서울 사람들은 셈에 밝아서 이왕이면 사업장까지 해달라며 부탁해왔으니 어쩔 수 없는 노릇이었다. 세상사에는 일장일단이라는 게 있다. 솔직히 말하자면 부탁이라기보다 애초 계약이 그랬다. 마트에서 끼워 파는 요구르트처럼 본사에다가 사업장까지 하는 걸로.

황망했지만 아무렴요 그렇게 해야죠, 아무렇지 않게 대꾸해야 했다. 강의료를 깎이느니 한두 군데 더 하는 것이 여러모로 나았다. 그래서 덥석 손목까지 쥐고는 서둘러 악수를 나눈 것이었고 계약은 그제야 성사될 수 있었다. 근 사십 일 만이었던 터라 그만하면 진심으로 좋았다. 마트에서 끼워 파는 물건도 결코 싸지 않다. 내 경우처럼 누이 좋고 매부 좋은 것이라 할까. 다만 좋은 게 좋은 거라고 넘기기에 이곳은 좀, 심했다. 이곳에 도착하기까지, 또 도착해 시작부터 주고받은 대화란 게 당황스러운 것들뿐이었다는 말을 꼭 하고 싶었다.

> **"차새대 비주니스 리더들이여, 이제는 전쟁을 준비할 때다!"**
>
> 2006년도 1/4분기 정기교육, (주)대건식품

그런데 대화는 그렇다 치고 조는 사람들도 제쳐두더라도 현수막부터가 신경 쓰이지 않을 수 없잖는가. 부담스러운 강당에 걸맞게 부담스러운 현수막이었는데 전반적으로 삼 도쯤 기울어져 달려 있었고 오타 치고는 심한 데다가 글씨 색마저 새빨갰다. 그래서 다시금 조심스럽게 물었던 것이었다. 그냥 현수막을 내리는 것이 어떻겠느냐고. 수염 난 사내의 똑 떨어진 회신. 불가능하다는 것이었다.

"저걸 내리려면 넷은 있어야 되는데. 뭐 오타 하나 났네. 선생님도 참. 의외로 쫀쫀하셔. 어떻게, 차세대나 차새대나 읽으면 그게 그거지."

'비주니스'는 진심으로 모르는 투였다. 그 앞에 설 생각을 하고 보니 역시 정신이 아득할 지경이었지만 어쩌면 주제와 제목을 저렇게 잡은 내 잘못 아닌가 하는 생각도 들어 또 참을 수밖에 없었다. 오늘 참 여러 번 참는다. 성공한 사람들의 공통점 중에는 문제를 자기 탓으로 돌리는 겸허한 자세도 있다. 그런 다음 그 문제를 발 벗고 앞장서 해결하는 것인데, 그것 역시 일종의 룰이라면 룰이라 할 수 있겠다. 이메일에 첨부해 보낸 파워포인트 파일 스케줄표의 원문에다 사실 '비즈니스'와 '리더'는 영문으로 해뒀었다. 새 시대의 키워드 컨트롤 씨를 모르는 것인지, 그렇게 긁어다 붙이는 것도 못 하나 싶은 참이었는데 길 건너 현수막 하시는 박 사장님이 내일모레 일흔이라는 사실을 친절히 일러주기까지 하니 역시 고개를 숙일 수밖에 도리가 없었다. 모든 건 아무것도 몰랐던 내 탓이었다. 파워포인트 파일을 적용해낸 사실만으로도 대견하다 생각해야 한다니. 노인 양반한테 차마 일처리가 이게 뭐냐 어쩌고저쩌고 할 수는 없었단다. 사람은 자고로 양심이 있어야 한단다.

"옳은 말씀이십니다."

"그 박 사장이요, 제 돌잔치에 오신 양반입니다. 우리 아들 돌이 아니고 내 돌."

그러고는 대뜸 호탕하게 웃는데 대화의 하모니고 뭐고 진짜 뭐라 더 이상 할 말을 찾을 수가 없었다. 어찌나 크게 웃었던지 그의 입속에 들어 있던 껌이 쏙 튀어나와 바닥에 떨어졌는데 그는 또 그것을 아무렇지도 않게 주워 입에 넣고는 거듭 말을 이었다. 아무리 좋게 생각하고 싶어도 시크하지 않은 행동임이 틀림없었다. 천진난만한 표정으로 엄마는 연필을 잡았으면 했다는데 자신은 실을 잡았다면서 그래서 자기는 평생 건강 걱정이 없다고. 어쩌라고요. 사내의 눈과 다시금 마주하니 대체 어찌해야 할지 도통 감을 잡을 수 없었다. 하모니 따위는 잊은 지 오래였다. 손톱까지 물어뜯고 말았다.

"어떻게, 선생님은 돌 때 뭐 좀 잡으셨나?"

"둘째라 돌잔치를 안 했습니다."

그런 다음 손톱을 오도독오도독. 그렇게 십 분은 지나치게 길었다. 부장님 오셔야 되니까 십 분만 이따 합시다, 하기에 재차 예 그래야죠, 한 것이 후회됐다. 차라리 미리 시작할 걸 그랬다. 십오 분이 지나도 부장이라는 사람은 나타나지 않았고 대신 머리에 수건을 동여맨 아주머니가 출입구를 열고 등장해 난데없이 소리를 질렀다. 아무래도 이곳 사람들은 전부 다 등장의 '타이밍'이란 것을 모르는 모양이었다. 뭐랄까, 시트콤을 찍고 있는 기분이었다.

"김 반장! 부장님 못 온다네."

"자알한다."

"빵꾸!"

"진즉에 말을 해야지. 여기 선생님이 얼마나 기다리셨어. 그나저나 어떻게, 우리 아줌마들 또 한잔해야지?"

"반장은 날부터 잡소, 맨 말만."

다들 오늘 작정이라도 한 모양이다. 순간 뒤에서 두번째가 퍼뜩 발작처럼 조오~ 았어! 하고 소리를 지르더니 잠에서 깼다. '반장'에 깬 것인지 '부장'에 깬 것인지 '우리 아줌마'에 깬 것인지 '한잔'에 깬 것인지 알 수 없었지만 뒤에서 두번째는 여하튼 그렇게 조오~ 았어! 하면서 깨어났다. 정말이지 시트콤 같았다. 그나마 에티켓은 알고 있었던 모양인지 내 얼굴을 확인하고는 앞자리에 올려놓았던 다리를 슬그머니 내렸다. 부장은 안 온다지, 아줌마는 날 잡으라 하고는 나갔지, 그렇게 잠에서 깬 사내도 의자를 돌려놨으니, 그래 이제 진짜 시작이다 싶어 마음도 덩달아 놓였으면 했다. 한데 의자 끄는 쇳소리가 텅 빈 강당 벽을 타고 그야말로 부담스럽게 퍼져 나가고 나니 그게 또 쉽게 되지가 않았다. 절로 이를 악물 수밖에.

우여곡절 끝에 사회를 맡은 사내가 박수를 쳐대며 소리를 지르기 시작하기까지 십 년쯤 늙어버린 기분이었다. 어찌 됐든 진짜 시작되는 모양이었고 그제야 비로소 안심할 수 있었다. 마른침을 삼키고는 마음을 다잡으면서, 이제 시작이다, 바야흐로 열여섯을 삼킬 순간이 도래했다. 뭐 그렇게 늘 하던 대로 내 이름이 불리기만을 기다리고 있었다. 그런데,

"아니다. 어떻게, 사진부터 박아야지. 일단 모입시다, 다들."

죽겠다. 열다섯이 저마다 자리를 털고 일어서니 강당 안은 더없이 소란스러워졌다. 이마에 커다란 점이 있는 사내는 사진을 찍네 마네, 머리를 빗네 마네, 면도를 하고 오는 게 딱 좋겠네, 해가면서 십여 분 설레발을 쳤다. 문제의 사내가 머리를 빗은 모습과 면도를 한 모습을 떠올려봤지만 지금과 그닥 다를 것 같지 않았다. 그러니까 전반적으로 나란 사람은 안중에도 없는 분위기.

"어떻게, 우리 선생님도 박으실까?"

"됐습니다."

"이게, 제출해야 되는 거라 골치가 아파요."

"그럼요, 찍으셔야죠."

그럼 빨리 찍든가, 박든가. 사회를 맡은 사내는 아 놔, 빠떼리! 하고 박수를 치더니 강당 출입구를 박차고 달려 나가 역시나 십여 분 후에야 돌아왔다. 그 와중에 몇몇은 또 오줌을 누고 오겠다며 내게 손을 흔들었다. 번개같이 갔다 올 테니 행여 미리 시작하지 말라고.

한때는 좋았다. 누군가 내 이름을 불러줄 때 미소 지으며 조용히 자리에서 일어나는 순간마다 얼마나 들떴는지 모른다. 목소리를 가다듬고 있노라면 어깨에 힘이 들어갔고 나만을 바라보는 눈동자들이 부담스럽기는커녕 자랑스러웠던 시절이 있었다. 고개를 끄덕이는 타인의 이해와 한편으로 고개를 숙이는 탄식의 회한 따위, 다 내 것처럼 여겨져 짜릿하기만 했던 시절이었다. 박수를 받고 나면 정말이지 내가 중요한 일을 하고 있다는 생각을 할 수 있었다. 그것이 연단의 매력이었다. 그렇지 않았다면 멀쩡한 직장을 그만둘 이유가 없었다. 아무도 없는 풀장에서 한가로이 배영을 하는 기분이랄까. 그래서 평생까지는 아니더라도 한 이십 년쯤은 계속 하고 싶었고 그렇게 될 것 같았다. 될 줄 알았다. 그래, 내게도 휘황찬란하지는 않았으나 적어도 성실해 보이는 청사진이라는 것이 있었다. 세 권쯤 책을 내고 강의는 십 년쯤. 연구소를 하나 차리고 여름이면 '서머 석세스 캠프'를 열고 겨울이 되면 '사랑의 열매' 같은 것도 뭉텅이로 구입해 좋은 일도 하면서. 성공의 기쁨은 아무래도 나눔에 있는 것 같습니다, 헛헛헛, 이라는 멘트까지 생각해놓았으니까. 그렇게 근 이 년은 경주마 같은 나날이었다. 뒤돌아보기는커녕 옆조차 잘 보이지 않아 전진뿐이었다. 앞으로만 달리는 기분은 나쁘지 않았다. 질주를 모르는 사람들만이 대책 없이 폭주족을 비난하는 법. 그러니까 폭주족마저 충분히 껴안을 수 있었던, 아니 내 자신이 폭주족 비슷했던 그 시절은 뭐랄까, 내 인생의 너그러운 포인트였다 해도 좋겠다. 한데 지금으로선 곤혹스러울 따름이다. 시야가 좁아진 느낌이랄까. 배영이고 뭐고 이제는 가라앉는 느낌이 전부다. 멀리 보려 해도 작은 것만 눈에 들어오는 것이 묘할 뿐이었다. 커피, 수염, 현수막, 바닥에 떨어진 껌 같은. 이 기분을 뭐라 설명하면 좋을까. 연신 출입구만 되돌아

보기를 반복한 것은 그 때문이었다. 부러 그런 것이 아니라 문득 그게 눈에 들어왔다. 나도 저랬으면 좋겠다 싶어서 그랬을까, 아니면 성공이 점점 멀어지는 느낌 때문이었을까. 새삼 출입구(出入口)가 동시에 비상구(非常口)임을 알아차렸다. 새하얀 바탕 위에 녹색으로 그려진 사람이 내게 말을 걸었다. 확 때려치우고, 갈래? 그럴래? 픽토그램 인간처럼 문을 박차고 뛰쳐나와 무작정 달리고 싶었다. 그렇게 할 수 있다면 어쩐지 과거를 돌아볼 수 있을 것 같았다. 하지만 그럴 수 없는 노릇이었다. 비상구 이전에 출입구니까.

아내가 그랬다.

"당신…… 변했어."

해야 할 말과 또 정리해야 할 말들이 발목만 잡지 않는다면 당장에라도 훌훌 털고 떠날 수 있을 것 같은 기분, 어찌 된 일인지 선뜻 입이 열릴 것 같지 않은 묘한 기분에 아내의 말이 떠오른 것이었다. 도망치고 싶다는 생각을 하다니 프로답지 못하게. 안 될 말이었다. 적정 수준의 강의료, 무엇보다 내게 절실한 것이었다. 어떻게든 엉키고 있는 생각들을 풀어야 했다. 생각을 정리해 제자리를 찾아야 했다. 일목요연하게. 논리적이지 않다면 타인을 설득할 수 없다는 게 이 바닥의 기본인데, 우리끼리 하는 말로 청중을 삼키기 위해 가장 중요한 것도 그것이다. 어찌 됐든 그렇게 할 수 없는 입장이었음에도 연신 그런 생각이 들었다는 것을 알아줬으면 좋겠다. 확 때려치우고, 갈까?

힘들어. 뭐 그렇게.

마크 속 사내는 지나치게 비현실적이잖아. 나는 스스로를 달래고 있었다. 저 도안을 만들었다는 오타 유키오 교수가 그랬다. 하단을 개방하면 달리는 사람의 모습을 둘러싸고 있는 공간이 바라보는 사람의 공간과 심리적으로 연결된다고. 그래서 달리는 사람이 자기 자신이 될 수 있다고. 아니다. 그렇지 않다. 가만있어 보자, 저 그림, 다급하기보다는 어쩐지 외로운 느낌이다. 오타 씨는 비상(非常)의 순간, 인간은 도무지 침착할 수 없는 존재라는 것까지 드러낸 것일까. 모르겠다. 무언가 일목요연하게 정리해야 할 순간에 나는 그렇게 당황하고 있었다. 언제 다가왔는지 어깨 뒤에서 사내가 내게 말했다.

"저걸 이렇게 보고 있으면 말입니다……"

"예?"

"이렇게 봐봐요. 이렇게……"

"이렇게…… 게요?"

뭔가 알고 있다는 듯 여태 들을 수 없었던 침착한 목소리 탓에 나도 몰래 그를 따라 고개를 기울인 찰나였다.

"뿔 차는 거 같죠?"

"예?"

"족구의 상징, 뭐……"

그는 다시 소리 내 웃었지만 나는 그렇게 할 수 없었다.

언젠가 방바닥에 누워 괜히 피식거리며 혼자 구상했던 것처럼 일이 잘 풀렸다면, 계속 당당할 수 있었을까 생각해본 적이 있었다. 연구소니 사랑의 열매 뭉텅이 같은 것 말이다. 하지만 아무래도 그건 정답 같지 않았다. 한 달에 마흔 번 강단에 서는 것과 네 번 서는 것의 차이란 시간의 문제 그 이상도 이하도 아니리라 생각하던 터였다. 실패했다는 생각은 아직 하고 싶지 않은 것인지도 몰랐다.

비즈니스에는 오르고 내리는 그래프가 존재하는 법이었다. 그것을 부드럽게 타지 못하면 추락의 순간 좌절과 맞닥뜨려야 하는 법. 대책 없는 청중과 함께하는 이런 터무니없는 곳에서의 강의나 가뭄에 콩 나듯 찾아드는 기회까지도 훗날 성공 신화의 소박하고 그래서 좀더 멋진 에피소드가 될 수 있지 않을까. 누가 뭐래도 나는 성공을 좇는 사람이다. 내게 실패란 있을 수 없다. 여의치 않던 순간 에디슨도 번역 일을 했고 심지어 점원도 했다. 늘 전구만 붙잡고 살았던 것이 아니다. 에디슨을 위대한 발명가라 하지 말자. 실은 위대한 사업가 아닌가. 그는 그래프를 유연하게 탈 줄 아는 사내였다. 반짝이는 강당의 전구 알을 보면서 나는 그렇게 스스로를 달래고 있었다. 아직까지는 할 만했다. 아니, 해야 했다. 아내의 말처럼 되어선 안 됐다. 피곤하게 강사 일은 뭐 하러 붙잡고 있느냐고, 남대문 시장에 들러 꽃을 사고 배달부터 해나간다면 같이 충분히 해볼 수 있다고. 꽃 가게나 같이하자며 툭하면 다마스의 열쇠고리를 흔들어댄 아내가 늘 야속한 터였다. 사실 나는 그녀가 흔들어 보인 성공 열쇠의 실체가 탐탁지 않았다. 성공이라기엔 지나치게 초라했다. 운송과 배달, 거기에 다마스라니. 메트로폴리스의 글로벌 리더와는 백 광년쯤 떨어져 있는 단어 아닌가. 그래서 혹하는 마음이 아주 없었던 것은 아니었음에도 사십여 분에 걸쳐 자기계발이라는 것이 인간에게 얼마나 중요한 것인지 아내에게 설명해야 했다. 꽤 진지하게 경청한 그녀에게 알겠어?라고 물었을 때 아내의 대꾸는 짧았다.

"그럼 한 달에 백만 갖고 와라. 더도 덜도 말고."

아내는 그렇게 말하더니 자기계발학과 간부학, 성공학, 문서 관리 요령 일람표와 경력 관리 수칙, 시간 관리 백서와 화술학, 협상원론과 각종 프레젠테이션 매뉴얼로 빼곡한 책장 위에 보란 듯 다마스 열쇠를 올려놓고 뒤돌아섰다. 안 될 말이었다. 자본주의로 외피를 꽁꽁 동여매고 있는 시크한 메트로폴리스 서울에서의 성공이 기껏 프리지아 한 단만도 못하다니 말이 안 된다. 죽은 에디슨이 벌떡 일어나 통곡할 소리였다. 한데 아내의 말이 쉬 지워지지 않았다. 꽃은 향기도 나고 무엇보다 받는 사람이 즐거워한다니까. 게다가 그걸 크게 욕심내는 사람도 없다니까.

시간 되면 플라워 숍 관리 요령을 정리해줄게, 라며 대꾸했지만 아내는 귀담아듣지 않는 눈치였다.

"됐고, 개구리 얘기 아냐? 욕심 부리면 배 터진다. 애도 아는 걸."

성공이란 욕심이 아니라 목표라는 것을 설득해야 했는데 그게 잘 되지 않았다.

"작은 사업이라도 요령을 아는 것과 모르는 것은 천지 차이야."

"니가 옮겨주고 배달하면 된다니까. 그걸 배워야 알아?"

맙소사. 뭐랄까, 제자리를 빙빙 도는 느낌이 좋지 않아 말을 말자 했던 기억. 그런데 이 꼬질꼬질한 강당 연단에서 왜 그 말이 자꾸만 떠오르는 것일까. 매끄럽게 논리적 설명을 마쳤는데도 타인이 이해하지 못하는 순간마다 목이 졸린 느낌이 들었더랬다. 지금의 처지가 비슷한 까닭에서일까.

"거, 할 거면 빨리 합시다."

아니 지금 누구 때문에 늦고 있는데. 근 오백팔십 회 이상을 한 강의를, 곧 육백 회 기념 강의를 준비하고 있는 내가 오늘은 왜 이렇게 힘든지 알 수 없는 노릇이었다. 속이 메슥거렸다. 이 놈의 악취. 누군가 카메라 플래시를 터뜨렸을 때에는 움찔 놀라 그만 고개까지 숙였다. 시크하지 못한 행동이었다. 이런 적이 없었는데. 시작도 하기 전에 지쳐버렸다. 하지만 뭐 괜찮다. 쫄지 말자. 일목요연하다면야 다 가능하다. 그렇게 마음을 다시금 다잡아야 했다. 비상구의 사내가 비로소 멀리 달아나기 시작했다. 나는 연단의 마이크와 하나가 되기 위해 숨을 골랐다. 프레디 머큐리가 그랬다. 쇼는 계속되어야 한다고. 그래서 애써 연이어 복식호흡을 한 다음 셔츠의 깃을 정리한 참이었다. 전부 다 삼켜버리겠어! 연단의 사내가 이윽고 잡음이 심한 마이크로 익숙한 이름을 발음했다. 그래, 다들 기대하시라. 보란 듯이 삼켜주지.

"자아, 병신의 귀재!"

웃음이 터져 나왔다.

"변신! 변신!"

사내는 애써 정정했다. 그랬다. 나는 변신의 귀재였다.

모 프로그램에 그렇게 소개된 이후 문제의 닉네임이 연신 공중파를 타고 전국으로 송출됐다. 명색이 모두들 귀재라 인정한 판에 대체 하지 못할 게 뭐 있었을까.

○○ 대학 경영학부 졸업, 시카고 랭귀지스쿨 육 개월 수료,

○○ 전자 공채, 기획 조정실 근무, 자진 퇴사(상세히 알려지지 않은 사실인데 구조 조정의 압력이 아주 조금 있긴 했다), 터무니없이 때늦은 노래방 창업, 예견된 대실패, 편의점 세 곳, 주유소 네 곳, 김밥 전문점은 무려 여섯 곳, 만화대여점, 구천 원 치킨집, 천 원 마트, 죽 전문점 등을 전전하며 아르바이트 시작, 이후 홈페이지 NMF(No More Fail, 더 이상 실패는 없다) 개설, 회원 수 이만 돌파, 홈페이지에 연재한 「성공을 확 잡아라」가 세간의 주목, 자기계발, 간부학, 성공학 자체 연구 및 강의 시작, 팬 블로그 성아사(성공만 아는 사나이) 운영(해당 포털 일반인 개설 블로그 사상 최단 기간 최고 방문자 수 기록). 그것이 오르고 내린 내 비즈니스 굴곡의 면면이었다. 화려하기보다는 굴곡 심한 그 이력을 사람들은 변신이라 칭했다. 김건모의 「사랑이 떠나가네」와 PCS 전화기보다 스펠링 이해가 더 버거운 'IMF'라는 단어가 온 나라를 떠들썩하게 만들었던 시절, 많은 사람들이 생각만으로도 지긋지긋해하는 1998년은 내게 영혼을 걸고 돌아가라 해도 선뜻 베팅할 수 있을 만큼의 황금기였다. 성공은 위기에 불현듯 벌컥 문을 열고 찾아드는 법이었다. 모든 사람들이 초조해하고 있었지만 나는 자신에 가득 차 있었다. 위기와 실패로 점철된 그들에게 성공은 산뜻한 향의 비타민 같았고 그런 이유로 나는 보기 좋은 알약을 건네면서 승승장구할 수 있었다. 그때는 만인이 모두들 내 그래프 위에 올라탈 준비가 되어 있는 것 같았다. 기획실 근무 경력을 앞세워 수많은 대기

업의 강당을 드나들기 시작했고 라디오와 텔레비전에 소개됐으며 한 달뿐이긴 해도 모 일간지에 칼럼까지 연재했다. 그 '알쏭달쏭한 성공수칙'이라면 아직 기억하고 있는 사람이 꽤 됐다.

나름 필살기라 불러도 좋을 내 이성과 경험의 총체 '유통기한 지난 삼각김밥 이론'이 빌어먹을 타이밍 탓에 '누군가 옮겨 놓은 치즈 이론'에 살짝 밀린 것은 사실이었지만 단연코 한 번도 주눅 든 적 없었다.

다행히 이제 표절 논란은 사라졌다. 사실 애초부터 논란이 일 이유가 없었다. '유통기한 지난 삼각김밥 이론'은 '누군가 옮겨 놓은 치즈 이론'보다 시기도 앞섰거니와 내용 자체도 좀더 실제적이었다. 성공에 우화라니 말이 되나. 성공은 실체다.

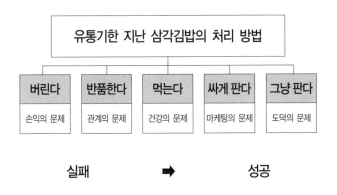

이 뚝떨어지는 실체를 우화의 표절이라 말하는 사람들은 강조컨대 죽었다 깨도 성공하지 못한다. 손에 쥐어지지 않는 성공

은 자기기만이다. 마스터베이션과 다를 게 없다.

"반갑습니다. 이렇게 만나 뵙게 돼 영광입니다. 성공학 강사 김형준입니다."

어제 저녁 몇 군데 신문사와 포털 사이트를 뒤지던 중 흥미로운 사진을 발견했다. 강의에 포함시키면 좋을 것 같았다. 웹서핑은 언제고 강의에 유효했다. 남의 것을 슬쩍 훔치는 기분이긴 했지만 하기 싫은 일이라도 억지로 할 필요가 있다는 것을 받아들인 지 꽤 오래였다. 대중이란 지나치게 트렌드에만 집착하기 마련이라 나로서도 어쩔 수 없는 부분이다. 물론 사실이든 아니든 문제될 것은 없었다. 그렇게 따지자면 일반적인 처지에 빗대 설명을 해야 비로소 알아먹는 사람들에게 리더의 성공 운운하는 것 자체가 옳은지 그렇지 않은지부터 문제 아니겠나. 어찌됐든 시카고 공원 잔디에 누워 있는 남자의 사진이었기 때문에 괜히 옛 생각도 났고 그래서 그냥 지나칠 수가 없었다. 문제의 사진은 남자를 기준으로 특정 부위의 축소와 확대가 지속되는 슬라이드 형식이었다. 사진은 열 장 남짓 이어지고 있었는데 그 축소와 확대는 우리가 흔히 볼 수 있는 백 배, 이백 배 줌과 차원이 달랐다. 사진은 남자의 손등을 지나 일 센티미터에서 일 옹스트롬, 일 피코미터를 거쳐 세포와 핵과 분자를 차례로 보여줬고 또 그 반대로 나아갔다. 그래서 나는 단 두 번의 클릭만으로 남자의 DNA 구조에서 남자가 누워 있던 잔디를 지나 십 미터에서 일억 킬로미터, 십억 광년을 거쳐 태양과 태양계와 은하까지 볼 수 있었다. 정말 굉장했다. 눈으로 봐도 믿기지 않는 현실이 있다는 것이 새삼스러울 지경이었다. 그건,

감동적이었다.

인간의 몸과 우주는 거짓말처럼 닮아 있었다.

청중에게 이것을 어떻게 설명해줄 수 있을까. 하지만 그런 말이라면 해봐야 소용없다는 것 역시 누구보다 잘 알고 있는 터였다. 그래서 칼 세이건의 『코스모스』를 떠올렸고 물리학이란 결국 상상력이다,라는 구절에 밑줄을 그었다. 한 줄의 시답잖은 격언이 어째서 한 인간의 지식의 척도와 됨됨이까지 가늠하는 기준이 되어버렸는지 알 수 없지만 그것이 가진 연단에서의 효력은 굉장했다. 그럴 때는 과감하게 손 털고 따라야 한다. 말했지만 대중은 트렌드에 관심을 보이니까. 게다가 광대한 우주니 무한한 시간 따위니 생각하다 보면 성공과는 거리가 먼 인간이 될 것이 너무도 빤하지 않나. 모름지기 리더가 되려면 생각을 달리해야 하는 법. 원고 준비는 그리 어렵지 않았고 꽤 만족스럽게 끝낼 수 있었다.

이 사진들을 보세요. 칼 세이건(발음 유의!)의 말 중에 이런 말이 있습니다. 물리학도 결국에는 상상력의 문제다. 그게 인간의 욕망이 보이지 않는 곳까지 닿을 수 있다는

뜻이 아닐까 하는 생각을 해봤습니다. 욕심을 낸다는 것은 아무래도 목표가 있다는 뜻일 테니까요. 그것이 돈임을 애써 부정할 필요는 없습니다. 동시에 그것을 비난할 이유도 없죠. 하지만 꼭 돈이 아닐 수도 있다는 것을 모쪼록 깨달아주시면 좋겠습니다. 여러분들이 이 자리에서 그것만 깨닫고 돌아가신다 해도 저로선 더할 나위 없이 영광일 것 같습니다. 내가 곧 우주다 생각을 해보시기 바랍니다.(이 부분에서 청중이 눈을 감도록 유도!) 성공에도 상상력이 필요하니까요. 성공학, 리더십, 어렵게 말해봐야 사실 뭐 없죠. 돈 벌자. 그래서 폼 나게 살아보자, 그거죠. 우리 툭 까놓고 얘기해봅시다. 그거 듣고 싶어서 여기 모여 앉은 거잖아요. 돈 벌고 싶죠? 저도 그렇다 이 말입니다. 사실 말이죠, 요즘 제 입지가 점점 좁아지고 있어요. 재테크, 부동산, 웰빙 운운 하는 수준 미달 강사들이 이상하게 더 인기를 얻더라 말입니다. 순서 좀 지킵시다. 재테크, 부동산, 웰빙, 그거 돈 없이 무슨 수로 합니까. 가당키나 해요 그게? 성공은 그래서, 특히 자본주의 사회 도시의 기준이 되어야 되는 것입니다.

한 시간은 지나치게 짧았다. 연단의 카리스마로 열여섯을 삼켜버리려 했던 애초 계획이 성공한 것인지 아닌지의 판단은 유보해야 했다. 성공에서 자기반성이란 더할 나위 없이 중요한 요소였지만 섣부른 판단은 도전 정신의 걸림돌이 되니까. 솔직히 말하겠다. 반응은 시원치 않았다. 하지만 뜻내 나는 족구전용 강당에서의 성과라 치면 이 정도도 썩 훌륭하지 않느냐고 의심하는 스스로에게 반문할 수 있었다. 그래서 실망하지 않기로 했다. '차세대 리더의 마음가짐'이라면 적어도 여섯 시간 이상 강의해야 어느 정도 감을 잡을 수 있는 그런 주제니 말이다. 그러니 전혀 아쉬울 이유가 없어야 했다. 열다섯이 이해하기에 주제 자체가 지나치게 형이상학적이었던 것인지도 몰랐으니까.

열다섯은 시종일관 아무런 관심도 보이지 않았다.

하지만 실패라 생각하지 않았다, 이 말이다. 불과 몇 년 전이었다면 내 스스로의 소양부터 한탄했을 결과였으나 그러려니 할 수 있게 된 지 오래였다. 그것을 이 일의 아이러니라 부르면 어떨까. 어차피 성공은 소수의 것이다. 슬슬 나 역시 이 일에 기계적으로 반응하기 시작한 것인지도 몰랐지만. 그런데 말이다, 한 명, 끝까지 내 눈을 피하지 않은 한 명이 있었으니 그것만으로도 대단히 고무적인 결과라 할 수 있는 것 아닌가. 더없이 뿌듯했다. 책이 출간되면 서명본이라도 하나 건네야겠다 싶은 마음이 절로 일 만큼 그는 끝까지 바람직한 자세를 유지해줬다. 이런 것을 또 성공의 매력이라고 하면 어떨까. 어떤 집단이든지 리더의 소양을 갖춘 사람은 있는 법이다. 반쯤 남겨둔 생수를 비우며 멋쩍은 박수를 받은 다음 흐트러진 원고를 정리하는 내내 나는 그가 승리할 수 있을 것이라는 믿음을 놓지 않았다. 이 룰조차 없어 보이는 팍팍한 공간에서 말이다. 당신은 조화를 이룰 수 있으리라, 뭐 그렇게 응원하면서.

"질문 있으시면 간단히 몇 개만 받겠습니다."

침묵과 딴청으로 일관했던 열다섯이 그제야 저마다 입을 열

기 시작했다. 시종일관 쥐 죽은 듯 조용했던 강당이 순간 장터
로 돌변했다. 그다지 바른 자세도 아니었으면서 우두둑 허리를
꺾는 사람이 반, 나머지 반의 별 얘기 아니네, 지난번 수지침이
더 나았네, 말끝마다 영어를 붙이네, 테레비 나왔다더니 소문난
잔치에 먹을 거 없네, 도통 영양가라고는 없는 강의구먼 등의
말이 아프게 귓속으로 파고들었다. 불편했다. 하지만 시종일관
형형한 눈빛을 지우지 못했던 문제의 바람직한 사내가 조심스
럽게 오른손을 드는 아름다운 풍경을 보면서 나는 비로소 승리
한 것이라 여길 수 있었다. 때때로 연단은 단 한 명의 청중을
위해 존재하기도 하니까. 그가 어떤 말을 할지 너무도 궁금해
아랫도리가 싸한 것이, 제법 긴장된 참이었다.

"예, 말씀하세요."

"진촌 중학교…… 장상철이 아닌가? 삼십팔 회."

"아닙니다. 저는 서울서 중학교 다녔습니다."

그래서 결국 어색한 시간이 조금 더 길어졌을 뿐. 결론은 하
나였다. 이곳의 사람들은 하나같이 성공에 관심이 없거나 아니
면 내가 성공이란 것을 잘못 이해하고 있거나. 이러니 지방 소
도시를 사랑할 수 있겠는가. 분해서 눈물이 날 지경이었다. 문
득 사회를 맡았던 사내가 다시금 마이크를 손에 쥔 채로 입을
열었다. 고마웠다. 그가 입을 열지 않았다면 눈물을 쏟았을지
몰랐다.

"어떻게, 다 부질없는 말이고 시간 남았는데 뽈이나 찹시다."

비로소 열여섯이 일사불란하게 움직이기 시작했다. 의자를 치우고 네트를 걸고 테이프로 라인을 붙이는 일련의 과정을 보면서 솔직히 감탄했다. 이 사람들이 아까 그 사람들 맞나 싶었다. 문제의 아주머니가 정확히 시간에 맞춰 다시 문을 열었고 그네가 떠난 자리에 막걸리와 홍어무침, 잔치국수 따위가 남았다. 사회를 맡았던 사내의 주머니에서는 거짓말처럼 껌 대신 작고 빛나는 호각이 나왔다. 서울에서라면 상상도 할 수 없는 일들이 그렇게 벌어지고 있었다. 사내가 호각을 불었고 족구에 전혀 관심이 없었지만 나도 그냥 참여했다. 딱히 할 일이 없었고, 족구의 룰이 의외로 단순해 그랬다. 그의 말대로 '뽈'을 차다 보면 근심이 사라질까 싶은 마음도 있었다.

탕…… 탕…… 탕…… 탕…… 뽈은 그렇게 튀어 올랐다.

그러자 이상한 일들이 벌어졌다. 얼굴이 벌겋게 달아오르니 생각지도 못했던 말들을 주고받을 수 있었다. 등줄기를 타고 땀이 흘러내리기 시작하자 기적처럼 모두가 솔직해진 것이었다. 일목요연하지 않았고 논리적이지도 않은 말들이었지만 상쾌한 구석이 있는, 그런 이야기들이었다.

"오랜만에 땀을 흘렸습니다."

"이런 거 하면 돈 많이 벌고 그래요?"

"실은 좀 어려서 다른 거 할까 합니다."

"다꽝에 약을 치는데 그게 좀 껄쩍지근해서 껌을 안 씹으면 좀 그래. 어떻게, 이 버릇 고치는 그런 건 없나 몰라?"

"아, 몰랐습니다. 단무지 만드는 회사였습니까?"

"이 양반이 암것도 모르고 왔다니까."

"죄송합니다."

"우엉도 하고 오뎅도 하고 저 아래서 두부도 하고, 아무래도 선생님 같은 사람들 먹는 게 아니라."

"아닙니다. 잘 먹습니다."

"잘은 몰라도 말은 참 잘하시데. 근데 발이 개발이네. 군 생활 어떻게 하셨나?"

"행정병이었습니다. 구기 종목에 좀 자신이 없습니다."

"간만에 공부하려니 죽는 줄 알았네. 아니, 그런데 진짜 장상철이 아냐? 삼십팔 회? 요기 점 난 거까지 장상철인데."

"아닙니다."

"전 그 말이 참 좋더만요. 사람이나 우주나 매한가지다, 그거."

"그렇습니까?"

"그 삼각김밥이 책으로 나와요? 나오면 하나 사야겠네. 우리도 김밥 관계자잖아."

"계획은 있는데 아직 출판사에서 연락이 없습니다. 조만간 나오면 알려드리겠습니다. 그런데 다들 당직이셨다면서 피곤들 안 하십니까?"

"자야지, 인제."

알 수 없는 방향으로 튀었던 축구공 같은 말들이 때때로

탕…… 탕…… 탕…… 탕…… 아주 천천히 부드럽게 메아리처럼
오고 갔다. 이제 보니 이 강당은 가을 하늘처럼 높은 천장을 갖
고 있지 않는가. 비로소 사람들은 웃기 시작했고 사이사이 우리
는 얼음이 동동 뜬 막걸리를 들이켜면서 조화를 이룰 수 있었
다. 사회를 맡았던 그가 대접을 들고 별안간 짠! 하자 했다.

"짠! 이요?"

부디 다들 성공하자고.

순간 성공이 무엇인지 아십니까? 하고 다급히 물을 뻔했다.
정말 궁금했는데. 하나 그냥 손을 들어 나도 짠! 을 했다. 어쩐
지 그래야 될 것 같았다. 짠! 했더니 무수한 꽃을 한 아름 안고
있는 아내가 짠! 하고 떠올라 기분이 좋았다.

돌아오는 길에 차 안에서 마빈 게이의 「하고 싶은 대로 합시
다」라는 노래를 들었다. 전반적으로 짠 짠짠 짠 짠짠 짠 짠짠,
하는 리듬이었다. 육 개월짜리 짧은 영어 실력이었음에도 가사
가 가슴 어딘가로 지나치게 파고들고 있었다. 성공을 하고 싶
기는 한데 성공이 뭔지 잘 모르겠다, 했던 대머리 사내의 말을
곱씹던 순간 '어서 오십시오, 여기서부터 서울입니다'란 안내문
이 몸을 숨기듯 재빠르게 등 뒤로 사라졌다. 아쉽지 않았다. 아
내에게서 다마스 열쇠를 낚아챌 요량이었다.

줄넘기

꽤 오랫동안 아버지를 동상이라 여겼다. 거대하고 딱딱하고 무엇보다 조용한 까닭에서였다. 어쩌면 아무것도 입지 않은 아버지의 모습을 너무 자주 봤기 때문일지도 몰랐다.

아버지와 단둘이 지낼 수 있는 시간은 일주일에 한 번이었다. 동네 진성탕에서 매주 거르지 않고 일요일 오전, 한 시간 반 동안 아버지와 함께했다. 아버지는 수건을 바닥에 곱게 펼쳐 비누곽을 올려놓은 다음 그것을 능숙하게 말았다. 수건 뭉치는 거짓말처럼 아버지의 손에 딱 들어맞게 변했다.

"때 밀자."

아버지는 늘 수건 뭉치를 단단히 움켜쥔 채 말했다. 아버지는 그것을 사랑하는 아들을 향한 애정이라 믿었던 듯하다. 부자간의 오붓한 시간쯤으로. 하지만 내겐 차마 싫다는 말을 꺼내지 못해 견뎌야 하는 일에 지나지 않았다.

아버지도 나도 늘 말이 없었다. 아버지 앞에 서면 꼭 그렇게 됐다. 우리는 왜 일주일에 한 번밖에 못 보죠? 묻고 싶었지만 입을 열 수 없었다. 동상 앞에 선 것처럼 묵묵히 바라보다 고개를 숙이고는, 가끔은 그 앞에 서서 맹한 표정으로 사진을 찍는 것이 내가 아버지와 함께할 수 있는 일의 전부였던 시절이었다. 그랬던 마당이라 서로 알몸이 된다 한들 달라질 것이 없었다.

그랬다. 나는 아버지가 무서웠다. 어머니를 함부로 대하고 내겐 손찌검을 하며 교양 없는 말들을 아무렇지도 않게 내뱉는 아버지가 무서웠다. 오 분도 채우지 않고 게걸스레 음식을 먹어치우고 불필요한 제사에 목을 매면서도 정작 집안일이라고는 손가락 하나 까닥하지 않는 아버지가 보고 싶을 리 없었다.

정확하게 말하자면 나는 그런 아버지가 싫었다.

한데 아버지는 강했다. 단단한 동상처럼 무엇이든 묵묵히 잘 견뎌냈다. 머리에 수건을 두르고 사우나실로 들어가면 이십여 분을 꼼짝조차 하지 않았다. 느이들은 맘대로 생각해라, 내겐 내 방식이 있다, 말하는 투였다. 젖은 머리칼이 바싹 마르고 불거진 광대뼈가 익어버릴 듯 붉게 변해도 아버지는 아무렇지 않게 자리를 지켰다.

아버지가 견디고 있을 때 나는 더없이 자유로웠다. 파란 플라스틱 바가지 두 개를 겹쳐 공처럼 품에 안은 채 냉탕에 들어가 발을 구르며 신 날 수 있었다. 손가락을 동그랗게 말아 비누 거품을 불고, 샤워기를 틀어놓은 채로 오줌을 누고, 뒤돌아 쪼그려 앉아 고추를 만질 수 있었다. 더없이 즐거운 일들이었지만 오래 하지는 못했다. 시간이 지날수록 불안해져 그랬다. 이내 아버지가 떠오르다니 이상한 일이었다. 아버지에게 무슨 일이 생긴 것은 아닐까 싶어 발을 동동 구르다가도 의지와는 상관없이 스르르 물속에 잠기곤 했다. 벌겋게 달아오른 몸으로 다시금 내 앞에 동상처럼 우뚝 선 아버지와 맞닥뜨렸을 때에야 비로소 안심이 됐던 그 기분은 무엇이었을까? 연민도 아쉬움도 아닌 그 묘한 감정을 어찌해야 좋을지 그때는 알지 못했다. 개의치 않겠다는 듯 새빨개진 아버지는 늘 아무렇지도 않게 말했다.

때 불리자.

아이의 질문이 늘어가고 있었다. 아이는 뭐든 천연덕스럽게 물었다. 대부분이 내가 모르는 내용들이었다. 묻는 타이밍도 좋지 않아 더욱 당황해야 했다. 보통 내가 곁에 없다는 투로 신경조차 쓰지 않고 저 혼자 무언가 하다 불쑥 입을 여는 식이었다. 나로선 생각해볼 시간조차 얻지 못한 셈이어서 당황하지 않을 수 없었다.

돌이켜보면 나도 아버지에게 아버지조차 모를 만한 내용들을 많이 물었던 것 같다. 왜 투표를 지들끼리만 해요? 랄지 저 형들

이 진짜 다 빨갱이인가요? 따위. 아버지는 물론 당황하는 법이
없었다.

"몰라도 된다."

아버지는 매번 그렇게 말했다. 아무런 대꾸를 하지 않거나 숙
제는 했냐? 하고 되물었다. 그게 어찌나 싫었는지 몰랐다. 무
언가 숨기고 있는 것이 틀림없다 여겼다. 하루도 빼지 않고 신
문을 읽는 아버지가 아무것도 모를 리 없었다. 행간의 한자(漢
字)를 이해하지 못해 그것이 무슨 암호인 줄 알았던 나는 의미
를 일러주지 않는 아버지가 야속하기만 했다.

행간의 한자를 이해하게 됐을 즈음 아버지도 모르고 있다는
것을 알게 됐다. 그러니까 아버지는 모른다는 말을 하지 않은
것뿐이었다. 그렇다고 아버지를 이해하게 된 것은 아니었다. 나
는 아버지가 나도 모르겠다, 랄지 실은 나도 알고 싶으니 네가
한번 알아봐주렴, 이라 대답해주길 기다리고 있었다. 그도 아니
면 같이 한번 생각해볼까? 도 좋았을 터였다. 그러나 돌아오는
대답은 늘 같았다.

"몰라도 된다."

제멋대로에다가 무식하며 그런 스스로를 인정조차 하지 못하
는 사람. 그것이 아버지의 실체인 줄 알았다. 훗날 아들이 생긴
다면 모르는 것은 모른다, 아무렇지도 않게 대답하겠노라 마음
먹게 된 것도 그 때문이었다. 그것이 부끄러운 일이 아닐 것이

46

라 믿었다. 아버지에게는 용기가 없다 단정 지었다. 감추는 일이라면 겁쟁이들이나 하는 짓이라 여기던 시절이었다. 그러니 모르는 것을 모른다고 말하는 아버지야말로 멋진 아버지일 것이라고, 기필코 그런 아버지가 되겠노라 다짐할 수 있었다. 오기인지도 몰랐다.

그나저나, 아버지도 그때 부끄러웠을까?

궁금해하던 사이 지들끼리만 투표하던 방식은 없어졌다. 빨갱이 형들은 앞다퉈 넥타이를 둘렀고 그렇게 이웃이 됐다. 물론 도시의 신문에서 한자도 사라졌다. 다 좋아지고 있다 했다. 그것이 앞으로 나아가는 것이라 했다. 안정되고 있다고, 많은 사람들이 입 모아 말했다. 하지만 나에겐 어쩐지 순서를 맞춰 정돈되어 있던 것들이 흐트러진 느낌에 지나지 않았다. 나는 한 번도 대답을 들어보지 못했다. 몰라도 됐으니까. 과연 나아지고 있을까? 뭐가 변했는지 알 수 없는데? 그저 누군가 사라지고 있을 뿐이었다. 커다란 벽처럼 여겼던 아버지도 끝내 무너져 내렸다.

아버지는 묵묵히 병원 침대에 가냘픈 몸을 뉘었다. 역시 당황하지 않았다. 차례를 기다렸다 순서에 맞춰 예정된 곳으로 입장하는 느낌으로 스스로 뚜벅뚜벅 걸어가 몸을 뉘고 간호사를 대신해 바늘 위에 반창고를 붙였다. 마지막으로 아버지의 손을 잡고 괜찮으세요?라고 물었을 때 비로소 나는 대답을 들을 수 있었다.

"모르겠다."

붉은 버튼을 누르자 의사가 달려왔고 그는 내게 죄송하다 말했다. 나는 더없이 부끄러웠다. 사과라면 내 몫이었다. 담담할 수 있을 줄 알았는데, 바람 빠진 풍선처럼 주저앉고 말았다. 대체 무엇이 나아졌을까? 생각해보니 눈물이 났다. 대답을 듣고 싶었는데.

그렇게 아버지를 잃고 아버지가 됐다. 내게도 아들이 생겼다.

"아빠는 신문을 왜 안 봐?"

"순 거짓말이야."

당당하게 모른다고 말하기. 쉽지만은 않았다. 아이의 질문을 접하고 나면 뜻대로 되지 않았다. 바지를 내리는 순간 누군가 탈의실 문을 벌컥 연 느낌이어서 용기고 뭐고 생각할 짬이 없었다. 깜짝 놀라는 것 말고는 대체 뭘 해야 좋을지 알 수 없어 매번 당황하기만 했다. 하루 이틀 다짐한 일이 아니었는데도 그랬다. 당당하게 몰라! 해야 하는데 어쩐지 그게 말이야, 하면서 머뭇거리게 되는 것이었다.

"워비곤 호수 효과가 뭐야?"

워비곤 호수가 어디 붙어 있는지도 모르는데 게다가 그 효과라니 더더욱 모를 일이었다.

"「붉은 양귀비」, 그 발레는 어떻게 끝나?"

붉은 양귀비라면 꽃일 것이라 철석같이 믿고 있었다.

"나라 꼴이 왜 이 모양이야?"

글쎄, 나도 궁금했다.

그러니까, 초등학생이 물을 만한 내용이 아니었다. 게다가 꼴,이라니 당황스러울 수밖에. 하지만 몰라도 된다,라고 말할 수가 없었다. 마음을 가다듬고 예전의 다짐을 떠올리며 용기를 내 대답했다. 역시 쉽지 않았다. 아이의 더없이 실망한 표정이 돌아왔다.

"몰라?"

"응."

정말, 부끄러웠다.

"진영아, 오랜만에 집에 가니까 좋다. 그렇지?"

"응."

당당해야 했지만 잘 되지 않아 머쓱했다. 늘 다짐했던 일을 한 것임에도 기분이 나아지지 않았다. 아이가 내게 뭐든 묻는 것이 아직 나를 믿고 있다는 뜻이라 생각하고 보니 미안하기까지 했다. 나도 아버지를 믿었던 것일까?

그래서 아이에게 손을 내밀었다. 아이의 작은 손이 안기듯 손바닥 안으로 쏙 들어왔다. 문득 아이가 너무 많은 것을 배우고 있다는 생각이 들었다. 하지만 그보다 내가 무언가 더 배워야 되겠다는 마음이 앞섰다. 대체 워비곤 호수 효과가 뭘까?

"어디서 봤어, 그걸?"

"신문."

꼭 한 달 만이었다. 마치 긴 여행을 마치고 돌아온 기분이었다. 집에 돌아와 발을 쭉 뻗으면 피로가 사라질 줄 알았다.

하지만 집은 어쩐지 낯설 뿐이었다. 이곳이 우리가 십 년간 웃고 울고 때로 아무것도 걸치지 않은 채 깔깔대며 뛰어다녔던 그 공간이 맞나 싶었다. 소파와 텔레비전, 시계, 스탠드 따위를 차례차례 확인해봤지만 마찬가지였다. 꼼꼼히 비교하며 하나하나 직접 골랐던 혼수품들이었다. 그리 대단한 물건들이 아니었지만 그래서 더 우리 사랑의 일부처럼 여겨졌던 것들이었다. 요컨대 평범해 예쁘고 평범해 더없이 소중한 것들. 한데 이상한 일이었다. 그 모두가 남의 물건 같았다.

"엄마!"

아이는 쪼르르 달려 제 엄마에게 안겼다. 그제야 내 집이 맞구나 싶었지만 어리둥절한 기분은 여전했다.

아내가 무엇보다 만족했던 것이 냉장고였다. 공들여 냉장고 벽면에 사진을 붙여놓고서 아내는 더없이 흐뭇해했었다.

"이런 거 꼭 해보고 싶었어."

음식을 많이 담기보다는 사진을 많이 붙여놓고픈 욕심에 무리해 큰 것으로 구입한 것이었다. 차례차례 순서를 맞춰 붙여놓은 사진만으로도 지난 세월이 고스란히 손에 잡혔다. 그래서 나도 그것이 나쁘지 않았다. 결혼, 혼인신고서, 새 주민등록등본, 생일, 입맞춤, 여행, 작은 이인용 식탁에 차려진 저녁 찬들, 그리고 아이의 첫 초음파 사진. 휘 둘러보면 박물관 복도를 걷는 듯 기분이 좋아져 그것이 냉장고라는 사실을 깜빡 잊을 때마저 있었다. 뭐랄까, 보고 있노라면 뭔가 잘 되고 있다는 느낌이 들었다.

사진을 보면 나아질까 싶어 바라본 냉장고 벽면 역시 낯설기는 마찬가지였다. 지난 십 년의 기록을 찾아볼 수가 없었다. 수식과 그래프, 아내가 힘주어 직접 적어놓은 듯한 메모들이 자리를 대신하고 있었다. 그래놓으니 그건 그냥 냉장고였다.

"사진 치웠어?"

"번잡스럽잖아."

〈숲을 보고 나무를 보자! 대중이 가는 뒤안길이 꽃길! 때가 올 때까지 기다리는 사람만이 성공! 1년 이상 기다리면 손해 보지 않는다! 교만하지 말자. 보름달은 하루뿐! 승리에 도취하지 말자! 과신이 생명을 앗아가는 법! 생선 꼬리와 머리는 고양이에게나 줘버려! 10% 등락은 대세의 전환! 달걀은 한 바구니에 담지 말자! 밀짚모자는 겨울에 사야지! 오르는 힘이 다하면 저절로 떨어지기 마련. 바닥은 깊고 천장은 짧다! 인기는 순환! 기회란 소녀처럼 왔다가 토끼처럼 달아나는 것! 그대 아는가,

촛불은 꺼지기 직전 가장 밝다는 것을!〉

빤하고 익숙한 문장들이 침입자처럼 다가오고 있었다. 까까머리 시절에 우리는 민족중흥의 역사적 사명을 띠고 이 땅에 태어났다, 를 읽었을 때와 비슷한 느낌이었다. 반공민주정신에 투철한 애국애족이 우리 삶의 길이며, 자유세계이상을 실현하는 기반이다, 부분에서 늘 딸꾹질을 했었다. 그것 때문에 문학 시간 내내 엎드려뻗쳐를 한 적도 있었다.

대충 읽은 것인데도 전력으로 달린 듯 숨이 차 지쳐버렸고 예의 딸꾹질이 났다. 그래서 물을 꺼내 마셨다. 격언이라 하기에는 지나치게 기묘한 구호들이 어떻게 지난 십 년의 기록을 대신하게 된 것일까? 두 명이 쓰기에는 제법 크다 생각했던 냉장고가 처음으로 비좁게 느껴진 순간이었다. 뭐랄까, 뭔가 더 번잡스러워졌다. 십 년을 한순간에 잃어버린 기분이었다. 물맛은 심심하기 이를 데 없었다. 페트병에는 깨끗하고 안전한 서울의 수돗물, 한국 방문 정상들의 공식 음용수, 라 적혀 있었다.

"보리차 안 끓여?"

"시간 없어. 요새 누가 보리차 먹니?"

한 달 만에 만난 아내의 얼굴은 안쓰러울 만큼 초췌해져 있었다. 국제 원자재 가격은 계속해서 올랐고 항셍과 코스피 지수는 꾸준히 떨어졌으며 신도시의 부동산 시장마저 지지부진 활력을 찾지 못하고 있는 것이 이유였다. 국제 유가와 금값마저 불안정해 그야말로 최악의 상황이 왔다며 아내는 아랫입술부터 내밀었다. 이래가지고 어떻게 살아. 한숨을 몰아쉬더니 기어코 손톱마저 물어뜯었다.

"전반적으로 미친 환율이야."

아내는 초조해하고 있었다. 항셍 지수, 코스피 지수, 국제 유가. 그것들이 우리와 무슨 관계인지 알 수 없었지만 그렇다고 되물을 수도 없는 노릇이었다. 그래서 그것 참,이라 대답하고는 입을 닫았다.

많이 보고 싶었어,는 아니더라도 그간 잘 지냈어? 정도는 기대하고 있던 터였다. 한데 그야말로 우리가 간 날은 장날이었다. 걱정 마 잘될 거야,랄지 내가 좀더 열심히 할게,라는 말을 먼저 꺼낼 수 있다면 좋았겠지만 내 주제에 그건 또 얼마나 우스운 일일까 싶어 그만뒀다. 내가 열심히 한다 해서 국제 원자재 가격이나 유가가 달라질 리 없었다.

"그것 참."

아내의 갈색 눈동자가 각종 경제지표들을 쫓기 시작하면서 주머니나 지갑에 든 돈을 셈하는 것이 세상의 모든 경제인 줄 알았던 나까지도 오르락내리락하는 각종 화살표들에 관심을 갖게 된 것이 사실이었다. 하지만 그것은 이미 아내와는 다른 관심으로 변한 지 오래였다. 살아 있는 듯 꿈틀거리며 좀처럼 가만히 있을 줄 모르는 화살표들이 어느덧 징그러웠다. 제발 팔딱 팔딱 뛰지 좀 말고 가만있으렴. 나로서는 그렇게 보합선을 바라는 마음뿐이었다. 내리는 것은 좋지 않았지만 오른다 해서 딱히 좋을 것도 없음을 뒤늦게 깨달았다. 분명 후회였다. 어째서 실수는 반복되는 것일까?

몸을 던져도 좋겠다 싶을 만큼 깊고 예뻤던 아내의 눈동자를 다시 보고 싶었다. 아니, 다시 찾아주고 싶었다. 그러나 아내와 내가 바라는 것은 너무도 달라져갔다. 아내는 '주당순이익'이나 '주가순자산배율' 같은 용어를 암기하고 이해해줄 수 있는 파트너를 찾고 있었다. 분명 함께하자고 손을 내미는 것이었는데 선뜻 따를 수가 없었다. 초대처럼 보였지만 명령 같아 그랬다. 괜히 주눅만 들 뿐이었다. 그래서 그때마다 번번이 그것 참, 만 반복하게 된 지 오래였다.

"그런 게 고통을 분담하는 차원인데……"

"나 예체능이잖아."

"난 뭐 경제학과 나왔니?"

"……"

아내는 날카로워지고 있었고 그렇게 증시의 호황과 불황이 고스란히 집안 분위기로 이어지고 있었다.

연애할 때는 상상도 하지 못한 일이었다. 사월이면 스트레이트 펌을 하고 벚꽃나무 아래서 뱅글뱅글 돌며 코모도스의 「Three Times A Lady」를 흥얼거리던 아내였다. 취미는 요리,

특기가 십자수였다.

아이를 대신해 위비곤 호수 효과를 검색해주려다 컴퓨터 책상 앞에 놓인 의자 방석을 보고는 걸음을 멈췄다. 그곳에 남겨진 아내의 엉덩이 자국과 눈이 맞았다. 벚꽃이며 코모도스가 더없이 옛일처럼 흩어지고 있었다. 언제부터인가 아내는 그곳에 앉아 두 개의 모니터만 번갈아 바라보며 좀처럼 움직일 줄 몰랐다. 아내의 엉덩이 자국은 멸종된 생물의 화석처럼 애처로운 눈동자를 갖고 있었다. 애초에는 일 번 모니터가 놓인 곳이 내 자리였다. 결혼식 날 서약도 그렇게 했다. 평생 서로만 바라보자고.

물론 아내가 자리에서 일어나 예전에 그랬던 것처럼 콧노래를 부르며 요리나 해볼까? 한 적이 아주 없는 것은 아니었다. 지난 이월 나스닥 지수가 삼백이십 포인트 올랐던 날이었다.

그런 날이 또 올까? 와야겠지.

어찌 됐든 니케이 지수가 사백팔십 포인트쯤 내려간 관계로 내가 직접 라면을 끓여야 했다.

"엄마밥 먹으러 왔잖아."

"엄마 기분 별론가 봐. 우리끼리 대충 먹자."

니케이 지수가 사백팔십 포인트 하락했거든, 차마 그렇게 말할 자신이 없었다. 낙담하는 아이부터 달래야 했지만 서운하기로 치면 내가 더한 참이었다. 아내에게 잡채밥을 해달라 부탁할 요량으로 점심도 애써 거른 참이었다. 식탁 위에 가방이며 옷가

지들이 널려 있어 냄비를 어디다 내려놓아야 좋을지 알 수 없었다. 그 틈에 아내가 숙제처럼 권해줬었던 『부자 아빠의 생활 수칙』이 눈에 띄었다. 그걸 냄비 아래 깔고 바닥에 주저앉았다. 삼십 페이지도 채 읽지 못한 것을 들키고 싶지 않은 까닭에서였다. 아내의 날카로워진 신경을 더 거슬리게 할 수는 없는 노릇이었다.

라면 가닥을 젓가락에 말면서 생각했다. 교회 때문일까? 아내가 교회에 나가기 시작한 탓일까? '집사'라는 명칭(아내는 극구 '직분'이라 했다) 때문일까? 교회보다는 교회에서 만난 사람들 때문 아닐까?

그렇지 않았다. 타인에게 화살을 돌리다니. 교회 다니는 사람이. 안 될 말이었다. 그러니까, 누가 뭐래도 내 탓이었다. 아내가 벌어들인 돈에 나 역시 정신을 차리지 못하고 한참을 달콤해했다. 애초에는 그것이 덫이 아닐까 의심했지만 일단 몸을 담그고 보니 아내의 말이 참말 옳은 것 같았다. 뭐랄까, 정말 호흡이 여유로워졌고 어깨도 당당해졌다. 교회에 다니게 된 후로 우리가 우리의 처지를 깨닫게 될 수 있었던 것이 '기적'이라고 아내는 강조했다.

"기적이 별거야? 뭔가 소망이 생긴다는 거, 그런 게 기적이야."

과연 그럴까? 기적은 달콤한 것일까?

막 끓인 라면 면발은 야속할 만큼 뜨거웠다.

"아빠 울어?"

"혀 씹었어."

"이달엔 이걸로 버텨. 전반적으로 힘든 시기니까."

"충분해. 걱정 말고. 몸 생각도 좀 해……"

삶이란 버티는 것일까? 그렇다면 그렇게 버티면서 우리가 기다리는 것은 무엇일까?

청소 좀 해, 집안 꼴이 이게 뭐야! 라고 하고 싶었지만 그냥 그렇게 대꾸했다. 떠오른 질문의 대답을 찾을 수 없었다. 잘 모르겠다 생각하니 또 부끄러울 따름이었다.

언제부터인가 우리는 서로 말수가 적어졌다. 이를테면, 소통이 잘 되지 않는 것이었다. 가끔 오래 마주 앉아 이야기하는 내용의 대부분은 셈과 관련된 것들이 고작이었다. 돈이 남았느냐, 돈이 모자라느냐. 남은 돈을 써야 하느냐, 아니면 투자해야 하느냐. 그런 말들이 지루할 만큼 반복되고 있었다.

니케이 지수가 지나치게 하락한 날, 볶은 간장 향이 솔솔 피어오르는 윤기 나는 잡채덮밥을 기대했던 나는 돈 봉투만 받아들고는 아이의 손을 잡고 서둘러 현관을 나서야 했다.

"미안해, 학원비가 올랐네."

"내 말이. 수익 빼곤 다 올라. 서브프라임인지 뭔지 미국 애들은 왜 쥐뿔도 없으면서 집 잡혀 돈을 꾸고 지랄이냐고. 못 갚겠으면 빌리질 말았어야지."

"애 있는데 그만해."

"오죽 답답하면!"

누워서 침을 뱉은 꼴이었다. 집을 담보로 빌린 돈이라면 우리도 제법 많았다. 아내의 불평이 누구를 향하고 있는 것인지 알 수 없었다.

그래서 아이의 몸값을 받고 돌아서는 유괴범이 된 기분이었다. 봉투를 쥐고도 전혀 즐겁지가 않았다. 전처럼 달콤하지 않았다. 아니, 나는 되레 미안해하고 있었다. 아이의 학원비가 올랐으니까. 그것이 누구 때문인지도 모른 채 내 탓이라 여기고 있었다.

하필 가정의 달, 오월이었다.

"줄넘기 선생은 구했어? 내신 정말 신경 써야 해."

"줄넘기 학원도 만만치 않더라고. 내가 어떻게든 해볼게."

그것이 아내와의 작별 인사였다. 심드렁하게 손을 흔드는 아내의 표정에는 아쉬운 기운이 없었다.

"아빠는 꿈이 뭐였어?"

"화가."

역시나 부적절한 타이밍의 질문이었다. 그래서 대답하면서 또 부끄러웠다. 아이마저 분명 뭐'였냐' 묻고 있는 것이, 아이의 눈에도 내 꿈은 과거형인 모양이었다. 제법 서글플 줄 알았지만 의외로 담담했다. 그저 부디 어째서 꿈을 접었는지 묻지 않기만을 바랄 뿐이었다. 어쩌면 그것은 꿈이 아니었는지도 모른다는 생각을 최근 꽤 많이 했다.

미대를 졸업하고 계속 그림을 그려야 하는지 진지하게 고민하고 있던 차에 아내가 먼저 꺼낸 단어였다.

결혼.

한 대 얻어맞는 느낌일 줄 알았다. 세상에서 가장 무거운 단어가 '결혼'인 줄 알던 시절이었다. 그 단어를 어찌 들어야 좋을지 몰라 바벨을 처음 들게 된 역도 선수처럼 이유 없이 손바닥만 털어대며 이리저리 용쓰던 그런 이십대였다. 그러니 그것이 짐처럼 여겨졌어야 옳았다. 한데 웬걸, 무겁지가 않았다.

결혼.

어쩐지 짊어져도 좋을 것 같은 기분이었다. 그래서 피하지 않았다. 모처럼 용기가 생겼다 믿었다. 그것이 사랑의 기적이라 믿었다. 죽는 날까지 매일 밤 날 기다리며 요리를 하고 날 생각하며 십자수를 하고 싶다는데 그게 뭐라고 못 해주겠나 싶었다. 실은, 아내를 콱 깨물어주고 싶었다. 바보처럼 실실 웃고 있던 차에 아내는 고개를 푹 숙인 채 덧붙였다.

"임신이래."

"넌 뭐가 되고 싶은데?"

"화가."

"엄마한텐 그 말 하지 말자."

"응."

"대치동이 좋아 집이 좋아?"

"집."

아이와 나는 그렇게 다시 강을 넘고 있었다. 한 달을 주기로 강을 넘는 철새라도 된 듯 몇 년째 반복하고 있는 일이었다. 내 날개는 지쳐버린 지 오래였지만 아이는 한사코 놓지 않고 내 뒤만 좇았다. 줄넘기를 하듯 묵묵히 넘고 또 넘을 뿐 불평할 줄도 짜증 낼 줄도 몰랐다. 그것이 나로선 무엇보다 불안한 일이었다. 생각해보면 줄넘기란 얼마나 지루한 운동인지.

버스 좌석 난간을 붙잡은 채로 창밖을 바라보는 내내 계속해서 아이는 내게 뭔가를 물었다. 바퀴 위 좌석에 앉은 터라 몸을 덜덜덜 떨면서, 늘 그래왔듯 나는 어눌한 대답만을 반복했다. 힘을 내야 하는데. 아이의 얼굴을 보고 있으면 사랑의 기적을 믿었던 그때처럼 알 수 없는 용기가 생기는 것이 그나마 다행이었다.

사실은 말이야, 아빠는 한강을 건널 때마다 손발이 오그라들어. 아빠도 여기가 싫거든. 집이 더 좋아. 그렇게 말해보는 것은 어떨까 생각하고 있던 참에 아이가 껌을 씹고 싶다 했다. 주머니를 뒤적여 포장을 벗겨주고는 묵묵히 흐르는 강줄기를 봤다. 사실은 말이야…… 그런 말이라면 하지 않는 것이 좋을 것 같았다. 아이가 짝짝 씹을 때마다 박하 향이 옅게 퐁퐁 피어올랐다.

"아빠, 나 참을 만해. 걱정하지 마."

"……"

그랬다. 아이도 견디고 있었다.

"그냥 다 할 줄 안다 하고, 다 할 수 있을 거라 하고, 다 하겠다고, 일단 그렇게 해."

"……"

참 부끄러웠다.

선배의 조언대로 전공을 살려 광고회사를 선택하기로 한 날이었다. '서울종합기획'은 광고회사라기보다는 인쇄소라 불러야 좋을 것 같아서 도대체 어디쯤에서 어떻게 전공을 제대로 살려야 하는 것인지 가늠하기 어려웠지만 선배는 연신 전공자를 구했으니 사장님도 잘 된 거죠, 라는 말만 반복해댔다.

"이 친구 미적 감각이 엄청나요."

"뭐 자네 후배만 그래? 이 바닥 사람들 다 센서티브하지."

최소한의 노력(대충)으로 그린 그림을 갖고 최대한 페이지를 채워(장 수를 늘려) 끊임없이 찍어내는(복사) 일이라면 학부 사 년 동안 배워본 적도 해본 적도 없었다. 그래서 나는 고개를 숙인 채 테이블 유리 아래 끼워진 중국집 전단지만 반복해서 읽었다. 실속 짜장 세트는 일만 원, 짬뽕일 때는 천 원 추가, 쟁반 짜장 이 인분은 팔천 원, 요리 주문 시 쿠폰 다섯 장 더 주는구나. 물론 초라한 곳은 아니었다. 선배가 이미 연봉은 나쁘지 않다 귀뜸해준 터였고 전국으로 발송되는 카드며 핸드폰, 인 터넷 요금 고지서에 동봉되는 광고의 십사 퍼센트를 담당하고 있다니 나쁜 실적이라 할 수 없었다. 좀처럼 어깨에 힘을 빼지 않는 사장은 꼴불견이라기보다는 기묘한 믿음을 주고 있었다.

"이게 자랑 같지만 차근차근 해서 브로슈어, 리플릿 늘리고, 시에프 만들고 그럼 코스닥 등록이지. 이 바닥에서 이렇게 하기 쉽지 않아."

거짓말!

그런데 어째서 터무니없는 거짓말에 믿음이 생겼던 것일까?

비로소 차례가 돌아온 것 같아 전단지 읽는 것을 그만두고 나 는 자리에서 일어나 실속 짜장 세트의 자세로 크게 외쳤다. 진 심으로. 진심으로.

"최선을 다해보겠습니다."

거짓말이면 어떻냐. 그것이 더없이 믿음직하다 생각하면 되 지 않겠느냐. 그래서 또 그렇게 된다면 좋은 것 아니겠느냐. 최 선을 다해보겠다 다짐하면서 나는 그런 생각을 하고 있었다. 진 심으로. 돌이켜보면, 실은 나 스스로를 초라하게 만들고 싶지 않은 것에 지나지 않았다. 사상 최악의 취업난에 대다수 동기들 이 무리한 대출금을 등에 업고서 너도 나도 미술학원만 차리던 그런 시절이었다. 바이어스 앞치마를 두르고 아그리파를 그리 는 일이라면 더 이상 하고 싶지 않았다.

"학원은 뭐 잘 되는 줄 알아? 꾹 참고 버텨."

선배가 그렇게 말했다. 그때도 꼭 같은 생각을 했었다. 삶이란 버티는 것일까? 그렇다면 그렇게 버티면서 나는 무엇을 할 수 있을까?

문득 십여 년 전의 나처럼 교복을 입고 책상에 앉아 전공을 어찌 살려야 하는지 고민하고 있을 학생들이 떠올라 입이 썼다. 전공을 살린다는 것, 그것을 살려 전문가가 되어야 한다는 것. 그것이 얼마나 교묘한 거짓말인지 미리 가르쳐준다면 어떨까, 싶은 생각이었다. 하지만 내가 어떻게, 내가 뭐라고.

"유치원 왜 다녔어? 괜찮은 초등학교 가야지. 중학교 왜 다녔어? 괜찮은 고등학교 가야지. 그래서 괜찮은 대학 가야지. 대학은 왜 다녔어? 괜찮은 직장 가져야지. 왜? 돈 벌어야지. 돈을 왜 벌어? 결혼해야지. 결혼해서 애 낳아야지. 그래서 또 유치원 보내야지. 괜찮은 초등학교 보내야지. 이게 말이 안 되지만…… 여기 사람들, 다 그렇게 살아."

그렇게 꾹 참으라고만 하더니,

"내가 너한테…… 참 쪽팔린다."

선배도 역시 제대로 된 대답을 들어본 적 없는 모양이었다. 선배는 변변찮은 직장을 일러줘 미안하다 했고 나는 선배에게 일자리를 줘 고맙다 했다. 소주 네 병을 비우는 내내 나도 선배도 많이 우울했지만 결론은 낼 수 있었다. 잘되겠지 뭐. 잘될 거야.

한때 터무니없는 희망은 패배보다 부끄러운 일이라 외쳤던 우리였다.

"네 그림, 좋았는데."

"뭘요, 형 그림이 더 좋았지."

"사람이 얼마나 미련한지 알지? 평생을 속고 살아."

"그런 다음 속이죠."

아내와 함께 산부인과에 들렀던 날 나는 복도 구석 벤치에 앉아 선배와 주고받은 말들을 곱씹고 있었다. 초조했다. 적절한 연봉의 괜찮은 직장을 얻었다고, 이제 걱정 없다고, 앞으로는 잘될 것이라 말해줄 요량이었다. 선배의 말대로 아내를 속이려 들고 있는 것이었지만 분명 아내도 잘됐다고, 당신만 믿겠다고 대꾸할 터였다. 다들 그렇게 산다는데 뭐 어떨까 싶었지만 어쩐지 초조함은 사라질 줄 몰랐다.

한참 만에 검진실 문을 열고 나온 아내는 운동화 바닥을 끌면서 지친 표정으로 다가와 내게 사 개월이래, 라고 말했다.

"나 취업했어."

"고마워."

그리고 아내는 울었다.

정말 앞으로 우리에게 남은 것이 속고 속이는 시간들뿐일까? 나는 어째서 아내가 우는지 알지 못했지만 아내는 내 아버지 이야기를 꺼내며 되레 나를 달래고 있었다.

64

"아버님이 좋아하셨을 텐데."

"그러게."

대걸레를 꽂아둔 파란 플라스틱 바구니를 든 아주머니가 다가와, 껴안고 있는 우리 등 뒤에 대고 신경질적으로 말했다.

"발 좀 들어요."

그렇게 잠시 발을 들었더니, 한동안 잊고 지냈던 아버지 얼굴이 떠올랐다. 거대하고 딱딱하고 무엇보다 조용했던 병원 복도에서였다.

소개해준 선배 덕에 수습 기간 없이 바로 정직원이 됐다. 그렇게 오 년간 나는 '회원님들만을 위한 초특가' '회원님들만을 위한 특별 우대'라는 제목의 일러스트를 얼추 삼만 장쯤 그렸다. 아무도 눈여겨보지 않는 리플릿이었다. 나 역시도 고지서만 확인하고 찢어버리는 과다한 양의 종이쪽지들. 이런 걸 그만 만들고 차라리 회원들 카드 값을 깎아주는 게 훨씬 낫지 않을까요? 광고주를 만날 때마다 그렇게 말하고 싶었지만 차마 입이 열리지 않았다.

"아니 뭘 이런 데다 예술을 하려고. 그냥 큼지막하게 눈에 확 띄게 때려 박읍시다. 광고라는 게 기본적으로 뻥이지 뭐."

"아무래도 그게 좋겠죠?"

그런 말들만 주고받았으니까, 입을 열 시간이 없었다.

내 그림을 한 장도 못 그리는 대신 통장의 잔고가 늘어났다.

이 도시 대부분 사람들이 그렇듯 삼 년이 지나 대리가 됐고 오 년이 지나 과장이 됐다. 팀장을 맡게 된 후 아버지가 됐고 새 양복을 구입해 아들 녀석 돌잔치를 치르며 적금통장을 두 개 더 늘렸다. 펀드의 시대가 왔다기에 적립식으로 하나 넣고 미래를 위해서는 변액연금보험이 최고라기에 그것도 하나 장만했다. 그러고 보니 어느새 나도 그런 말들을 내뱉고 있었다.

"최 대리, 이런 데다 예술하려고? 대충 해. 광고주들은 그런 거 보지도 않아. 큰 거, 크게, 크게, 큰 거 좋아해."

뭐랄까, 딱딱한 동상이 되어가는 기분이었다.

하지만 그래도 든든했다. 넉넉한 잔고가 우리를 지켜주리라 여겼다. 그렇게 모든 것을 상쇄하고도 남을 통장의 잔고가 처음 으로 부족하다 느낀 것은 아내가 교회에 다녀와 울음을 터뜨렸 던 어느 가을날이었다. 선교 활동 겸 관광이라고 중국에 가벼 운 마음으로 다녀온 줄 알고 있던 터였다. 그래서 그래도 외국 갔다 왔는데 내 선물은 없냐고 농담 삼아 물었다.

"호랑이 연고라도 사오지. 목 언저리가 뻐근뻐근한데."

"뭐?"

순간 아내가 갑작스레 울음을 터뜨렸다. 산부인과 병원 복도 에서 이후로 처음 보는 눈물이었다.

선교도 아니고, 관광도 아니고, 실은 원서 접수를 위해 이틀 간 줄을 서고 온 것이라 했다. 아무에게나 입학 자격이 주어지는 것이 아닌데 주님의 도움으로 모든 게 잘 됐다고. 한 학기 등록금만 일시불로 내면 바로 입학이 결정되는 순간이었는데 하필 때마침 통장에 돈이 부족했단다. 까짓 빌리면 되는 일인데 그쪽에서 시간을 주지 않았다. 당장 없으면 곤란하다고, 들어오고 싶은 사람은 넘쳐나니 마음대로 하라는 투였다는 것이었다. 박 집사 아들도, 김 집사 아들도, 조 권사 손녀딸도 화교유치원에 입학하게 됐는데 살다 살다 이렇게 창피한 꼴은 처음 당해봤다며 아내는 콧물까지 흘려댔다.

"우리 진영이만 못 가게 됐단 말이야."

아내를 달래야 했다. 결혼식 날 장인의 팔을 둘렀을 때에도 그렇게 서글피 울지는 않던 아내였다. 아직까지는 우리나라가 낫다고, 들인 돈에 비해 효과가 적을 수 있다고, 아이가 좋아할지 묻지도 않고 이렇게 하는 건 아니라고, 무엇보다 네 살배기 아이를 중화(中華)에 물들이고 싶지 않다고. 아내가 쉽게 이해할 수 있도록 나름 경제용어 비슷한 것을 섞어본 것이었다. 내가 생각해도 참으로 어처구니없는 말들이었지만 도리가 없었다.

창피해서 어떻게 다시 교회를 나가느냐 했던 아내는 꽤 큰 액수의 헌금을 내는 것으로 마음을 달랬다.

"믿음도 정성도 부족했던 거야."

그렇게 말했지만 실은, 아내는 그저 속아주고 있는 것이었다. 나는 십자가 아래 서로 사랑하는 것이 아니라 서로 부러워하고 서로 가늠하고 서로 경쟁하는 그 커뮤니티를 잘 이해할 수 없었지만 아내는 속속들이 알아챈 모양이었다. 종교는 믿는 것이 아니라 무엇을 해야 하는지 이해하는 것이라고. 그렇게 아내는 뿌린 만큼 거둔다는 말만을 굳게 믿었다. 그러더니 정말로 얼마 지나지 않아 집사가 됐다. 뿐만 아니라 성도들의 뜨거운 박수와 함께 '복음전파1080'의 총무까지 맡았다. 십대부터 팔십대까지를 대상으로 전도 활동을 강화해 축복된 나라를 만드는 것을 목표로 뛰겠다는 취지였다. 하지만 아내와 박 집사와 김 집사와 조 권사가 한 일은 '나이스 경매 아카데미' 등록과 '브라보 주식 투자 연구소'의 특강 청취였다. 아내는 그렇게 그 커뮤니티에서 도태되지 않으려 발버둥치고 있었다. 나는 십자가 아래 십대부터 팔십대까지 모두가 셈을 하는 기묘한 광경을 상상하다 다시 한 번 두 발을 번갈아 들었다. 병원 복도에서 그랬던 것처럼 조용히.

아내는 그야말로 최선을 다했다. 컴퓨터 모니터를 추가로 구입한 후에는 수험생이라도 된 듯 툭하면 끼니마저 걸렀다. 아무 것도 모르는 사람이 본다면 누군가에게 복수를 준비하고 있는 것이라 여길 정도였다. 생각해보면 그것은 정말 복수였는지도 몰랐다. 어찌 됐든 아내는 얼마 지나지 않아 보기 좋게 그것을 두 손에 쥐었다. 매주 수요일 교인들을 만나 상위 이백 개 기업들의 주가를 분석했고 주일이면 교회에 모여 부동산 정보를 나

넜다. 은혜롭게도 정말 그곳에는 정보가 넘쳤다. 그래서 나는 아이가 영어유치원 졸업반이 된 해 직장을 그만둘 수 있었다. 아내가 반 년 새 버는 돈이 내 연봉의 두 배를 훌쩍 넘어선 것이었다.

"당신 다시 그림 그려. 돈은 내가 벌 테니까."

낯설지 않은 일이 반복되고 있었다. 어째서 실수는 반복되는 것일까?

"징글징글한 일 그만하고 집에서 쉬어, 내가 다 할 테니까."

아버지가 목수 일을 그만두게 된 것도 어머니의 한마디에서 시작됐었다. 취미 삼아 놓은 계가 커졌고, 이어 개수가 늘었다. 아버지가 물! 하면 쪼르르 컵을 들고 달리고 재떨이! 하면 역시나 쪼르르 재떨이를 가져다줬던 어머니는 더 이상 집에 없었다. 어머니가 집을 비우는 횟수가 잦아지자 아버지는 물! 했다가 멍하니 천장을 바라보고는 끙, 하고 일어나 직접 물을 따라 마셨다.

그러는 사이 어머니는 사채를 굴리기 시작했고 그 돈은 너무도 쉽게 부풀어 올라 아버지가 나무를 깎아 번 돈의 열 배가 됐다. 아버지는 재떨이!라고 외치는 대신 어머니에게 담뱃값을 받았다.

나는 사립학교에 진학했고 어머니는 계원과 채무자를 늘리기 위해 교회에 다니기 시작했다. 집안 곳곳에 십자가가 걸리자 어

머니의 목소리는 좀더 커졌다. 아버지는 말수가 준 대신 주량이
늘었다. 그런데 바보같이 나는 그것이 무언가 시대의 흐름에 맞
게 잘 변하고 있는 것이라 생각했다. 아버지가 초라해졌다는 생
각은 하지 못했다. 그간 아버지가 너무 많은 힘을 쥐고 있었다
는 생각뿐이었다.

"개 같은 년이야! 돈을 빌렸으면 갚아야지!"

어머니의 목소리가 커질 때마다 살림살이가 나아졌다. 손가
락질을 하는 동네 사람들이 늘었지만 상관없었다. 수준 떨어지
는 지긋지긋한 동네는 떠나면 그만이었다. 오른 집값은 고스란
히 내 몫이 됐다. 과외 선생을 열 명 넘게 갖다 붙여줘도 성적
이 크게 오르지 않자 다급해진 어머니가 나를 데려다 놓은 곳이
미술학원이었다. 제법 고가의 화구들을 손에 쥐여주며 어머니
는 내게 치과의사만큼 훌륭한 미술학도가 돼라 말했다. 아버지
가 크게 웃었지만 어느새 나는 그런 아버지가 무섭지 않은 나이
가 되어 있었다.

아버지는 어머니가 벌어다 주는 돈으로 소박하게 화투를 치
고 소주를 사 마시고 산에 올랐다. 아버지의 톱과 대패에는 가
을 낙엽처럼 녹이 슬었다. 부푼 근육이 줄어드는 만큼 아버지의
몸에도 녹이 슬고 있었다. 피가 터지도록 나를 때리는 일도 없
었고 근엄한 목소리로 이것저것 시키는 일도 잦아들었다. 나 역
시 아버지에게 그닥 묻고 싶은 것이 없어졌다. 제법 큰 평수의

아파트로 옮긴 터라 아버지와 함께 대중목욕탕을 갈 필요도 없었다. 사람 많은 곳에서 비위생적으로 때를 미는 것보다 바디샴푸로 매일 샤워하는 쪽이 좀더 좋을 것이라 여겼다. 그때도 아버지는 여전히 순서를 따르고 있었다. 수건을 바닥에 곱게 펼쳐놓고 비누 곽을 올려놓은 다음 그것을 능숙하게 마는 일. 수건 뭉치가 거짓말처럼 고개 숙인 아버지의 손에 딱 들어맞게 변했다. 나무를 깎는 것처럼 혼자 묵묵히, 아버지는 거르지 않고 그 일을 반복하고 있었다.

나는 나이 든 아버지가 그렇게 고개 숙여 지난 일을 후회하고 반성하는 줄 알았다. 부쩍 자라버린 내가 여러모로 현명해지고 성숙해진 줄 알았다. 화실에 앉아 밤늦도록 아그리파를 그리면서 나는 그렇게 아버지를 떠올렸다. 결코 아버지처럼 되지 않겠다고 이를 악물었다. 멋진 미대생이 되면 아버지와 다른 삶을 살 수 있을 줄 알았다. 무엇보다 아들에게 자상한 아버지가 되고 싶었다.

미처 아버지가 견디고 있다는 것을 몰랐다.

국제중학교를 보내려면 강남으로 가야 했다. 박 집사 아들도, 김 집사 아들도 국제중을 준비 중이라 했다. 아내는 다시는 그들과 간격을 벌리지 않겠다 다짐한 지 오래였고 나 역시 아내가 우는 모습을 다시 보고 싶지 않은 터였다. 사돈의 팔촌을 따져봐도 강남에 지인이 없었던 탓에 우리가 택할 수 있는 것은 이

사뿐이었다. 하지만 신도시에 벌여놓은 부동산이 지나치게 많아 여의치가 않았다. 무엇보다 강남의 아파트를 덜컥 구입할 만한 금액이 잔고에 없었다. 그것이 아내가 가장 원통해하는 부분이었다.

"빌어먹을 돈이 꼭 필요할 때는 없지."

아내는 그곳의 집값이 지나치게 비싼 것인지 아니면 그간 우리가 지나치게 적은 수입을 올린 것인지 판단조차 하지 않은 채 말했다. 필요할 때 없는 것이 아니라 필요 없는 데 쓰려고 하니까 그런 게 아닐까, 하고 싶었지만 말을 꺼낼 수 없었다.

"정부 정책이 잘못된 거야. 양극화가 너무 심해. 우리 같은 사람들이 살 수가 없잖아. 그러니까 경제 대통령이 필요한 거야. 아무튼 방 하나 얻어 줄 테니까, 진영이랑 좀 지내. 학원 픽업도 해야 하고, 어리니까 혼자 놔둘 순 없잖아."

"어떻게든 같이 사는 게 낫지 않겠어?"

"가서 그림 그리라니까. 교회도 그렇고, 여기 일들도 많고, 힘들어. 장기적으로 봐야지. 눈앞만 보려고 하니까 자긴 발전이 없는 거야. 그냥 그림이나 그려. 진영이가 자기처럼 살았으면 싶어?"

얼마간 오기 같았지만 아내는 그것을 끝내 모성이라 여겼다. 나는 애써 아내가 날 배려하는 것이라 생각했지만 어쩐지 가슴이 아팠다. 물론 쉬고 싶다는 생각을 해보지 않은 것은 아니었다. 내 시간을 맘껏 쓰면서 아이를 위해 무언가 할 수 있다면 그것도 좋지 않을까 싶은 생각을 꽤 했었다. '회원님들만을 위한 초특가' '회원님들만을 위한 특별 우대' 같은 일러스트를 너무 많이 그린 까닭에서였다.

요컨대 부끄러웠지만 참아보기로 한 것이었다. 무엇보다 아이에게 좋은 아빠가 되고 싶어서였다.

아이의 줄넘기 수행평가가 코앞으로 다가오고 있었다. 국제중학교에 진학하려면 탄탄한 내신 성적은 기본이었다.

일 분간 백오십 회 이상, 이단뛰기 십 회 이상, 기본 스텝 다섯 개 항목 연결 동작, 엇걸었다 풀어뛰기 및 옆떨쳐뛰기를 포함한 음악 줄넘기. 엇걸었다 풀어뛰기는 고사하고 이단뛰기조차 되지 않아 마음이 조급했다. 매일 밤 홀로 줄넘기를 할 때마다 쫓기는 기분이어서 창피하다 생각할 겨를이 없었다.

하늘로 뛰어오르고, 두 발이 붕 떠오르고, 그렇게 다시 땅에 닿으면, 거기, 꼭 줄이 놓여 있었다. 줄은 야속하게도 자꾸만 발에 걸렸다. 앞으로 나아가고 싶은데 좀처럼 되지 않는 것이었다. 어떻게 해야 좋을지 알 수 없었다.

학원은 필요 없다며 아내에게 큰소리까지 친 터였다. 게다가 줄넘기 학원을 보내는 것도 여의치 않은 상황이었다. 학원비는 둘째 치더라도 아이에게 시간이 없었다. 아이는 토플, 토익, 토셀을 배우고 심층 면접을 준비하고 고등수학을 배우고 봉사활동을 하고 바이올린과 피아노를 배우고 각종 경시대회의 문제

집을 풀며 한 주를 보내고 있었다. 밤 열한 시가 넘어야 돌아오는 아이의 어깨는 직장생활을 십 년쯤 한 과장의 그것과 닮아 있었다. 그런 아이에게 학원 한 군데를 더 가야 되겠다는 말을 할 엄두가 나지 않았다. 그것은 좋은 아빠가 할 말이 아니었다. 대체 어쩌면 좋을까?

신경질적으로 줄넘기를 바닥에 던져버리고 말았다. 나도 울고 싶었다.

"괜찮아. 내가 할게."

등 뒤에서 아이의 목소리가 들렸다. 아이가 모든 것을 보고 있었다는 사실을 그제야 알았다. 더없이 부끄러웠다.

"다른 거 하자."

"응?"

"이런 거 말고 하고 싶은 거 없어?"

"청계천 갈래요?"

아비지 몸에서 김이 모락모락 피어오르고 있었다. 거내하고 딱딱하고 조용하며 무엇보다 무엇이든 잘 견뎌내는 아버지가 나는 세상에서 가장 강한 줄 알았다. 땀을 뻘뻘 흘리면서도 다시 뜨거운 물로 들어가는 아버지를 볼 때마다 아버지가 되고 싶었다. 아버지와 같은 근육을 갖고 아버지처럼 포경수술을 하고 아버지처럼 뭐든 잘 견디는 남자가 되고 싶었다. 달아 오른 얼굴만 물 위로 내어 놓고 잔뜩 인상을 쓰고 있노라면 아버지가

74

꼭 하는 말이 있었다.

"오백까지 세."

아버지의 한마디에는 거스르기 어려운 무언가가 있었다. 나는 늘 빼지 않고 꼬박 오백을 셌다. 그러고 나면 머리가 핑 돌았다. 그것이 아버지의, 역시나 거대하고 딱딱하고 조용한 규칙이었다. 준비물은 수건과 비누가 전부. 남자라면 샴푸 따위 쓰지 않는 것이다. 비누칠을 하고, 온탕에서 몸을 불린 다음, 때를 밀고, 샤워를 한 후, 밖으로 나와, 선풍기 바람으로 머리를 말리고, 필히 수건은 허리에 두르고, 나무 의자에 앉아, 손발톱을 깎고, 비로소 시원스레 우유 한 잔. 나까지 줄줄 꿰어버린 그 순서를 대체 아버지는 누구에게 배운 것일까?

세상에서 가장 지겨운 일이 오백까지 세는 일이라고만 여겼던 그날 나는 입가에 묻은 초코우유를 핥으며 알게 됐다. 견딘다는 것은, 생각보다 쉬운 일이 아니다.

이튿날 몇몇 신문에 아이와 내 사진이 실렸다. 바보 같은 표정으로 의무경찰의 곤봉에 두들겨 맞고 있는 사진을 모르는 네티즌이 없었다. 그들은 나를 '줄넘기 아저씨'라 칭했다. 나는 줄넘기를 허리에 감고 있었고 아이는 촛불을 들고 있었다. 사진 속의 나는 아이의 손을 잡으려 가까스로 손을 내밀고 있었지만 아이는 야속하게도 달아나는 중이었다. 생쥐처럼 흠뻑 젖었으면서도 뭐가 그리 좋은지 사진 속 아이는 밝게 웃고 있었다. 붕 떠 있는 아이의 작은 두 발. 그렇게 아이는 줄을 넘어서고 있었다.

한 달 만에 다시 돌아온 집 냉장고 메모에는 〈그대 아는가, 촛불은 꺼지기 직전 가장 밝다는 것을!〉이라는 문장이 지워져 있었다.

"가지가지 한다."

"……"

"애 데리고 거기서 뭐 했니?"

"오백까지 셌어."

"니가 애니? 그런다고 뭐가 달라져? 철없다. 한 번이면 됐다, 그만하자."

"……"

주가가 떨어진 모양이었다. 아내의 목소리는 여전히 날카로웠다. 아내의 말이 옳았다. 달라진 것은 없었다.

아내는 화살표를 들여다보고 아이는 일주일에 스무 곳이 넘는 학원을 전전하고 나는 아이의 손을 잡고 줄넘기를 한다. 그래도, 아직 모르는 것이 너무도 많지만, 내게 순서라는 것이 생겼다. 견딘다는 것은 여전히 힘든 일이었지만 그래서 되레 마음이 놓였다. 지나치는 차가 없는 광화문 대로를 달리며 실은, 나는 아버지를 찾고 있었다. 그것이 순서였다.

줄넘기? 근 두 달째, 꾸준히 하다 보니 옆떨쳐뛰기는 일도 아니다.

등

토목이든 건설이든 인테리어든 구조변경이든 조경이든 간에 건축 관련 일을 하는 사람들에게는 늘 한 가지 고민이 있다. 미장이도 목수도 설계사도 감리사도 하다못해 페인트칠을 하는 현장의 아주머니들까지 같은 고민을 한다. 인간은 아름다운 것을 만들 수 있는가, 인간이 만들 수 없는 것이 아름답지 않던가. 혹자는 이것을 '미(美)'란 무엇이며 누구를 위한 것인가, 라는 추상적 문제라 한다. 맞는 이야기다. 아름다움의 존재와 방향부터 먼저 논해야 한다는, 논문을 써도 좋을 주제임은 분명하지만 애석하게도 내게는 고민할 시간이 많지 않다. 당장 눈에 보이는 무언가를 만들어야 하는 처지라 그렇다. 그렇다고 아예 고민을 내려놓을 수도 없는 노릇이라 더 고민이라면 어떨까. 전자가 옳든 후자가 옳든 막중한 책임감이 따르는 까닭에서다. 어떻게 해야 좋을까. 건축을 예술이라 여기는 이들은 점점 설 자리를 잃고 있고 이제는 예술조차 다들 상품처럼 여기는 시절이라서 그런 고민 역시 하지 않을 수 없는 노릇이다 보니 세상에 이처럼 까다로운 직업도 또 없는 것 같다. 그럴 때마다 나는 패션 디자이너들이 한없이 부럽다. 우리는 사람은 물론이고 땅과 나무와 물과 하늘까지 셈해야 하는 처지지만 그들은 사람의 몸만 셈해도 될 테니 말이다. 어쩌면 무지한 투정일지도 모르겠다. 인간은 아름다운 것을 만들 수 있다고 전적으로 믿어야 할 운명에 처해 있음에도 고민할 시간조차 얻지 못하는 딱한 사람들이라 할까. 요즈음은 시내에서 가장 큰 복합 주거단지 프로젝트를 진행하고 있다. 연일 공중파를 통해 티저 광고까지 내보내는 터라 어떤 내용인지 이미 알고 있는 사람도 많다. 그 역시 '아름다움'과 관련 있어 그 이야기를 꺼낼까 한다.

시내에서 가장 큰 단지인지라 더 욕심이 났다. 물론 그만큼 의욕도 넘쳤다. 덩치만으로 랜드마크가 되는 건축물들에 넌더리가 난 참이었다. 크면 아름다운 것이라 생각하는 사람들에게 일침을 놓고 싶다는 생각을 꽤 오랫동안 해왔다. 개념을 바탕으로 역사를 쌓을 수 있는, 그런 진정한 랜드마크를 만들고 싶었다. 그렇게 마음먹고 시작한 것이었다. 그런데 입주 예정자들과 그에 대해 이야기를 나눌 수가 없었다. 소통이 되지 않았다. 프로젝트를 계획하는 내내 잦은 토의를 거쳤음에도 진행은 더디기만 했다. 하면 할수록 뜻이 모아지지 않는 기묘한 회의

랄까. 아름다운 것에 가치를 매기는 일이 저마다 다르다는 것이 그렇게 야속할 수 없었다. 애초부터 결코 원만하게 소통할 수 있는 문제가 아니었는지 몰랐다. 포기하고 싶었지만 그럴 수 없었다. 서로 뜻을 나누는 일을 포기한다면 우리는 인간이라 불릴 수 있을까. 그랬다. 저마다 다르다면 뜻을 모아야 했다. 그렇게 실용적인 것으로 합의를 이끌었더니 거짓말처럼 어느 정도 절충이 가능했다는 이야기를 하고 싶었다. 이것을 사람이 할 수 있는 일의 한계라 해야 할까, 아니면 사람이 할 수 있는 최상의 선택이라 해야 할까. 결국 맥 빠지게도 프로젝트의 기치는 '아름다운 것은 곧 실용적이어야 한다'가 됐다.

죽 훑어보니 투정 같기도 하고 변명 같기도 해 미련 없이 구겨버렸다. 내가 썼지만 말이 되지 않았다. 때마침 열이 오르고 손목이 시큰거려 만년필을 내려놓았다. 책상 위에 놓인 거울을 들여다보며 호흡도 가다듬었다. 호흡만으로 호전되지 않는 것 같아 서랍을 연 다음 약을 찾아 삼켰다. 군 복무 시절에도 그랬다. 대민봉사 나갈래 행정반에서 차트 손볼래, 하면 두말없이 삽자루를 움켜쥐는 쪽이었다. 애꿎은 볼펜 끝자락만 물어뜯으며 그녀에게 처음으로 편지를 썼던 날에도 그랬다. 깊은 밤입니다. 문득 당신이 떠오릅니다. 문득 당신이 떠오르는 깊은 밤이네요. 어느 쪽으로 골라야 할지 첫 문장부터 갈피를 잡지 못해 머리칼만 쥐어뜯었다. 나란 인간은 애초부터 글 쓰는 일에 소질이 없었다. 토요일 오후였고 트렁크 차림으로 이인용 밥상머리에 앉아 볼펜을 문 채로 겨드랑이 사이에다 연신 부채질만 하던 중이었다. 그러니까 그게, 전부 다 거짓말 아니었나.

그러니 애초에 이런 일이라면 맡지 않았어야 옳았다. 그럼에도 거절하지 못했다. 껄끄러웠지만 고개를 끄덕였던 것은 학교 때문도 친구 때문도 후배들을 위한 진심 어린 마음 때문도 아니었다. 하필 곧 돌이 되는 아들 녀석 얼굴이 떠오른 까닭에서였다. 작디작고 제대로 할 수 있는 것이 아무것도 없으면서도 뭐든 끝내 제 뜻대로만 하고 마는 녀석이 예뻐 그랬다. 사실 저하고 싶은 대로만 휘젓는 녀석에게는 좀체 예쁜 구석이 없었다. 작은 악마라 불러도 좋을 만큼 제 뜻만 고집하는 녀석이 예뻐 보인 이유, 그 이유가 손목을 덥석 움켜쥔 것이었다. 더없는 솔직함. 녀석은 뭐든 제 맘에 들면 웃었고 제 맘에 들지 않으면 울었다. 웃음을 참고 울음을 삼키는 것도 부족해 웃어야 하는 일에 울고 울어야 하는 일에 웃는 내가 어느덧 부끄러워진 모양이었다. 진실은 단순한 것인지, 진실이 아름답다면 아름다운 것도 단순해야 하는지, 고민을 그만두라고 아이는 내 앞에서 해답처럼 밝게 웃고 있었다.

신입 사원 시절, 대표이사의 글을 도맡아 대신 써대던 그런 말도 안 되는 시절도 있었다. 우연히 쓰게 됐던 신년사를 대표이사가 흡족해했고 결국 그 일이 이후로도 내 몫이 되고 만 것이었다. 글 잘 쓰는 후배 덕에 호강한다는 말을 입에 붙이고 다

넜던 부장은 연신 책의 복사본이나 글귀 따위를 내 책상 위에 쌓아 놓고는 내가 글을 완성하면 빠르게 낚아채 대표이사 앞에 머리를 조아리는 일을 반복했다. 아마도 그때나 지금이나 내 글솜씨는 여전할 터다. 다만 그럴듯한 거짓말과 진실의 차이가 있을 뿐. 나이 사십 줄이 훌쩍 넘어 알게 됐다. 글 쓰는 것이 어려운 것이 아니라 거짓말이 어렵다. 그토록 단순한 진실을 이제야 알았다.

대학 동기인 중호가 다시 전화를 걸어왔다. 받자마자 아무래도 못 할 것 같다고 솔직하게 말을 꺼냈다. 손목이 아팠다. 하지만 중호는 막무가내였다. 돌이킬 수 없다는 것이 막무가내의 이유였다.

"그냥, 우리는 종합대학 아닙니다. 미대가 최고입니다. 그렇게 써. 백 주년 기념 취지도 미(美)라잖냐. 뭐가 어려워. 참 단순하기 짝이 없는 발상인 건 나도 인정하는데 우리만 그러냐? 예쁜 것 소재로 글 쓸 일이 그렇게 없어? 다들 네가 참여해 만든 건물들 탐내고 있으니까 적당히 그런 에피소드 곁들이면 되는 거지. 어렵게 생각하면 끝없어. 쉽게 생각하면 아무 일도 아니잖아. 밑에 글 좀 쓰는 친구들 없어? 그냥 건네고 써 오라 한 다음에 한번 훑어보면 좋잖아. 이런 것까지 일러줘야겠냐? 왜 지난번 건축과 특강 때 애들 질문 생각 안 나? 그런 거야 결국은."

나름 꼼꼼히 준비해 간 한 시간 반짜리 강의 끝에 나온 아이

들의 질문이 그랬다. 지티에스나 오픽 준비해야 할까요? 내년
에는 몇 명 뽑아요? 타사 대비 연봉은요? 평사원에서 관리직
전환 비율이 궁금합니다. 지금 주당 얼마나 하죠? 그래놓고 박
수를 쳐대니 어리둥절할 뿐이었다. 말리고 싶었다. 오 년 내내,
거기에 더해 이 년쯤, 가끔은 유럽과 북미를 돌아다니며 인간이
빚은 아름다운 건물들에 감탄하고 기술을 익히고 예술을 다짐
했을 아이들이 일 층부터 이십오 층까지 칸칸마다 판에 박힌 아
파트만 주야장천 만들게 하고 싶지 않다는 마음으로 단단히 준
비한 강의였다. 한데 아이들이 궁금해하는 것이 회사의 주가라
니 힘이 쭉 빠지지 않을 수 없었다. 아이들이 영악한 것인지 내
가 어리석은 것인지 어지러웠다. 어쩌면 그날도 내가 거짓말을
했던 탓이 아닐까.

　이왕에 고백했으니 문제의 프로젝트에서 '소통'된 내용 역시
실은 이랬다 말해야겠다. 정원 좋죠. 물 흐르고 조각 있고, 나
무도 많고. 아이고, 그림도 걸면 좋죠. 그런데 그게 우리가 좋
은 게 아니라니까. 막말로 내 돈 주고 산 땅인데 최대한 실평수
늘리는 게 낫지. 아파트 사실 다 거기서 거기 아닙니까. 회사
로고 크게 박읍시다. 요새는 막 불도 들어오고 그러더만. 빌트
인 왕창 넣고, 최신식 방범 시스템으로다가 공 더 들이고, 그렇
게 아껴서 차라리 광고하자 이 말입니다. 끝났으니까 어디 좋은
데 가서 식사나 하십시다. 거기, 기자님들도 같이들 가시죠?

그 순간 나와 동료들은 무거운 마음으로 제법 신중한 척 모든 내용을 플래너에 받아 적고 있었다. 그 말이 원칙이었고, 그렇게 박수를 치고 끝이 난 포럼이었다. 열 번을 하면 열 번이 다 사전에 입이라도 맞춘 듯 그런 식으로 끝났다. 소비자들을 최대한 만족시키는 일이 당신들 할 일 아니오? 하는 말에는 조금 부아가 났지만 나도 매번 웃으며 따라 박수를 치고 사진을 찍을 수밖에 도리가 없었다.

졸업을 앞둔 학생들에게 그것을 어떻게 설명해야 좋을지 알 수 없던 터였다. 그래서 솔직한 글을 쓰고 싶어진 모양이었다. 돌이켜보니 대체 무엇이 아름다운 것인지 배우고 외운 적은 있을지언정 묵묵히 생각해본 적이 없었다. 그래서 결국 또 한 줄도 쓰지 못하게 됐다. 현장에 들러볼 시간이라 등을 돌리기는 했지만 질문이 연신 덜미를 누르는 느낌에 쉽게 발이 떼어지지 않았다. 어딜 가? 아름다운 것이 뭔지 생각해봐야 할 것 아니야? 등 뒤에서 자꾸만 질문이 쏟아지고 있었다.

마을에는 '호빵'으로 유명한 제과 업체의 빵공장이 있었다. 멀리서 택시를 타고 마을로 가자고 하면 고개부터 갸웃거렸던 택시 기사들도 빵공장 이름을 대고 나면 단박에 핸들을 꽉 움켜쥐었다. 내가 태어나 자란 곳은 그것 말고는 내세울 것이 전혀 없는 서울 강북 변두리의 그저 그런 마을이었다. 가로수는 갈색이었고, 물은 바닥을 알 수 없는 검은색이었고, 구름은 늘 형체가 불분명했다. 시내로 가는 버스 노선이 고작 두 개뿐이어서 마을 사람들은 외출할 때마다 잊지 않고 시계를 챙겨야 했다.

빵공장의 규모는 해가 지날수록 커졌다. 공장이 커질수록 마을이 좁아지는 꼴이라 나는 꽤 오랫동안 그 커다란 빵공장이 집들과 골목길과 전신주 따위를 잡아먹는 줄 알았다.

빵공장은 크게 두 개의 건물로 나뉘었다. 왼쪽 건물은 제법 낡았고 새로 지은 오른쪽 건물은 좀더 크고 매끈해 반짝였다. 굴뚝은 각 건물의 중앙에 놓여 있었다. 벽돌로 된 낡은 굴뚝이 왼쪽, 좀더 크고 매끈한 콘크리트 굴뚝이 오른쪽이었다. 누군가 하늘을 향해 양손을 치켜든 모습 같아서 마을의 많은 아이들은 굴뚝을 향해 손을 흔들었다. 공장이 커지면서 그곳에 일자리를 잡은 아버지나 삼촌, 누이들이 늘어나 그들을 기다리는 것이었다. 내 아버지 역시 아침마다 공장으로 들어가 저녁이 되면 그곳을 등지고 걸어 나왔다.

헤질 녘이 되면 빵 굽는 냄새가 사방에 피졌다. 저녁마다 피지는 버터와 우유와 설탕 향 탓에 쉬 허기가 느껴졌다. 기묘한 것은 공장 가까이 갈수록 향긋한 냄새가 되레 사라진다는 사실이었다. 공장을 두르고 있는 시멘트 벽에 다가갈수록 향은 알 수 없는 악취로 돌변했다. 머리가 핑 돌 만한 고약한 냄새로 공장은 어떻게 호빵과 카스텔라와 크림빵을 만들어내는지 도무지 알 수가 없었다. 호기심 많은 아이들조차 공장 근처로 가지 않앞던 것은 그 때문이었다. 그저 방의 창문을 열고 버터와 우유와 설탕 향을 맡으려 코를 쿵쿵대는 것이 더 낫다는 것을 영악스러운 아이들은 누가 가르쳐주지 않았음에도 터득한 지 오래였다. 언젠가 아버지는 은밀히 내게 그 비밀을 일러줬다. 자랑스럽기 보다는 부끄럽다는 투로 건넨 비밀의 열쇠는 생각보다 초라하기 짝이 없었다.

"기술이지. 놀라운 기술."

나 역시 그 벽과 마주한 적이 있었다. 위압적인 시멘트 벽 꼭대기에는 깨진 유리병이 박혀 있었고 그 위로 다시 철조망이 어지럽게 휘감긴 채였다. 어떤 녀석은 그 벽을 그래서 '예수'라 불렀다. 하지만 이름과 달리 벽은 누구도 얼씬대면 가만두지 않겠다는 위협처럼 느껴질 뿐이었다. 나는 쉽게 다가가지 못하고 아버지에게 건넬 서류 봉투를 든 채로 발만 동동 굴러야 했다. 들어가고 싶었지만 거대한 철문은 좀처럼 열리지 않았다. 고약한 냄새는 코를 찔렀고 문은 움직일 줄 몰랐고 벽은 지나치게 높았다. 아름다운 것은 가까이 가면 사라진다는 선생의 말이 옳았다.

"여자는 예쁜데 마누라는 보기 싫지."

미술 선생이 그렇게 말하며 혼자 웃었더랬다. 적당히 거리를 두는 것이 아름다움의 실체라면서. 설마 그럴 리가, 했다가 정말 그런 경험을 하고 보니 굉장히 복잡한 기분이었다. 그렇게 코를 막고 한참을 달음질치다 돌아선 다음 손을 뗐더니 다시 향긋한 버터와 우유와 설탕 냄새가 밀려들었다. 배에서 꼬르륵 소리가 절로 났다.

거대한 철문을 열고 나타난 아버지가 호빵을 건네며 내게 말했다. 아름다운 것은 사실 단순한 것이라는 설명이었다.

"밀가루와 팥은 아무것도 아닌 것 같지. 그런데 거기에 단팥을 넣어봐라. 단팥빵이 되는 거다. 단팥빵과 흰 종이 한 장은 아무것도 아닌 것 같지. 그런데 거기에 그걸 붙여. 호빵이 되는 거다. 넣고, 붙이는 거다. 그렇게 엄마와 결혼했고, 네 누이와 널 낳았고, 집을 샀고, 자동차를 샀지. 얼마나 아름다운 일이냐."

그렇게 말하고 돌아서는 아버지의 등은 철문 탓인지 어쩐지 작고 어둡게 보였다. 그것이 삶의 커다란 비밀 같았다. 아버지가 속삭이듯 말한 까닭도 있지만 뭐랄까, 대단히 그럴듯하게 여겨진 것이었다. 어쩐지 잊으면 안 될 것 같았고 꼭꼭 숨겨 새겨놓으면 언젠가 큰 도움이 될 것만 같았다. 집으로 돌아가는 길에, 호빵을 품에 안은 채로 그래서 나는 한동안 중얼거렸다. 넣고, 붙이고. 넣고, 붙인다고.

마을의 대부분 집들이 그렇듯 우리 집도 꽤 높은 곳에 자리잡고 있었다. 당연히 방 창문을 열면 두 개의 굴뚝이 무엇보다 먼저 눈에 들어왔다. 때때로 굴뚝에서 새하얀 연기가 피어오르기도 했는데 정말이지 더없이 아름다운 광경이었다. 나는 두 개의 굴뚝 중 오른쪽이 좋았다. 때때로 누군가 그곳에 그림을 그려놓는 까닭에서였다. 새로 나온 빵의 이름이나 '자연보호' '호국보훈의 달'처럼 멋대가리 없는 글씨만 적혀 있는 적이 좀더 많았지만 가끔 기린이나 구름, 다람쥐 따위가 그려진 때가 있었다. 나는 그것을 더없이 아름답다 여겼다. 언젠가 용이 그려진 적이 있었는데 커다랗게 벌어진 입 사이로 연기가 뿜어 나오는 것을 봤을 때는 하마터면 오줌을 쌀 뻔했다. 마을의 지표라서, 자랑스러운 가족의 일터라서, 나에게 아름다운 굴뚝을 보여주고 있다는 이유로 빵공장은 마을 최고의 자랑이었다.

아침에 일어나 창을 열 때마다 마치 나를 품으려는 듯 두 팔을 벌리고 있는 굴뚝과 마주하는 일은 그래서 언제고 기분 좋은 일이었다. 굴뚝과 함께 아침을 맞고 굴뚝과 함께 하루를 마감했던 시절, 굴뚝을 보면서 나는 수많은 생각들을 했다. 상상을 하고 그림을 그리고 미래를 가늠하는 내내, 내 곁에는 언제나 친구처럼 때로 애인처럼 어떤 때는 스승처럼 커다란 굴뚝이 놓여 있었다. 마을에서 가장 아름다운 것이 빵공장이라는 데 이의를 두는 사람이 있을 리 없던 그 시절, 마을에서 두번째로 아름다운 것은 내 누이였다.

네 식구가 한자리에 앉을 때마다 누이는 좀체 가족처럼 보이지 않았다. 엄마를, 그렇다고 아빠를 닮은 것도 아니었다. 누이가 있는 곳은 늘 반짝반짝 빛이 났다. 예쁜 누이가 있다는 것은 남동생으로서는 더없이 좋은 일이었다. 고교를 졸업할 때까지 나는 누군가에게 맞은 적도 돈을 빼앗긴 적도 없었다. 강북의 모든 구에 있는 남학생들이 내가 누이의 동생이라는 것을 알고 있었다. 수많은 쪽지와 편지를 전달하는 일이 번거롭기는 했지만 또 그 탓에 편리한 일들이 한둘이 아니라 나는 마냥 좋을 뿐이었다. 누이는 내게 예쁘다는 것이 무엇보다 좋은 일이라는 것을 가르쳐준 셈이다. 하지만 얼마 지나지 않아 누이는 내게 예쁘다는 것이 지극히 좋지 않을 수 있다는 것도 일러줬다. 뭐랄까, 야박하게 말하자면 굴뚝과 달리 누이는 그저 예쁜 것이 전부였기 때문이다. 이를테면 누이에게는 놀라운 기술이 없었다. 약삭빠르게 행동할 줄도 몰라 누이는 시간이 지날수록 시달려야 했다. 지나치는 모든 이들이 발을 멈추고 누이의 볼을 꼬집거나 머리칼을 쓰다듬을 때 절로 새는 웃음을 기분 좋게 삼키면서 헛헛, 소리 내던 일을 언제나 즐겼던 아버지의 표정도 때문인지 슬슬 바뀌어가는 참이었다.

"저걸 어디다 써. 시집이나 빨리 보내버려야지."

고교 시절에만 두 번의 임신을 한 누이는 이르게 시작한 결혼생활에 실패하고 말았다. 이은 재혼 역시 다르지 않았다. 예쁘다는 것 말고는 제대로 할 줄 아는 것이 없어 아비가 다른 두 딸을 키우면서도 아직까지 종종 내게 손을 벌려야 하는 처지가 된 누이의 역사에서, 아름답다는 것은 그림자에 지나지 않았다. 나와 아내는 아버지와 어머니의 재산 모두를 누이에게 양

보했지만 그마저도 두 명의 신랑에게 고루 빼앗긴 지 오래였다. 재산만 빼앗긴 것이면 또 좋았겠으나 때때로 찾아오는 그들을 연신 받아들이는 일만큼은 나로서도 도저히 납득할 수 없었다. 퍼런 눈두덩에 쥐어뜯긴 머리를 한 채로 찾아와서 삼백만, 오백만 어떻게 안 될까? 묻는 누이를 볼 때마다 그래서 부아가 치밀었다.

"바보야, 생각 좀 하고 살자."

"알고 보면 좋은 사람이야."

그런 식이었다.

"그냥 어디 안 보이는 데로 좀 가 있어."

도시 개발로 빵공장은 부수어져 지방으로 옮겨졌고 누이도 내가 몰래 마련해준 지방의 조그만 아파트로 거처를 옮기게 됐다. 놀라운 기술의 빵들과 더없이 어여뻤던 누이는 이제 마을에 없다. 시간은 멋진 굴뚝과 어여쁜 누이를 손에 쥔 채 숨어버렸다. 그것이 누구의 탓이라 여겨본 적이 한 번도 없었는데 빌어먹을 글을 쓰려다 그런 생각마저 들 줄은 정말이지 몰랐다. 어째서 우리는 아름다운 것들을 가만둘 줄 모르는 것일까.

재개발 현장에는 가까스로 목숨을 부지하고 있는 듯한 모양새의 낡은 한옥 한 채만 남았다. 유언이나 해야 딱 좋을 듯싶은 한옥이었지만 용케 영업을 계속하고 있는 소매점이었다. 아마도 공사가 끝나고 난 후 자리를 떠야겠다는 심산인 것 같았다.

담배나 사야겠다, 하고 무심히 들어갔다가 누군가 꼭꼭 숨겨놓은 줄만 알았던 그 빵을 다시 보게 됐다. 이거…… 아직도 파네요. 하고 싶은 말이 어쩐지 쉽게 나오지 않았다. 그렇게 젊은 날의 아버지를 다시 만난 것 같은 기분에 반갑게 집어 들려던 차였는데 순간 날카롭게 파고든 젊은 여자의 목소리 탓에 그렇게 하지 못했다. 여자는 자신의 손을 잡고 있는 사내아이의 등을 찰싹, 소리 나게 쳤다. 나까지 움찔하고 말았다.

"안 돼. 온갖 나쁜 게 다 들어 있는 거야. 빵 먹고 싶으면 엄마가 집에 가서 구워줄게."

나는 굴뚝과 누이를 떠올렸다. 한때, 마을의 자랑이었던 빵공장과 누이. 그들을 기억하는 사람이 자연스레 줄어가는 게 아쉬웠고 지난 일들이 새삼스러워졌다. 빵을 꺼내 덥석 베어 물었다. 금세 목이 꽉꽉해져 어쩐지 눈물이 날 것 같았다.

"형제간에 사이좋게 지내라. 그게 세상에서 제일 아름다운 일이야."

아랫목에서 힘겹게 일어나 행여 우리들 얼굴에 기침이라도 할까 봐 한사코 등을 돌린 채 꺼냈던 어머니의 마지막 말은 기침처럼 갑작스러운 것이었다. 어머니의 등은 웃고 있었는데 목소리는 눈물에 젖어 있었다. 그땐 왜 그런지 몰랐다.

"뭐 묻었어요."

여직원이 문을 열기가 무섭게 따라 들어와서는 말했다. 종일이걸 붙이고 다니신 거예요? 그런 다음 살갑게 재킷의 어깨를 두드려줬다. 기왕에 먼지며 머리카락들까지 털어내는 모양이었다. 당혹스럽기도 하고 괜히 부끄럽기도 해서 괜찮다고 말하며 등을 구부렸는데 순간 묘한 기분이 들었다. 그녀가 잠시나마 등을 쓰다듬으면서 재킷의 주름을 바로잡아 주는 새 머리가 복잡해진 것이었다. 수없이 봐왔던 타인의 등과 나만 빼고 모두들 봤을 내 등과 좀처럼 제대로 볼 기회가 없었던 누군가의 등들이 한꺼번에 떠오른 것이었다. 그것들을 왜 잊고 지냈을까. 그녀의 손길은 나쁘지 않았다. 뭐랄까, 손바닥으로 괜찮다 말해주는 기분이었다.

여직원은 노란 포스트잇을 구기며 풋, 하고 웃었다가 표정을 고치고는 이내 죄송하다 말을 이었다. 옛 생각이 났다고 하기에 나도 그냥 따라 웃었다.

"펌 했네?"

"두 달 됐거든요."

누가 이런 걸 붙였어?라는 말보다는 나을 것 같았다. 그렇게 멋쩍어 꺼낸 말이었는데 괜히 한 모양이었다. 기억력은 점점 형편없어지고 있었다. 어쩌면 담당 의사의 말처럼 주의력 부족인지 몰랐다. 얼핏 본 메모지에는 이렇게 적혀 있었다.

'한 번만 두드려주세요.'

뒤춤에 메모를 감춘 여직원이 물었다.

"어디 또 나가시게요?"

"병원 갈 시간인데."

"요새 안 좋아 보이세요. 건강 생각하셔야죠."

"그게 아니라, 글 하나 쓸 게 있는데 영 안 되네."

변명처럼 대꾸하고는 사무실을 빠져나왔다. 누군가 등을 떠밀기라도 한 듯.

낚싯대를 던지듯 부려놓자마자 동기들이 제일 처음 한 일은 전화였다. 나이 든 중년들이 일제히 휴대전화기를 꺼내 드는 모습이 장관이었다. 별일 없지? 별일 없어. 안부인지 보고인지 그저 버릇에 불과한 것인지 모를 아내와의 통화 소리 사이로 총무를 맡고 있는 태수 녀석만 다른 말을 하고 있었다.

"젊은 여자 말고 아줌마들로 골라. 아줌마들로."

"젊은 여자 있으면 놔두지 그러냐."

"젊다고 예쁜 줄 아냐. 뭘 할 줄을 알아야지."

그렇게 말하고 나서 동기들은 한참을 웃었다. 활어회와 매운탕까지 전화로 주문해 식사를 마칠 즈음 여자들이 몰려들었다. 동기들은 거실에 초를 켠 후 술을 마시고 담배를 태우고 포커와 화투를 쳤다. 사이사이 쓰러져 잠드는 녀석들도 제법 많았다. 그럼에도 사장님, 선생님, 교수님 하는 여자들의 목소리는 새벽까지 잦아들지 않았다.

중호와 나는 테라스로 나와 쪼그려 앉은 채 차를 마셨다. 비로소 대학 시절 생각이 났다. 방파제에 쪼그려 앉아 두세 시간을 아무 말 없이 장대만 잡고 있다 보면 알 수 없었던 모든 것들이 잠시나마 해결되는 기분이었다. 그 시절 세상에서 가장 아름다운 일이 밤낚시라 여겼던 중호와 내 꿈은 무엇이었을까. 주제넘게 그런 생각도 들었다. 다른 것은 기억나지 않지만 고개를 푹 숙인 채 물살을 가르고 달려드는 물고기를 볼 때마다 그래도 살아야겠다는 생각을 했었다. 삶의 절실함이랄까. 손바닥을 튕기는 힘이 그래서 아름답게 여겨졌었다. 한나절 잡은 파란 플라스틱 통 안 보잘것없는 크기의 망둥이와 숭어가 제 꼬리로 힘없이 바닥을 내리치면서 지난 세월을 일러주고 있었다. 뭐랄까, 정신 차리라고 말하는 것 같았다. 생각해보니 고작 저걸 잡겠다고 여기까지 왔다.

"지금 애들이 몇 학번이지? 그나저나 특별 기고는 좀 그렇다. 내가 꼭 해야 돼?"

"공육. 내 수업 듣는 것보다 더 열심히 읽을걸. 요새 애들 그래. 미디어미학, 이러면 다들 졸고, 누구누구 배우, 누구누구 감독 온다 하면 녹음기 켜고 들어. 학교 백 주년인데 우리 과 잘나가는 동문이 너 말고 또 누가 있냐. 저기 애들 좀 봐라, 시켜주지 않아서 안달인 애들도 있는데 그냥 좀 쓰자."

"그래도 아들뻘 되는 애들 앞에서 아름다움이라니, 코미디 같잖냐."

"네 아들 이제 돌 아니냐? 늦둥이 키우느라 욕본다. 원고료는 많이 못 줘. 분유 값이나 되려나."

우리는 그렇게 나이를 먹고 있다는 생각을 했다. 팬티 차림의 태수 녀석이 나와 갑작스레 웃지 않았다면 괜스레 눈물 한 방울 떨어졌을지 모를 처연한 달빛 아래에서였다. 태수가 예전처럼 짝, 하고 소리 나게 등을 때렸다.

"등짝들이 아주 가관이다. 나란히 앉아서 연애하냐? 늬들은 아직도 잘난 척이야?"

고혈압이야 병이라 할 수도 없는 모양이었다. 아침에 느지막이 일어났더니 전날 밤 주전자 당번을 맡았던 희태 녀석이 가득 끓여놓았던 보리차가 동이 나 있었다. 많이 좀 끓여놓지, 꼭 저 같은 짓만 해요, 저 새낀 통이 작아서 큰일이야, 우리 모두는 희태 녀석에게 그렇게 퉁을 줬다. 스물네 명 중 둘 빼고는 다들 혈압 약을 주섬주섬 챙겼다. 혈압이 적절했던 둘은 혈압 약 대신 부정맥 약을 꺼내 먹었다. 덩치 큰 남자 스물넷이 너나없이 약을 삼키는 모습도 나름 장관이라면 장관이었다. 장난삼아 각자 약봉지들을 꺼내 세어봤더니 무려 백이십 알이었다. 나는 어디가 아프고, 너는 어디가 아프고, 마누라는 어디가 아프고, 뭐가 좋다던데 먹어는 봤나, 그 병원 의사가 괜찮다더라, 그렇게 지느러미로 바닥을 치는 물고기처럼 한동안 모두들 시간 가는 줄 몰랐다.

"아름답다, 아름다워."

그렇게 웃으며 저마다 낚시 가방을 둘렀지만 조금 구부러진 듯한 그 뒷모습들이 어쩐지 외로워 보였다. 우리는 대체 무엇을 위해 알약을 약속처럼 삼켜댄 것일까. 나서는 길에 풀어주려 했던 플라스틱 통 안의 물고기들이 하룻밤 새 새하얀 배를 드러낸 채 둥실 떠올라 있었다. 뭐랄까, 이제 그만두자고 하는 것 같았다.

"그런데 이건 등이 이쪽이냐, 저쪽이냐?"

"환경오염 큰일이다. 세상이 더러우니 버티겠냐? 이러다 진짜 우리까지 다 죽어."

누군가 물었고 누군가 대답했는데 그게 누구인지 정확히 알 수가 없었다. 다들 할 일이 너무 많았다. 백 주년 기념 행사를 위해 모였던 동기들은 술을 진탕 마시고 하룻밤 잔 뒤 백이십 알의 약을 먹고 학교를 위해 돈이나 얼마씩 내자는 합의를 마치고서 헤어졌다. 물고기 몇 마리가 이유 없이 죽어버린 그날의 기억은, 돌이켜보니 그렇게 짧았다.

그랬던 판에 또 약을 먹어야 한다니 부아가 치밀 수밖에 없었다. 내색하지 않으려 했는데 치민 짜증이 누가 봐도 선했던 모양인지 모두들 내 등을 노려보고 있는 듯했다.

"막 아프다든지 눈물이 난다든지 그런 게 아니라니까."

늘 그래왔듯 담당 의사는 침착했다. 여태 그가 해준 말들이 정말 다 사실이었을까. 집중력이 좀 떨어진다 싶었더니 우울증, 때로 왼손에 쥐가 난다 했더니 혈액순환 장애, 허리가 어쩐지 무겁다 했더니 중기 복부 비만, 머리가 좀 빠지고 귀울림이 생겼다 했더니 만성피로, 오늘은 뭔가 하얀 굴뚝 같은 것이 아른거린다 했더니 스트레스로 인한 중심성 망막증이라는 설명. 말하는 족족 마치 전화로 주문이라도 받는 듯 척척 내놓는 대꾸가 여전했다. 피로, 스트레스, 혈액순환 장애로 평생을 먹고 살려는 심보 아닌가 싶어 심통이 났다.

"망막증이라니 그건 또 뭐야?"

"실장님 나이 정도 되시면 다들 그래요. 저도 종종 그런데요, 뭘."

위로라고 말하는 모양이었는데 기분은 조금도 나아지지 않았다. 증상은 심각하게 말하고 처방할 때는 아무것도 아닌 것처럼 말하는 담당 의사의 태도가 마음에 들지 많았다. 의사들이란.

"마음의 평화를 찾으셔야 돼요. 아름다운 것들만 생각하시고."

담당의사가 끝으로 그렇게 말한 탓에 귀울림이 더했다. 베테놀, 각종 비타민, 웰부트린, 스틸녹스, 리놀레산200, 사물탕, 아침 식사 전 조깅, 오후에 낮잠, 잠들기 전 반신욕, 부적 여섯 장. 손에 쥐고 있다고 과연 마음의 평화를 찾을 수 있을까. 그것들만 잊지 않고 잘 챙긴다면 나는 아름다워질 수 있을까. 아니 그런 생활이 과연 가능하기나 한 것일까. '아름다운 것들'이라는 말만 하지 않았어도 써야 할 원고 내용이 다시 부담처럼 머리를 짓누르지는 않았을 터였다.

병원에서 다시 사무실로 돌아왔을 때 책상 위에 석 장의 메모지가 놓여 있었다. 재킷을 걸어 놓고 차를 한잔 마실까 싶은 참에 재빠르게 따라 들어온 여직원이 메모의 내용을 차례로 일러 줬다. 어떤 차를 마셔야 좋을까. 몹시 피로했다. 하나는 모교에서 온 전화였고 다른 하나는 누이였으며 마지막은 아내였다. 어느 쪽도 반갑지가 않았다. 꼭 좀 연락해달라고 재차 전화가 왔었다며 여직원은 꼼꼼히 시간까지 덧붙였다. 차 한 잔 드려요? 라고 묻기에 괜찮다고 손사래를 친 후 의자에 주저앉은 순간 다시금 그녀의 등과 눈이 맞았다. 등에 달라붙지 않는 블라우스가 경쾌하게 팔랑거리고 있었다. 뭐랄까, 손을 흔드는 것 같았다.

애된 목소리의 조교가 먼저 전화를 받았다. 조교는 스스럼없이 내게 선배라는 칭호를 썼다. 박중호 교수님께서 한번 걸어보라 하셨습니다. 그렇게 조교는 제법 정중하게 말을 이었다. 해볼까 했는데 아무래도 안 되겠네요. 점잖게 거절할 요량으로 탁상 달력을 넘겨봤지만 애꿎게도 특별한 일이 눈에 띄지 않았다. 때마침 잊고 있었던 이틀 전의 '낚시'라는 붉은 펜글씨만 눈에 선할 뿐이었다. 순간 선수라도 치듯 조교가 일정은 언제든 좋으니 선배님 결정에 따르겠다며 말을 이었다. 전화를 옆에 두고 일을 하는 사람들은 진화라도 하는 모양인지 총잡이처럼 뽑아내야 하는 순간을 정확히 맞추는 일들에 어찌 그리 재빠른지 알 수 없다. 우리 회사 여직원만 봐도 그러니.

"아름다움이란 무엇인가, 라니 이게 내가 할 이야기가 영 아니라. 엊그제 박 교수 하고도 이야기를 했거든……"

"저도 꼭 읽어보겠습니다. 영광입니다, 선배님. 이달 말까지 주시면 됩니다."

그래 놓고서 전화를 끊어버리는데 마치 대학 시절 중호 녀석과 마주한 기분이었다. 일정은 언제든 좋다고 해놓고서 이달 말까지라니, 하긴 분명 녀석이 뽑았을 조교니 당연한 일일지 몰랐다.

누이는 한동안 전화를 받지 않았다. 문득 목 뒤가 뻐근했다. 그러자 예의 커다랗고 새하얗고 동그란 굴뚝이 불쑥 솟아올랐다. 시선을 옮기는 대로 따라다니는 그것과 마주할 때마다 어찌해야 좋을지 알 수 없었다. 중심성 망막증이라. 이름을 알게 됐지만 달라지는 것이 없었다. 굴뚝의 머리가 눈앞에 펼쳐진 사물들을 여지없이 절반 이상 점령한 채였다. 그렇게 되고 나면 누군가의 등 뒤에 서 있는 것처럼 얼마나 답답한지 몰랐다. 처음에는 눈에 뭔가 들어간 것인 줄만 알았다. 그래서 눈두덩은 물론이고 이마가 붉어질 때까지 사정없이 눈 주위를 비벼댔었다. 하지만 수평선에 걸쳐진 태양처럼 봉긋 솟아올라 있는 그것은 좀처럼 움직일 줄 몰랐다. 어지러웠다. 행여 아침 약을 잊었나 싶어 재킷 주머니를 뒤적여 플라스틱 통 속 개수를 셈해봤다. 고혈압 약은 챙겨 먹었고…… 또…… 다시 의자에 앉아 손가

락으로 이마와 눈 위와 귓등을 차례로 힘주어 꾹꾹 눌러대면서
이게 다 뭐 하는 짓인가 생각했다. 커다랗고 새하얗고 동그란
굴뚝이라니.

아내는 단박에 전화를 받았다.
"일찍도 한다. 이제 하면 뭐하냐? 다 끝났는데."
"무슨 일인데?"
"아버님이 스타벅스에서…… 커피 마시는 사람들 뺨을 때렸
대. 몸에 나쁜 걸 왜 마시냐고."
지금은 또 멀쩡히 앉아 바둑 채널을 보고 계시니 걱정 말라
고 아내는 말을 이었다. 가끔씩 벌어지는 돌발 상황 때문에 가
족 모두가 긴장하고 있는 참이었다. 아버지 탓에 가정 도우미
를 벌써 다섯 번이나 바꿨다. 국회의원 선거에 나가야겠으니
삼만 원을 내놓으라는 적이 있었고, 십일 개월 된 아이를 앉혀
놓고 정종을 따르기도 했었다. 자고로 술은 어른한테 배워야
한다고.
"아이고, 일일이 고개 숙여 사과하느라 창피해 죽는 줄 알았네.
이 순경 아니었으면 또 난리 났어. 저녁에 파출소 한번 들러."
그럼에도 아내는 되레 의연했다. 풀이 죽어 있는 내 등을 두
드리며 누구나 다 잠깐씩은 잊고 산다 말했던 아내였다. 아버님
도 그런 것일 뿐이라고, 제법 귀여운 일들만 하시니 뭐가 어떠
냐고, 아이야 내가 좀 조심하면 될 일이고, 세상에 더 미친놈들

이 멀쩡한 척 살고 있는데 걱정하지 말라 큰소리쳤던 당찬 아내였다. 아이가 생긴 후로 아내는 부쩍 너그러워졌다. 아내의 그런 말들이 정말로 큰 힘이 되고 있는 터라 얼마나 다행인지 몰랐다.

"고생했어. 병원은 안 가봐도 될까?"

"일 봐. 이제 괜찮으시다니까. 아버님도 참. 들려?"

수화기 너머에서 아버지 목소리가 흘러들었다.

"아가야, 나도 커피 한잔하자."

누이는 여전히 전화를 받지 않았다. 대신 아내가 다시 전화를 걸어왔다. 누이가 집에 왔다고 했다. 미리 전화하고 오려 했는데 내가 전화를 좀처럼 받지 않았다고 했다. 아마도 현장이나 병원에 있을 때 걸었던 모양이었다. 덜컥 걱정부터 들고 짜증이 났다. 가슴이 뛰고, 심장이 아픈 것 같고, 솟아오른 굴뚝 때문에 그렇지 않아도 답답한 참이었다. 또 어딘가 두들겨 맞았나 싶고, 돈이 필요한 모양이다 싶기도 하고, 함부로 돌아다니는 건 좋지 않을 것 같기도 하고, 잠깐 경황이 없었다던 아버지 생각까지, 영 심란했다. 언제부터인가 가족을 대할 때마다 반갑기보다 괜스레 한숨부터 앞서고 있었다.

아내가 말했다.

"아버님이 오라 했다는데?"

"아버진 뭐라셔?"

"너 누구냐고 하셔."

그렇게 말하고 아내는 재미있다는 듯 웃었다.

"미치겠네. 그래 누이는 좀 어때?"

"여전히 예쁘시지 뭐. 이왕 이렇게 된 거 같이 저녁 해. 일찍 들어와."

퇴근길에 파출소부터 들렀다. 인상 좋은 이 순경이 꾸벅 허리를 굽혀 인사를 건넸다. 언제 봐도 웃음이 맑은 친구였다. 차 트렁크 문을 열고 족발과 통닭, 양주 몇 병이 담긴 비닐봉지 뭉치를 나눠 들었다.

"어허, 실장님 자꾸 이러시면 안 되는데."

"늘 미안해. 또 신세 졌어."

"그래도 어르신이 기력이 많이 좋아지셨어. 근육이 있어, 이쪽에. 와, 나 그렇게 안 봤는데 막 표정 확 변하는데 장난 아니었어요. 왜 당구장 앞에 컴퓨터 대리점하는 친구가 진단서 끊네 어쩌네 해서 고생 좀 하긴 했는데. 요새는 젊은 놈들이 왜 그러나 몰라. 뭐, 지들은 안 늙어? 그래도 그 친구 한번 찾아가보시는 게 좋겠어요. 한동네 사는데 여러모로 좋은 게 좋은 거 아닙니까."

"그래야지. 어디?"

"왜 은행 건물에 당구장 있잖아요. 이칠사 번지."

그렇게 말하며 무심히 구두코로 바닥을 긁는 이 순경에게 문득 묻고 싶어졌다.

"이 순경, 아름다운 게 뭘까?"

"아 나, 우리 실장님 또 철학하신다. 실장님 모르는 걸 내가
어떻게 알아요. 그런 거 말고 아파트 끝나면 우리 집 들어갈 자
리나 좀 봐줘요. 아주 그냥 좁아가지고 안방에 누워 있어도 마
누라 똥 누는 소리가 들리는데."

"아니 뭐, 그냥 기분 좋은…… 그런 거."

"아름답다…… 아름답다라…… 난요, 다리 다쳐서 우리 엄
마가 나 중학교 때 업고 다녔거든요. 공부는 못해도 출석은 해
야 된다는 스타일이시라. 생각해봐요. 그 나이에 얼마나 쪽팔렸
겠어? 그런데 그때 있잖아요, 업혀 있으니까 그렇게 좋더라.
우리 엄마가 앞쪽은 별로인데 등이 진짜 예뻐요. 그냥 좌르르르
해. 뭔가 말은 없는데 엄마랑 나 사이에 뭔가 왔다 갔다 하는
그런 기분. 아니지, 요새는 돈이 아름답죠. 세종대왕님이 일렬
종대로다가 쫘악 몰려 있으면, 크…… 그게 생각만으로 아름답
네. 나도 한번 실장님처럼 살아봐야 하는데. 뭘 나한테 그런 걸
물어요?"

다시 전화벨이 울린 순간이었다. 전에 없이 당황한 아내의 목
소리가 귓속을 다급하게 파고들었다. 울부짖으며 같은 말만 반
복하는데도 알아들을 수가 없었다. 태호가 죽게 생겼으니 빨리
오라고. 도대체 무슨 일인지 묻기도 전에 집에 갈 일부터 막막

했다. 파출소에서 집까지는 제법 먼 거리였다. 거리도 거리지만 꽉 막혀 있을 구청 앞 삼거리를 떠올리니 더없이 아득할 뿐이었다. 뜯지도 않은 양주 한 병이 깨졌고 족발 한 접시와 쟁반국수 일 인분이 엎어졌다. 파출소 정문 앞에 차를 세워둔 채로 이 순경의 허리를 와락 끌어안고 말았다. 그제야 사이렌 소리를 들을 수 있었다. 사이카에 올라타 이 순경의 등에 코를 박을 때만 해도 그럭저럭 괜찮았는데 앰뷸런스를 타고 시내 병원으로 이동하고 있다는 아내의 마지막 전화에 그만 가슴까지 내려앉고 말았다. 그제야 뭔가 일이 잘못되고 있다는 느낌이 든 것이었다.

"뭔 일인데 그래!"

"애 코에 구슬이 들어갔어."

"뭐가 들어가?"

"아, 몰라."

아내는 신경질적으로 전화를 끊었다. 그러니 더 답답한 노릇이었다. 나는 이 순경의 점퍼를 잡아당겼다. 순간 둔탁한 소리와 함께 핸드폰이 아스팔트로 떨어졌다. 부서져 구르는 소리가 멀어지고 있었다.

"이 순경, 병원."

"예?"

"병원."

"뭐요?"

"병원!"

응급실에 모인 사람들 모두 우왕좌왕하고 있었다. 아이를 둘러싼 채 구급대원도 레지던트들도 가족들도 모두 발만 구르고 있었다. 양쪽 콧구멍 모두 꽉 막혀버린 아이는 울음도 호흡도 입으로만 거칠게 내뱉고 있었다. 이틀 전 내버렸던 물고기처럼 지쳐 보였다. 대체 얼마나 시간이 지났는지 아이의 원래 얼굴은 찾을 수가 없었다. 벌게진 코는 지나치게 퉁퉁 부어 내 아들이 아니라 바다코끼리 한 마리가 침대에 누워 있는 것 같았다. 그래서 나도 그만 털썩 주저앉고 말았다. 구급대원은 장비가 없다고 하고, 레지던트들은 담당의가 없다고 하고, 아내는 살려달라 울부짖고, 이 순경은 좆 됐다는 소리만 반복하고, 아버지는 자꾸만 집에 가자고 했다. 그야말로 아비규환이었다. 대체 어째서 다들 이렇게 무기력한 것이냐고, 쌍욕을 퍼붓고 싶은 심정이었지만 나 역시도 할 수 있는 것이 없었다. 그리 막막하던 참에 누이가 다가가 덥석 아이를 안았다.

"한번 보자. 옳지, 옳지, 자, 보자."

"형님, 집에서부터 왜 그래요. 그러다 더 들어간다니까."

아내가 버럭 성을 냈지만 누이는 더없이 차분했다. 응급실 보조 의자에 등을 돌리고 앉은 누이의 뒷모습은 기도를 하기 위해 모은 누군가의 손처럼 아름다웠다. 허공을 휘젓는 아이의 팔다리를 보니 누이가 뭔가 하기는 하고 있는 모양이었는데 그렇게 조용할 수가 없었다. 모두들 숨을 죽이고 있는 가운데 아이의 비명이 응급실 복도로 퍼져 나갔다. 몇몇 환자들까지 자리에서 일어나 모두 누이의 등만 바라봤다.

"됐다. 괜찮다."

나지막이 말한 다음 누이가 아이를 달래기 시작했다. 거짓말처럼 구슬 두 개가 바닥에 떨어져 내 쪽으로 또르르 굴러왔다. 누이의 등은 예전처럼 환하게 빛나고 있었다.

"넣고, 붙이고. 다 됐으니까 이제 집에 가자."

아버지가 내 등을 두드리며 말했다. 발끝에 놓인 것은 구슬이라기보다는 알약처럼 보였다.

"누님이 아주 미인이신데 기술도 좋으시네."

예의 맑은 웃음을 보이며 이 순경도 덧붙였다. 비로소 마음이 놓였다.

잠든 아이를 눕혀 놓고서 아내에게 물었다. 마음이 편해 그런 모양이었다. 깊은 밤입니다. 문득 당신이 떠오릅니다, 와 문득 당신이 떠오르는 깊은 밤이네요, 중 어느 쪽으로 결정했었는지 불쑥 궁금해진 것이었다.

"편지 같은 소리 한다. 내 팔자에 받아본 적 없네. 시끄럽고. 가서 씻고 잠이나 자. 고생했어요."

잔뜩 취해서 다짜고짜 다가와 껴안았단다. 말주변은 없지만 진심이라고, 당신은 너무 아름답다고. 그런 다음 울었다는데, 내가 그랬나 싶었다. 어떤 기억은 꼭 거짓말 같다.

욕실 거울 앞에 뒤돌아서서 우스꽝스러운 자세로 고개를 돌린 채 힐끔힐끔 내 등을 봤다. 오랜만에 보는 등이었다. 넣고, 붙이고. 그렇게 등을 보고 있노라니 그간 망쳐버린 일들을 한꺼번에 해결할 수 있을 것만 같았다. 힘이 솟았다.

버틸 수 있겠어?

조심스레 톨게이트 입구에 차를 멈추고 운전석 창문을 내렸다. 왼손에 동전을 오른손에 지갑을 쥐고 있다 아주 자연스럽게 지갑을 던졌다. 그러고 나서도 무슨 일을 했는지 한동안 파악하지 못했다. 뭡니까? 그제야 왼 손바닥 위의 동그란 동전들이 나를 빤히 노려보고 있다는 것을 알았다. 뭐냐고요? 죄송합니다. 제가 허리를…… 말을 마치기도 전에 여자는 투덜거렸다. 자리에서 일어나 여기저기 뒤질 생각을 하니 짜증이 솟구친 모양이었다. 나라도 그랬겠다. 일부러 그런 것이 아니라는 말을 해야 했는데 그렇게 하지 못했다. 연신 신경질적으로 솟아올랐다 사라지는 여자의 등을 차마 바로 볼 자신이 없었다. 사고 나요, 그러다. 여자의 입에서 뜨거운 숨이 새어 나오는 내내 나는 고개를 들지 못했다. 당장 달려가 이마에 맺힌 땀이라도 닦아주고 싶은 마음이었지만 넉 대는 족히 밀렸을 자동차들이 일시에 뿜어대고 있는 요란한 경적 소리를 차마 버텨낼 자신이 없었다. 진심으로, 미안했을 뿐. 허리 아프면 주사 때문에 정신도 오락가락하나 봐요? 내 이야기에 한참을 웃던 선배가 탄식하듯 말했다. 남자는 허린데…… 거기서 더 안 좋아지나? 주사가 시원찮으면 뭐냐, 전문 병원으로 바꿔. 병원마다 주사가 다르더라고. 그러니까 왼쪽이 아프면 자연스럽게 오른쪽만 쓰게 된다는 명쾌한 설명이었다. 몸은 거짓말을 하지 않는다고. 오십 년 살아보니 제일 솔직한 게 사람 몸이더라. 건강 탓하는 사람들 제일 나쁜 사람들이야. 그렇게 말하고 선배는 다시 컴퓨터 모니터에 코를 박았다. 선배가 최근 시작한 온라인 골프 게임 화면은 늘 그랬듯 로그인인 채였다. 출근하고 골프 치고, 점심 먹고 골프 치고, 골프 치다 퇴근하는 놀라운 집중력으로 선배는 웨스트우드의 뺨을 휘갈기고도 남을 매끈한 샷을 얻었다. 한국도로공사 홈페이지에 글을 올리면 그 아가씨를 찾을 수 있을까요? 시원한 스윙 음과 함께 선배의 대꾸가 날아들었다. 악플이 삼백 개쯤 달리지. 너는 신상 털리고. 버틸 수 있겠어?

그래서 사진을 찍었다. 문이 닫혔을 때 나도 모르게 뒷걸음질을 쳤던가. 단박에 수술부터 떠올라 그랬다. 어쩐지 무서워 그랬다. 수술만큼은 피하고 싶었다. 환자분, 이게요, 시간이 좀 걸리는데, 괜찮으시죠? 예? 뭐가…… 좁은 곳에 혼자 있으면 답답하다든가, 뭐 그런 거요. 나이 든 간호사도 뭔가 염려된다는 투였다. 하지만 생각할 시간을 준 것은 아니었다. 알았으니까, 일단 누워보세요. 답답한 게, 조금 그런 게 있긴 한데……주저한 대답조차 귀담아듣지 않고 간호사는 제 할 일만 할 뿐이었다. 신음 소리를 내며 매달리는 느낌으로 매트 위에 오를 수밖에 도리가 없었다. 자리를 잡고, 벨트를 묶고, 마침내 자기공명촬영기 안쪽으로 빨려 들어가기까지 그녀의 요구는 끊임없이 계속됐다. 조금 위로, 조금 아래로, 고개 드시고, 됐어요. 아니, 아니, 더 왼쪽으로…… 누군가 줄로 잡아당기는 느낌이 오싹하기만 했고 그래서 나도 모르게 이를 악물 수밖에 없었다. 그렇게 시계도 쇠붙이도 없는 작은 공간 안에 갇히고 말았다. 어쩐지 시간이 멈춰버린 느낌이었다. 잔뜩 긴장했지만, 촬영 시간은 다행히 길지 않았다. 무섭다면서, 침 좀 닦지. 하마터면 다시 찍을 뻔했는데. 불쾌한 표정으로 투덜거리며 마른 걸레로 기계를 훔치는 간호사의 얼굴이 잘 보이지 않았다. 흐릿했다. 십삼 년간, MRI 찍으면서 코 고는 사람 처음 봤다고. 걸레를 던지면서 간호사가 덧붙였다. 진짜인 줄 알았는데, 꿈인 모양이었다. 앞발톱이 다 빠져버린 곰 한 마리가 커다란 굴을 가리키며 들어가 자도 되겠느냐 물었다. 지쳐 보였다. 잠을 자야겠다고. 그 앞발로 뭘 잡을 수 있겠느냐, 묻고 싶었지만 안쓰러워 절로 고개를 끄덕이고 말았다. 빛나는 회색 털을 가진 곰이 커다란 앞발로 내 머리를 쓰다듬어준 따뜻한 기억은, 꿈이었다.

그 광경이 사무쳐 눈물을 흘린 줄 알았는데, 그것이 침이었다는 명쾌한 설명이었다. 죄송합니다, 요새 많이 피곤해서…… 말을 마치기도 전에 여자는 종이쪽지에 동그라미를 그리며 번호를 좇아 다시 진료실로 가보라 했다. 예? 빨리 가세요. 이 층이라니까. 단단히 화가 난 투였다. 진심으로, 미안했다. 등 뒤에서 그녀의 목소리가 다시 넘어오고 있었다. 후배 간호사에게 이르는 것인지 내게 하는 것인지 알 수 없었다. 깨우면 빨리 일어나든가. 말했지? 허리 시원찮은 남자는 여러모로 시원찮은 거야. 침을 흘리잖아. 으, 징그러워.

상처를 보고 나면 마음이 놓일 줄 알았다. 하지만 그렇지 않았다. 아니, 되레 더 아팠다. 누가 나를 그간 이렇게 눌러댄 것일까. 시디 한 장 들었을 뿐인데 어깨는 물론이고 허벅지까지 묵직한 느낌이었다. 꼿꼿하게 서서 걷는 수많은 사람들 사이에서 길을 잃어버린 기분이었다. 순간 강아지 한 마리가 하얗고 뽀얀 털을 날리며 보란 듯이 앞으로 내달렸다. 뚱뚱한 중년 아주머니가 소리를 지르며 허겁지겁 뒤를 따르는 참이었다. 줄 좀 잡아요. 줄. 그냥 발로 밟았으면 좋았을 텐데, 애처롭고 다급한 목소리에 무심코 허리를 굽히려다 그 자리에 얼어붙고 말았다. 뭐랄까, 송곳에 옆구리를 찔린 느낌이었다. 좀 잡아주면 될 것을, 사람 참. 아주머니가 양손을 무릎에 짚은 채 헐떡거리며 말했다. 죄송합니다. 허리가…… 말을 채 마치기도 전에 아주머니의 투덜거리는 목소리가 다시 귀에 박혔다. 저, 저, 개새끼. 목줄 끝에 매달린 플라스틱 손잡이가 따각따각 바닥을 치며 멀어지고 있었다. 진심으로, 미안했다. 사무실 문손잡이를 잡았더니 나도 모르게 끄응, 소리가 났다. 고개를 숙인 채 건넨 시디를 이리저리 둘러본 선배의 표정은 심각하기 이를 데 없었다. 환하게 웃고 있는 척추가 그려진 튼튼마디 신경외과 시디의 표지와는 사뭇 다른 표정이었다. 내가 본다고 아냐? 뭐라는데. 수술은 안 하는 게 좋다던데. 사진 찍고, 경과 보자고 해서 일단 또 신경주사 맞았는데…… 그런데? 견딜 만해요. 에이, 젊은 새끼가, 남자는 허린데…… 걱정이 많은 눈치였다. 내 허리도 허리지만 벌여 놓은 일을 어떻게 해야 할지 벌써부터 고민을 시작한 것 같았다. 선배의 컴퓨터 스피커에서 어프로치 실패! 소리가 나 깜짝 놀랐다.

사업 설명서랄 것도 없는 조악한 내 포트폴리오 한 장을 믿고 꽤 많은 돈을 투자해준 고마운 선배였다. 나와 공동대표가 됐지만 사무실이며 자동차며 모두 선배가 얻어 준 것들이어서 난 늘 미안해하고 있었다. 칠 년 넘게 아이들을 가르치고 나서 내게 남은 것은 칠 년의 무게쯤 되는 부끄러움이 전부였다. 아예 학원을 차리지 않는 한 해결되지 않을 문제였다. 내게는 학교 성적과 관련된 수업을 전혀 하지 않는 그런 학원이 필요했다. 말이 안 될 것 같은 그 학원을 꼭 해보고 싶었다. 동그랗게 모여 앉아 함께 책을 읽고, 좋은 음악을 듣고, 좋은 그림도 보고, 그렇게 토론도 하면 부끄러움의 무게가 조금이나마 줄어들 줄 알았다. 그럴 수만 있다면 누군가 선생님, 하고 불러도 부끄럽지 않게 허리를 펴고 대답할 수 있을 것 같았다. 중등이나 고등 쪽으로 시작할 요량이었지만 선배의 만류로 초등학생부터 시작하게 된 것이었다. 네 맘 알겠다만. 중고등학생이 이런 거 할 시간 있냐? 애들이 영어 수학 하느라 담배 피울 시간도 없다는데. 어찌 됐든 그래도 시작은 좋았다. 사교육의 팔 할은 분위기였다. 입소문이 좋게 퍼졌고, 관심 두는 학부모들이 점점 늘었고, 시강도 좋았고, 아이들 반응도 괜찮았으며, 전단지도 매끈하게 잘 뽑혀 나온 터라, 첫 개강일 등록 학생 수가 예상 외로 넘쳤다. 덕분에 몇 달을 공중에 붕 뜬 기분으로 지낼 수 있었다. 그렇게 자리를 잡나 싶은 판이었는데 대형 학원에 비슷한 과목이 개설됐고 그것이 빠른 추락의 시작이 됐다. 탓하는 게 아니라 지난번에 네가 열심히 설명해준 대머리, 왜 파란색 반바지 입었던 인간, 그 인간이 원장이더라. 내가 진짜 오래 살 거야. 그 새끼들 얼마나 잘 사는지 봐야지. 학원을 오픈한 지 얼마 안 됐을 즈음, 희망과 투지로 불타 그 파란 반바지에게 온갖 커리큘럼을 이메일로 쏴준 것이 나였다. 본인이 그렇게 말하기에 정말 하나뿐인 딸을 끔찍하게 사랑하는 멋진 학부모인 줄만 알았다. 마흔 다섯에 솔로란다. 여선생들을 수영복 심사로 뽑는다는 소문이 있어. 요새는 성추행을 잘해야 돈을 버나 봐. 선배가 덧붙였다.

새로운 장관님께서 국사 수업도 영어로 했으면 한다는 등 이상한 분위기는 가라앉을 줄 모르고 있었다. 본격적인 추락의 시대를 맞았다. 등록 학생 수는 당시 주가처럼 끝을 모르게 곤두박질치기만 했다. 말했지만 사교육은 팔 할이 분위기다. 제법 바쁘던 선배가 온라인 골프를 시작하겠다는데 말릴 수가 없었다. 그거라도 해야겠다는, 그런 분위기였다.

그래도 죽으란 법 없다고, 후배가 온라인 스쿨을 제안했다. SNS 시대가 온다니까요. 선배들 같은 늙다리들은 죽었다 깨도 모르는 시대. 후배가 제법 굵직한 업체로부터 오더를 받아 온 것이었는데 잘 되면 대박이다 싶었다. 오더를 얻기까지 너무 힘들었다고 돌아오자마자 변기를 끌어안은 후배는 유언처럼 말했다. 그런 다음 도심의 고질라처럼 포효하더니 제 몸의 모든 것을 게워냈다. 유월 말 자두처럼 시뻘게진 녀석의 뜨거운 눈물 고인 눈동자를 바라보고 있노라니 덩달아 가슴이 뜨거워졌다. 간이 멜론만 해졌어요. 녀석의 너스레가 과장이라 여겨지지 않았다. 전 영업 사원이 됐어야 했어요. 내 몸에 영업의 피가 흘러. 계절이 바뀔 때까지 녀석이 지나치는 자리마다 양주 냄새가 남아 지워지지 않았다. 마치 주머니에 넣어두고 조금씩 흘려대는 것 같았다. 이 새끼, 이 기특한 새끼, 현대차 영업부 갔으면 대통령 됐을 새끼. 선배는 녀석의 어깨를 와락 끌어안고 진심으로 목 놓아 흐느꼈다. 그것이 마지막 줄이라는 것을 우리 모두

잘 알고 있었다. 사그라졌던 희망과 투지에 다시 불이 댕겨졌으
니 활활 타오를 차례였다. 업체는 철학과 토론 부문을 강화해달
라 요청했고 포트폴리오의 그 부분은 내가 도맡아서 진행하던
터였다. 요약하자면, 무너지고 있는 내 허리에 대한 선배 근심
의 끝이 그 포트폴리오에 닿아 있다는 이야기다. 알겠지만 이
도시의 갑과 을 사이에는 '관계'가 없다. 같이 할까? 그런 거 없
다. 싫음 말고,가 전부다. 그러니 어떻게든 허리를 지탱해야 했
다. 선배는 자신의 책상 옆에 라꾸라꾸 침대를 놓아줬고, 머그
잔에 빨대를 꽂아줬으며, 폭신폭신한 슬리퍼까지 손수 장만해
줬다. 가능하면 세수도 옷 벗고 서서 해보라면서. 사람이 하다
보면 안 되는 거 없어. 그랬다. 나는 일어서야 했다. 나 역시 아
프다고 가만히 있지만은 않았다. 이왕이면 프로젝트가 끝날 때
까지 버텨보고 싶어, 아픈 티 안 내려고 얼마나 노력했는지 모
른다. 누구보다 마지막 줄을 놓치고 싶지 않은 사람이 바로 나
였다. 내가 시작한 일이었으니까. 사무실 옆 상가 일 층의 보람
약국 약사도 그런 나를 북돋워줬다. 파스 떼다 장사하세요? 보
아하니 허리 같은데 박스로 사요. 이거 쉽게 못 끊으니까, 왔다
갔다 하지 말고. 그러던 차에 주저앉고 만 것이었다. 고민이라
기보다는 서로 눈치만 보는 시간이 지루하게 계속되고 있었다.
차라리 쉬자. 가을 시즌 제끼고 그랜드슬램 달성할 수 있다는
걸 보여주자고. 선배가 프로 골퍼다운 제안을 했을 때, 후배도
거들고 나섰다. 해온 가닥이 있는데 가진 자료로 충분하고, 강

의도 많지 않으니까, 여차하면 이메일로 해도 되고, 선배는 진짜 쉬는 게 좋겠어요. 선배의 어머니, 후배의 아내에게도 디스크 전력이 있었다니, 누구보다도 고통을 잘 이해한다는 그들의 말은 진심이었다. 틈틈마다 신경외과 시디에 목덜미를 잡혔지만 우리는 그렇게 쓰러지지 않았고, 나는 하마터면 눈물을 흘릴 뻔했다는 이야기. 동료애랄까.

예기치 못했던, 게다가 불안하기까지 한 삼 개월짜리 휴가는 그렇게 시작된 것이었다. 가능한 한 수술을 피해보고자 정기적으로 주사를 맞고 물리치료에 집중해보자고 의사가 먼저 제안한 기간이었다. 닥치고 수술 들어갑시다, 그럴 줄 알았는데 달랐다. 덕분에 뭔가 전문의다운 결연한 의지를 엿볼 수 있었고 그래서 마음도 많이 놓였다. 어쩐지 의료도 팔 할은 분위기 아닌가 싶은 느낌마저 들었다. 시선을 조금 높이고, 뭐랄까 경치를 두루 둘러본다는 기분으로 걷는 거지. 나도 잘 못 하지만 원장님은 환자니까. 그것이 무엇보다 중요하다고 의사는 책상 위에 놓인 지구본을 빙그르르 돌리며 덧붙였다. 아, 그렇구나 하고 절로 고개가 끄덕여졌다. 차분한 목소리에 알아듣기 어려운 전문용어 따위는 절대 쓰지 않는 의사의 말투에는 단단한 설득력이 있었다. 돌이켜보니 한 번도 경치를 두루 둘러본다는 기분으로 살아본 적 없었다. 저 푸른 지구처럼 천천히 돌아보리라, 그런 신념 비슷한 것이 절로 생기는 것만 같았다. 긴 생머리의 젊고 예쁜 여자 물리치료사 역시 마음에 쏙 들었다. 아내에게는 말하지 못했지만 그녀의 손톱이 닿을 때마다 어쩐지 병이 낫는 듯한 기분이었다. 원장님. 예? 허리 정말 조심하셔야 해요. 예? 허리는요, 남자의 반이에요. 그렇게 말하고 부드럽게 어깨를 짚고 일어서는데 나도 모르게 몸이 부르르 떨렸다. 이 병원에는 시인만 있나 보다. 눈을 감고 그녀가 보조기구를 채워줄 때마다 나는 홀로 포옹을 만끽했다. 주물러주시면 안 되죠? 물었더니 그녀는 웃으며 대꾸했다. 요새는 못 해요. 해드리고는 싶지만. 지구가 둥둥 떠 있는 우주는 얼마나 아름다운가, 생각하며 나도 따라 웃을 수 있었다.

아내는 친구가 운영하는 레스토랑에 나가보고 싶다고 말했다. 그만큼 나는 호전되고 있었다. 후배 녀석은 내 맘에 쏙 들만큼 야무지게 일을 처리하고 있는 중이었다. 일도 배우고 월급도 받을 수 있으며 딸아이는 간만에 아빠와의 시간을 만끽할 수 있는, 일석삼조의 제안이라며 아내는 기분 좋게 웃고 있었다. 칠 년 전이라면 당신은 집에 있어요, 내가 설마 당신 굶길까? 호기를 부렸겠지만 나이 들수록 목돈이 중요하다는 것을 자의 반 타의 반으로 깨달아버린 나도 같이 웃을 수밖에 없었다. 아차, 싶은 순간을 위한 주머니 하나 더 두는 것마저 욕심이라 한다면 너무 야속한 세상 아닌가. 다행히 아이는 또래에 비해 부산스럽지 않았으니 그것도 염려할 필요 없었다. 석 달간 아빠랑

신나게 노는 거야. 그렇게 이야기를 해줬더니 하염없이 방방 뛰기만 했다. 푸르른 여름의 절정이었다. 벼락같은 소나기가 간간이 내리긴 했지만 그것마저도 상쾌했다. 해가 들 때마다 아이의 손을 잡고 아파트 단지 이곳저곳을 거니는 것이 하루 일과의 전부가 됐다. 들꽃 앞에 쪼그려 앉아 혼자 까르르대는 아이의 등을 바라보며 벤치에 앉아 옆 동 아주머니들과, 경비원 아저씨와, 마트 배달 직원과, 각종 업체 소속의 택배원들과, 일주일에 한 번 단지 안쪽까지 들어오는 경찰관들과, 하늘과 바람과 별과 시와 수다를 떠는 것이 그렇게 좋을 수가 없었다. 하늘이 하도 앉아만 있어 둘레 살이 생긴 내 허리에 길쭉한 창을 내리꽂은 것이 저주가 아니라 축복인 것 같았다. 그때까지만 해도 사람들은 검정 비닐봉지를 손목에 걸고 슬리퍼를 끌고 놀이터에 나타나 아주머니들에게 빙과를 돌리는 중년 남자에게 이상한 눈초리를 보내지 않았다.

돈가스가 은근히 손 많이 가는 음식이야. 비싸다고 투덜대면 안 되겠더라고. 곁에 다가와 앉아 아내가 말했다. 뭔가 할 말이 있는 모양이었다. 제대로 만들면 다 그렇지. 만 원짜리 김밥도 있는데 뭐. 일이 힘들어? 그렇게 되물었지만 아내가 무슨 말을 꺼낼지가 더 궁금했다. 표정만으로도 부탁임을 짐작할 수 있었다. 부부라는 것은 이럴 때 참 편리하다. 도리질을 치며 아내는 내 손목부터 부여잡았다. 혜경이가, 유치원을 시작했는데 우리 애도 보내달래. 처제가 장인을 졸라 결혼을 미루고 유치원을 운영하려 한다는 이야기라면 이미 들은 바 있었다. 관심을 두지 않았던 사이 어느덧 개원 날짜까지 받아놓은 모양이었다. 애들은 놀아야 해. 정 보내고 싶으면 일이 년이면 족해. 끝난 얘기잖아. 마땅치 않은 것이 사실이었다. 소수 정예에, 외국인을 둔 영어 유치원이라니. 생각만으로도 절로 미간이 찌푸려졌다. 당장 목돈이 없어 장인 건물에 세 들었을 테니 모르긴 몰라도 원비만도 어마어마할 터였다. 그게 아니라, 막상 개원했는데 애들이 부족하고, 당신도 비슷한 일 하니까 그 심정 잘 알잖아. 나도 안 된다 말은 했지. 그런데 예쁜 여학생 하나 있으면 여러모로 좋다면서 하도 매달리니까. 우리 애가 인물 좀 고와? 나 닮았는데? 공부 안 시킨대. 원비는 당연히 없고. 그냥 커머셜이라 생각하고, 눈 딱 감고. 그렇게 엉덩이까지 흔들어대는 아내는 이미 마음이 선 모양이었다. 결과는 빤한 것 같은데 왜 이야기를 꺼냈냐고 돌려 물었더니 픽업을 부탁하기가 미안해서 그랬다 했다. 절로 웃음이 픽 새버려서 괜히 아내의 볼을 꼬집었다. 운전을 해도 좋을 만큼 허리가 곧게 펴진 것도 기분이 좋았고, 내 딸 얼굴 알아준다니 그것도 기분 좋아서였다. 딸 바보라는 말이 내게도 해당되는 모양이었다. 그래서 고개를 끄덕일 수 있었다. 분명 마음에 쏙 들지는 않았지만 가족 일이라 생각하니, 게다가 동종이라면 동종이라 할 수도 있는 부분이어서 마음 한쪽이 짠한 면도 없잖아 있었다. 단박에 거절해버리면 장인어

른도 서운해하실지 모를 일이었다. 그래도 진짜 공부는 안 돼, 먼저 예나한테 물어보는 것도 잊지 말고. 나는 단호하게 강조했고, 이모네 놀러 다니자고 했더니 좋다고 했다며, 아내가 밝게 웃었다.

처제의 유치원에 아이를 일주일에 두 번 보내기로 절충했다. 월요일, 화요일 아침의 네 시간이 사라졌지만 그래도 평화로운 휴식은 계속될 수 있었다. 운동 겸해서 단지 청소를 시작했고, 재활용 수거 날이 오면 우리 동 경비 아저씨를 돕기로 마음먹었다. 단지 우편함이 너무 낡았기에 페인트 한 통을 사다 몰래 칠한 일도 있었다. 또 한번은 장대 같은 소나기가 내리던 날에 비옷을 입고 작은 하수도로 하염없이 쌓이는 동백나무 잎을 주워 담았다. 운동 삼아 하는 일이라고 거듭 말했음에도 경비 아저씨는 극구 말리기만 했다. 택배도 그렇고, 쓰레기 분리도 그렇고, 이게 원래 어르신 할 일이 아닌데 당연하다고 생각하는 사람들이 너무 많죠? 예전엔 자기 집 앞은 다 자기가 청소했잖아요. 그러고는 담배 한 갑 찔러드렸더니 경비 아저씨는 입을 꾹 다문 채 낡고 작은 냉장고에서 비타민 음료를 꺼내 줬다. 빙과 덕분인지 벨을 누르고 이것저것 갖다 주는 아주머니들도 제법 늘었다. 긴 머리의 물리치료사, 고운 그녀의 말이 참말 옳았다. 허리는 남자의 반이라고. 뭐랄까, 허리 덕에 잊고 지냈던 반쪽의 삶을 되찾은 느낌이었다. 예나 또래의 아이 엄마인 아주머니로

시작됐지만 여기저기 소개받고 인사를 나누게 된 사람들이 적
잖았다. 하루의 절반을 놀이터에 앉아 있는 저 인간은 대체 뭐
하는 위인인가, 싶은 눈초리를 비치는 사람들도 간혹 있었지만
적어도 내 보기에는 호의와 친근함부터 건네는 사람들이 더 많
았다. 나 역시 이웃들에게 최대한 공손하고 예의바르게 대했다.
학원 강의로만 칠 년, 아주머니들을 어떻게 대해야 하는지 나름
빠삭한 처지였다. 좋은 말이 나오면 그렇군요. 정말 대단해요.
나쁜 말이 나오면 그렇지 않을 거예요, 사정이 있겠죠. 그것이
노하우였다. 정신 못 차리고 학부모들의 수다에 휩쓸렸다 곤혹
을 치른 경험이 한두 번이 아니었다. 어찌 됐든 나는 그것들이
한동안 느끼지 못했던 삶의 아름다움이라고 생각했다. 뭐랄까,
고개를 세우고 경치를 둘러보는 그런 아름다움. 내가 살고 있는
이백일 동 건물 뒤편에 사과나무가 있다는 것도 처음 알았고,
단지 바로 옆에 살구나무 가득한 오솔길이 있는 것도 처음 알았
다. 이곳에 세를 얻어 계약을 세 번 갱신하는 동안 부동산 위치
만 꿰고 있었던 내 자신이 부끄러울 따름이었다. 육 층에 누가
살고 있는지 몰랐고, 이백사 동 울타리 아래 주민들이 꾸며놓은
텃밭이 있다는 것을 몰랐으며, 노인정 건물 안에 작은 도서관이
있다는 것도, 우리 동 경비 아저씨가 한때 화가였다는 것도, 제
법 많은 수의 예나의 단지 친구들 이름까지, 나는 정말 그간 아
무것도 몰랐다. 그 예쁜 반쪽들을 모으는 재미에 시간이 가는
줄도 몰랐다.

요새 예나 아빠 인기 장난 아니에요. 원장 선생님이라면서요, 얘기 다 들었어요. 국어 선생님이라 그러신지 말씀을 너무 예쁘게 하셔. 경비 아저씨 도시락 싸 주셨다면서요, 같이 식사하시는 것 보니 정말 흐뭇하더라고요. 요리도 잘하신다고. 좋으시겠어요, 예쁜 부인에, 예쁜 딸에, 삶에 여유도 있으신 것 같고. 나는 안 취해 있고 안 자고 있는 남편 본 지가 서울 월드컵 때라니까. 우리 애는 삼십 분을 못 앉아 있는데 어쩌면 좋아요? 예나는 어디 유치원 다녀요? 자치회의 한번 참석하세요, 이런 말씀 안 드리려고 했는데 지금 입주자 대표가 완전 꼴통이거든요. 부녀회장은 꼬붕이고. 매사 일이란 게 순서가 있잖아요. 여기 봐요, 놀이터부터 고쳐야죠. 이 근방에 모래 놀이터는 여기뿐이라니까. 녹슬고 벗겨져서 세상에 애들이 그네 타다 손을 다 베어 와. 외벽 칠하고 주차장 손보는 건 그렇다 쳐, 그런데 금액이 터무니없잖아. 네이버에 쳐봐도 원가 다 나오는데. 예나 아빠 같은 분이 자치회장이면 좋겠어요. 작은 방에 누워 팔다리를 천천히 들어 올렸다 내렸다 반복하면서 이웃들의 말을 떠올리고 있었다. 근 한 달 새, 고민 상담사가 되어버린 느낌이랄까. 모쪼록 좋은 이웃으로, 좋은 말로 이야기를 나누고 싶었지만 투정이나 험담이 끼어들면 골치 아픈 것이 사실이었다. 그때마다 부러 긴 머리의 그녀를 떠올리며 좀더 힘차게 다리를 들어 올리던 참이었다. 장마인지 우기인지 모를 비가 시작됐고,

덕분에 집 안에서만 시간을 보낼 수 있었다. 집 안에서 혼자 시간을 보내는 일도 나쁘지 않았다. 그녀가 가르쳐준 그대로 따라 하고 있노라니 허리도 좀더 단단해졌다. 이러다 늦은 나이에 복근이 생기는 건 아닐까 싶은 흐뭇한 고민도 들었다. 절로 스르르 눈이 감길 때마다 스르르 입가에 미소가 번졌다. 이마 위로 물방울이 떨어지지 않았다면 또 한 번 꿈이라 생각했을지 모를 달콤함이었다. 빗소리가 넘어오는 한낮, 방 안에 누워본 적은 얼마만인가. 장롱 위 커다란 얼룩과 눈이 맞은 것은 그때였다. 물방울이 말이라도 건네듯 천천히 다가오는 것이 또렷이 보였다. 장롱의 모서리를 치고 또 한 방울 이마 위로 떨어졌다. 한동안 눈치채지 못했을 뿐, 한눈에도 꽤 오래된 습기라는 것을 알 수 있었다.

가벼운 마음으로 관리실에 전화를 걸었다. 십사 층인데요, 작은 방에 물이 새는 것 같아요. 여직원이 전화를 받았다. 아, 그러세요. 물이 새시는구나. 알겠습니다. 이틀이 지났다. 십사 층인데요, 지난번에 말씀드렸는데 천장에서 물이 새요. 이번에는 남자 직원이 전화를 받았다. 아, 그러세요. 물이 새시는구나. 어디, 십사 층요? 알겠습니다. 아파트 카페에 글을 올려봤다. 십사 층인데 물이 샙니다. 리플은 좀처럼 달리지 않았다. 그렇게 사흘 동안 연신 비가 내렸다. 관리실에서는 전화를 받지 않았고 장롱 위에는 국그릇이 놓였다. 팔월이 되자, 억수 같은 비가 내리더니 잠시 멎었다 다시 비가 쏟아지는 기묘한 날씨가 반복되기 시작했다. 평생을 살며 신혼여행지였던 인도네시아에서 단 한 번 겪어본 그런 날씨였다. 어두컴컴하고, 후텁지근하고, 툭하면 비가 내리고. 그럴수록 어쩐지 회복됐던 허리가 다시 어긋나는 느낌인데, 그에 맞춰 천장의 얼룩도 점점 넓어지는 고약한 기분이 일주일째 반복되고 있었다. 어렵게 다시 통화를 할 수 있었지만 결과는 별반 다르지 않았다. 제가 지금 세번째 전화를 걸었는데요, 대답만 하지 마시고, 어떻게 되고 있는지 설명을 해주셔야 할 것 아닙니까? 조금 날카롭게 물었더니 전과 다르게 날카로운 대답이 돌아왔다. 교양 없이 다짜고짜 성질부터 내세요? 여기가 몇 세대가 사는데, 직원 간에 서로 전달이 안 될 수도 있고요. 비가 많이 와서 지금 여기저기 난리예요. 부녀회장은 만나보셨어요? 역시나 말이 통하지 않는다 싶어 수화기를 내려놓아야 했다. 그리고는 부녀회장을 찾았다. 십사 층인데요, 물이 새서 그러는데, 영문은 잘 모르겠지만 관리실에서 부녀회장님을 만나보라 하네요. 현관 밖으로 고개만 내민 여자는 인상을 쓰더니 잠깐 기다리라 하고는 쾅 소리 나게 문을 닫았다. 무엇을 하고 나왔는지 한참 만에 나와서는 위아래로 훑기부터 했다. 귀찮다는 투였다. 아, 그분이시구나. 전세죠? 예? 많이 새요? 막 줄줄 흘러요? 그렇진 않습니다. 그럼 어지간하면 사람 불러다 고쳐요. 여기, 번호 드릴 테니까. 얼마 안 해요. 이 업체가 우리 아파트 구조를 딱 꿰고 있으니까. 내키지 않으시면 집주인한테 전화하시든가. 집주인은 관리실에서 고쳐줄 거라 하던데요. 젊은 양반 깐깐하시네, 그럼 관리실에 얘기하세요. 왜 와가지고…… 이게 뭔가 싶었다. 관리소장을 바꿔달라고 다시 전화를 걸 수밖에 없었다. 자리에 없단다. 핸드폰 번호를 알려달라고 했다. 가르쳐줄 수 없단다. 왜 가르쳐줄 수 없냐 물었더니, 너무 바쁘시단다. 다시 전화 주겠다고. 전화벨은 물론 울리지 않았다. 그랬다. 이게 뭔가 싶은 도돌이표가 반복되는 악보였는데, 알고 보니 나만 모르는 노래였다.

그래서 관리실을 찾았다. 입주하고 두번째로 방문한 관리실이었다. 처음 개원했을 때 전단지를 붙이고 싶어 찾은 적이 있었다. 광고하고 싶은 마음도 있었지만 진심으로 아이들에게 기회가 될 수 있을 것이라 여긴 것이었다. 관리소장은 말했었다. 지나치게 개인적이고 영리적인 일이라 입주민들의 의사를 물어봐야 한다고. 그럼 그렇게 하자고 했더니 시간이 꽤 많이 걸린다고 대답했던가. 나는 그럼 할 수 없죠,라고 대꾸했었다. 탓하지 않았고, 아쉬워하지도 않았다. 그의 말에 일리가 있다 여긴 것이었다. 바로 그 우리 동네 새 소식 게시판에 〈수익형 부동산, 사천 투자로 월 칠십!〉이라는 문구의 플래카드가 걸려 있었다. 보고 나니 어깨에 힘이 더 들어갔다. 자, 보세요. 작년에 보수공사를 했죠. 그런데 비가 새는 거잖아요. 그럼 하자 보수를 해야죠. 계약이 그렇게 되어 있을 거 아닙니까? 그걸 세입자한테 하라는 건 말이 안 되잖아요. 거친 말투로 쏘아 붙였으나 텔레비전을 보고 있던 관리소장의 대꾸는 한없이 온화할 뿐이었다. 졸지에 혼자 화를 내는 이상한 사람이 되고 말았다. 그렇죠. 그런데요? 아이고, 이거 뭐 박사님이 오셨네. 진심으로 자신은 처음 듣는 이야기라는 표정이었다. 입주자 권리도 권리지만 매너 없이 그렇게 떠들면 어쩝니까, 우리 큰 아들이 댁 또랜데. 제가 건설회사 출신이에요. 하자 보수가 이 년인 건 맞는데, 그게 짬뽕처럼 한 그릇이요, 하면 딱 갖다 주는 그런 게 아니야. 그리고 절차라는 게 있지, 개인 핸드폰으로 막 전화해서 따지고 들면. 그게…… 무개념이지. 아주 그냥 지만 바쁜 줄 알지. 알았으니까, 기다려봐요. 내 해줄 테니까. 자, 약속. 역시나 귀찮으니 가라는 투에 이번만큼은 폭발하지 않을 수가 없었다. 뭐요? 해주다니요, 관리비 모아났다 하는 거지, 아저씨가 해주는 거랍니까? 원칙대로 하자는데 말투가 그게 뭡니까? 요새는 게나 고둥이나 원칙이야. 그럼 법대로 해, 그렇게 하면 넉 달도 더 걸려, 거 빨리 해주겠다는데 난리야. 어린게 싸가지 없이. 뭐요? 난리요? 진짜 난리 한번 보실래요? 이거 뭐 깡패야 뭐야, 일하는 데서 행패야? 업무방해로 고소해 내가. 아는 변호사만 천지삐까린데. 대놓고 악을 쓰는 통에 사람들이 모여들기 시작했다. 관리실 옆 노인정에서 노인들이 무슨 일인가 싶어 나왔다가 혀를 차기 시작했고, 사무실 아가씨가 뜬금없는 관리소장의 욕설에 눈물을 흘리기 시작했고, 백일 동 아저씨가 팬티 바람으로 뛰쳐나와 낄낄 웃기 시작했으며, 경비 아저씨들이 총출동해 내 어깨를 부여잡은 채로 흔들기 시작했다. 됐고, 그만 합시다. 어른들 계신데. 순간 허리 아래쪽에서 찌릿하고 기분 나쁜 통증이 전해졌다. 버텨낼 수 없었고 총에 맞은 것처럼 주저앉고 말았다. 처음 사무실에서 그랬던 것처럼.

다음 날 자치회장이 찾아왔다. 허리 괜찮아요? 그나저나, 진짜 너무 이기적이셨어. 안 해준다는 것도 아니고 기다려달라는데 그렇게 빡빡하면 어떻게 해요? 다들 좋게 좋게 사는데, 아저씨 말대로면 싱크대에서 바퀴벌레 한 마리 나왔다고 관리소장님 개인 전화로 전화 걸어야겠네. 그게 말이 돼요? 프라이버시, 라는 거 있잖아요. 그리고 지금 비가 많이 와서 여기저기 신경 쓸 데 많은데, 다 그만두고 아저씨 집부터 고쳐달라는 거잖아요. 그런 거, 그거 비도덕적이에요. 부아가 치밀어 허리를 부여잡은 채로 목소리를 높였다. 그 이야기라면 지긋지긋한 터라 그랬다. 아니 내가 없는 말 합니까. 당연히 해야 하는 걸 안 하는데 그럼 어떻게 해요. 그리고 이렇게 큰비 오기 전부터 얘기한 거라고요. 게다가 그 관리소장이 아줌마 남편이라도 돼요? 자치회장이면 입주민 입장에서 먼저 생각해야 하는 거 아닙니까? 내 말에 고개를 숙인 채 한참을 뭔가 생각하던 자치회장이 입을 열었다. 아저씨, 지금 그거…… 성희롱이에요. 고소할 수 있거든요? 아, 진짜 고소의 왕국도 아니고, 정신이 아득해져 그냥 현관문을 닫을 수밖에 없었다. 어처구니없는 싸움은 그렇게 시작된 것이었다. 보험사의 깨알 같은 특약 조건 글귀처럼 작게 인쇄된 관리비 부과 내역서를 사법고시생의 마음으로 독파할 차례였다. 오기가 생겨 그랬다. 놀이터에서 친목을 다진 세입자들을 직접 만나 이야기를 듣고 함께 식사했던 경비 아저씨에게 조언을 구한 것도 그 때문이었다. 수익형 부동산, 그 플래카드 걸린 건물주가 자치회장이에요. 신랑이 인테리어 업자라 관리소장이랑 미리 입을 맞춰둔 거지. 경비들 임금은 표시된 거랑 달라. 많이 다르지. 수선유지비 항목의 터무니없는 기준 요금, 시공사와 관리소장의 결탁, 부녀회 수입 중 일부가 부녀회장이 다니는 교회에 해외 선교 헌금으로 지출되고 있는 관행, 지나치게 높게 책정된 자치회의 운영비 등, 시간이 모자랐을 뿐, 이야깃거리는 차고 넘쳐 보였다. 그렇게 거침없는 말을 쏟아낸 팔월의 자치회의에서 나는 우레와 같은 박수갈채를 받을 수 있었다. 내가 학원 강사로 칠 년을 보낸 사람이다, 그런 눈초리로 자치회장과 부녀회장, 관리소장을 차례로 노려보던 순간 더없이 짜릿했다. 그네들의 멍한 표정을 나는 사뭇 즐기고 있었다. 그래서 덧붙였다. 제 말이 이치에 닿지 않는다 생각하시면, 고소하세요. 여기저기에서 웃음이 새어 나왔다.

뜻하지 않은 일이 벌어지지 않았다면 그쯤에서 멈출 요량이었다. 각종 개선안에 서명을 받은 다음 모조리 내려놓으려 했었다. 무엇보다 학원의 프로젝트가 마무리 단계였다. 다른 건 몰라도 프레젠테이션만큼은 내가 진행해야 했다. 서명은 우리 동경비 아저씨가 도와주기로 되어 있었다. 한데 경비 아저씨가 바뀌어 있었다. 사무소 측에서 근무 태만이라는 요지의 서명을 귀신같이 받아냈다고 했다. 순찰 시간인데 청소했다고. 우리 동 아저씨를 제외한 모든 아저씨들이 총동원된 저쪽의 서명은 언제고 일사천리로 끝이 났다. 나 혼자 뛰는 것으로는 당해낼 재간이 없었다. 다른 사람의 도움을 받을 수도 없었다. 밤늦게 피곤한 몸을 끌고 돌아오는 그들을 탓할 수 없는 노릇이었다. 내 편이라 생각된 세입자들은 삶이 고됐고 일 가구 다차량 소유의 입주자들은 쉽게 문조차 열어주지 않았다. 말은 하지 않았지만 추가 주차비 항목을 폐지한 자치회장을 차마 외면하지 못하는 눈치였다. 부녀회장과 자치회장이 최근 삼 개월치 CCTV 녹화분을 싹 다 가져갔다는 말을 남기고 우리 동 경비 아저씨는 몇 되지 않는 세간을 챙겨 단지를 떠났다. 낡은 냉장고에서 꺼낸 비타민 음료를 한 병 더 손에 쥐여주고서. 막상 갈 곳은 없지만 김 씨를 탓하지 않는다는 말이 허리에 꽂힌 순간이었다. 얼마나 짠했는지 모른다. 아저씨가 떠난 자리에는 소문만 낙엽처럼 쌓였다. 그리고 빠르게 번져갔다. 마누라 일 시키고 집에서 놀며 살림하는 남자다. 허리가 시원찮다. 아파트 단지 발전에 도움이 되지 않는 세입자들만 골라 홀려 자치회장 선거에 나오려는 수작이다. 허리도 부실하다. 텃밭에 침을 뱉은 전력이 있고 그 집

딸애는 놀이터 뒤편 화단에 소변을 봤다. 명백한 증거가 있다. 허리를 못 쓴다. 열린 교육을 하는 학원 원장이라는데 정작 제 딸은 강남의 아방궁 같은 영어유치원에 다닌다. 허리 병신이라 더라. 미모의 여자 물리치료사와 그렇고 그런 관계다. 허리 병신이면서. 정신이 아득해 일어설 수가 없었다. 무엇이 다시 나를 누르기 시작한 것인지 알 수 없었다. 국지성 집중 호우 때문인지, 관리소장과 벌였던 어깨싸움 탓인지, 하루아침에 직장을 잃어버린 아저씨 때문인지, 물방울이 떨어지는 곰팡이 슨 천장 때문인지, 도무지 알 수가 없었다. 까무룩 잠이 들었다 다시 곰을 만난 터에 묻고 싶었다. 대체 무엇 때문이냐고. 웅크려 잠들어 있는 녀석을 흔들어 깨워봤지만 곰은 꿈쩍도 하지 않았다.

특정 세입자에게만 유리한 놀이터 반대. 통계상 유아가 있는 세대가 많지 않음. 게시판 광고는 직원의 착오, 해당 직원 징계 및 즉시 수정. 아파트 보수 업체 선정은 정당한 입찰을 통해 이루어진 사안. 수선유지비 항목의 기준 요금 일부 누락은 오해. 부녀회 수입 중 일부를 사회봉사 차원으로 지출하는 것은 정당한 권리 행사. 자치회의 운영비는 표기 오류, 즉각 수정했음. 추후 이런 일 없도록 할 예정이니 문제될 것 없음. 일부 직원의 해고는 사무소의 고유 권한이며 동시에 입주자 서명도 진행한 결과임. 당월 추가비는 입주민 다수의 요청으로 단지 명칭 변경('요 편한 세상')에 따른 도색, 인근 주민 출입 방지를 위한 철조망 울타리 설치, 단지 내 노인정 이용 어르신들을 위한 관광 비용으로 결정.

또한 소장 외 2명의 복리후생비 인상분을 당월부터 지급. 〈끝.〉 보험

사의 깨알 같은 특약조건 글귀처럼 작게 인쇄된 관리비 부과 내

역서와는 달리 진하고 큼지막하게 박힌 결정 사안 종이를 들고

온 것은 터무니없게도 제대로 허리조차 펴지 못하는 노인정 어

르신들이었다. 무슨 일이냐고 물어봤더니 '공정사회실현을 위

한 아파트노인회연합' 활동 중이라 했다. 여기 자치회장 들어오

고 아파트 값이 얼마나 올랐는지 모르지? 전세 사는 사람은 몰

라. 사람이 반대만 하고 그러면 발전이 없지? 어른들 말 들어서

나쁜 게 있나? 자다가도 떡이 생기지? 어르신들은 그렇게 질문

인지 대답인지 모를 말을 종이쪽지와 함께 남기고 돌아서셨다. 어

째서 노인들이 왔는지 알 수 없었지만 회장이 밥을 산다니 어서

가자는 목소리가 현관 너머로부터 스며들어 대충 짐작할 수 있

었다. 나와 뜻을 함께한 사람들의 주장은 단지 주장일 뿐 증거

가 없고, 나와 뜻을 함께한 사람들의 패악은 명백한 증거가 있

으니 사과하고 자숙하라는 것이 요지였다. 며칠 새 나는 허리

굽은 벌레처럼 웅크린 채 밖으로 나가지 못하는 신세가 되어버

렸다. 좁은 곳에 혼자 있으니 답답해 미칠 지경이었다. 그렇다

고 다시 잠들 수도 없는 노릇이었다. 나는 온 힘을 다해 벌레처

럼 기어가 수화기를 붙잡고 선배에게 전화를 걸었다. 수술합니

다. 뭘 한다고? 피티는? 왜 맘이 바뀌어? 방에 물이 샜어요.

뭔 소리야 그게? 할 일이 있어요. 그래, 네가 할 일이 있지, 여

기 와서 빨리 해야지. 저 자치회장 선거 나가요. 수화기 너머에

서 뭔가 크게 부딪치는 소리가 넘어왔다. 이게 무슨 빵카에서 퍼팅하는 소리야? 헛소리 말고, 여기서 더 쉬면 일은 어떡해. 그럼, 고소하세요.

고구마가 도착했다. 어머니의 손자국이 분명한, 황토로 얼룩진 누런 박스를 선뜻 받아 들 수가 없었다. 정말 죄송합니다. 제가 허리를⋯⋯ 말을 채 마치기도 전에 문이 닫혔고 택배원의 투덜거리는 목소리가 귀에 박혔다. 혼잣말은 아닌 듯했다. 그냥 조금씩 사다 먹든지, 받아 들든지, 이 짓거리도 때려치워야지, 그런 말들이었다. 미안했다. 방음이라고는 요만큼도 되지 않는 현관을 가진 그런 낡은 아파트였다. 어머니가 고구마 밭을 시작한 것은 오로지 나 때문이었다. 변비가 좀 생겼나 봐요. 말 한마디에 이듬해 어머니는 다짜고짜 고되고, 돈도 안 된다는 고구마를 심었다. 어머니의 환한 웃음이 가득 담긴 그 박스를 단박에 부둥켜안아야 옳았다. 하지만 노려볼 수밖에 없었다. 어떻게 해야 하나 한참을 고민하다 아이의 장난감 자동차를 바닥에 부려놓고 밀어봤다. 고구마 박스를 미는 것인지 고구마 박스가 나를 끌고 가는 것인지 알 수 없었다. 베란다 구석에 밀어놓았을 뿐인데 학학거리는 숨소리가 일 층에까지 닿을 듯했다. 숨을 고르고 박스를 연 다음 어머니에게 전화를 걸었다. 간만의 흙냄새가 코를 간질였고 마치 어머니 품에 안긴 듯 그제야 마음이 편안해졌지만, 이내 허리 통증이 옆구리를 움켜쥐었다. 얼굴을 찡

그린 채로 잘 받았다고, 고맙다고, 거짓말하기가 여간 힘들지
않았다. 어머니는 똥은 잘 나오느냐,고 되물었다. 허리가 아파
죽겠다는 말을 꺼낼 수가 없었다. 당장에 사골을 끓이거나 미꾸
라지를 잡는다고 부산하실 것이 뻔해 그랬다. 고구마가 예년과
좀 달라요. 그래서 꺼낸 말이었는데 어머니의 대꾸는 길어지기
만 했다. 잘 씻어야 성에 차는데 더러워야 한다니 어쩔 수 없다
고. 더러워야 잘 팔린다고. 벌레도 먹고 멍도 들고 파인 것도
있고 흙이 막 붙어 있어야 친환경이라고. 농사 사십 년에 이런
꼴 처음 본다고. 심는 사람이 아니라 사다 먹는 사람들이 더 박
사라고. 허리가 끊어질 것 같았다. 견딜 수가 없었다. 사정을
둘러대고 전화를 끊어야 했다. 눕고 싶었다. 진심으로, 미안했
다. 어머니의 마지막 말이 한동안 허리 언저리에서 맴돌았다.
그런 것만 찾는단디 으짤 것이냐. 어머니의 말이 너무 아팠다.
어머니, 허리를 번쩍 쳐들고 자치회장이 되겠습니다.

베란다에 누워 하늘을 봤다. 징그럽게도 또 비가 내리고 있었
다. 과연, 버틸 수 있을까?

지구본

열심히 할게요.

세상에서 가장 솔직한 것이 표정인 줄 알았다. 그것이 상대방을 위한 것이라 믿었다. 이를테면 표정을 배려라 여겼던 거다. 난 아파요, 난 기뻐요, 달고 쓰고 한 오감뿐 아니라 욕망이나 서운함 같은 것까지, 마음만 먹으면 얼마든지 볼 수 있었다. 그녀의 표정은 대단히 밝았다. 사무실 의자에 앉아 간단한 카드를 작성하는 내내 그녀는 그렇듯 호의적이었다. 나는 늘 그래왔던 것처럼 이곳에서 일한다는 것이 대체로 까다롭고 때로 외롭고 그래서 종종 화가 나기도 하며 대부분은 그것을 이기지 못해 떠난다는 말을 빼놓지 않고 꽤 진지하게 전달하는 데 최선을 다했다. 그것이 내 할 일이었고, 없느니만 못하게 한 달조차 채우지 못하고 뛰쳐나가는 경우가 실제로 많아서였다. 보통은 경고

처럼 느껴질 그런 말들에도 그녀는 거푸 자신 있다고만 했다.

일하는 데 남자 여자 다른 거 있어요?

그녀가 내 어깨를 툭 치며 마치 그것이 마지막이라는 투로 그런 건 걱정할 필요 없다 말하던 순간 나는 당황하고 있었다. 그녀의 입술에서 눈을 뗄 수가 없었다. 그런 기분은 처음이었다. 어쩐지 그녀의 입술을 영영 잊을 수 없을 것 같았던 그 순간, 난 기뻐요, 그녀의 표정은 그렇게 말하고 있었다. 그녀의 가지런한 이를 보다 손에 쥐고 있던 볼펜을 놓치고 말았다. 볼펜과 함께 몰래 그녀의 표정도 주머니에 넣었다. 스티비 원더의 「Isn't She Lovely」란 노래가 갑자기 머릿속에서 플레이된 것 같은, 깜짝 놀랄 만큼 상쾌한 기분을 놓치고 싶지 않아서였다. 그래서 나는 단박에 그녀에게 제일 깨끗한 점퍼를 골라 건넸다. 내친 김에 거북이와 철의 사나이까지 소개해줬다. 사장은 자리에 없었기 때문에 벽면에 붙어 있는 사진으로 대신했다. 경찰관과 시의원들의 매끈하고 동글동글한 얼굴들을 뒤적이다 한참 만에 멈춘 손가락 아래 사진 속 사장의 표정은 더없이 낯설었다.

이 분이 사장…… 님?

예?

실례지만 그럼 그쪽은?

여기서 가장 오래 일한……

아르바이트?

그런 셈인데요……

난 또 지배인쯤 되는 줄 알았어요.

순간 그녀의 표정이 사라졌다. 뭔가 대단히 불편하다는 투였고 뭔가 대단히 실망한 눈치인 것 같기도 했다. 그런 표정으로 그녀는 말을 이었다. 그녀가 떨어뜨린 표정을 미리 주머니에 담아둔 것이 얼마나 다행인지 몰랐다.

사장님은 언제 만날 수 있어요? 기름 냄새 오래 맡으면 어지러운데.

김지윤 씨는, 저랑 나이가 같네요.

어쩐지 카드에 적힌 이름이 불러보고 싶어 바보같이 그렇게 대꾸했다. 하고 싶었던 말은 아니었다. 하고 싶은 말을 쉽게 꺼내지 못하는 이유는 여러 가지 감정이 충돌하기 때문이라고, 했다. 의사가 그랬다. 하고 싶은 말이 제대로 나오지 않을 때에는 생각을 멈추라는 충고였다.

그래? 그럼 편하게 말해.

편하게……

일주일이 채 되기도 전에 그녀는 기어이 사장과의 대면식을 치러냈다. 그런 다음 그녀는 이를테면 연예인 같은 존재가 됐다. 적어도 이곳에서라면 그렇게 불러도 좋을 것 같았다. 작업복을 구겨버리고 무작정 핫팬츠를 입고 나타난 그녀는 점퍼의 지퍼를 배꼽까지 내린 채 발랄하게 걸어 다니기 시작했다. 브래

지어 끈은 늘 헐렁해서 어깨를 따라 흘러내리기 일쑤였지만 조금도 개의치 않는 눈치였다. 될 대로 되라는 투랄까. 차가 정차하면 그녀는 가슴이 차창에 닿을 듯 허리를 숙인 채 커피부터 건넸다. 그런 다음 유리를 닦았고 이어 휴지통을 건넸다. 끝으로 윙크를 덧붙였는데 그 과정이 그녀만의 방식인 모양이었다. 우리와는 순서부터가 달랐다. 저래도 되나 싶었다. 하지만 그 일련의 과정은 대단히 부지런한 동작으로 연결되어 있었고 그래선지 잘못됐다는 느낌이 들지 않았다. 거북이는 되레 박수까지 쳤다.

서비스가 참 좋네.

그렇게 그녀의 단골은 늘었다. 오랜만에 나타난, 사진과 전혀 다른 사장은 비공개로 그녀의 급여를 올려줬다. 앞으로는 총을 잡지 않아도 된다는 말과 함께였다. 그녀의 환한 얼굴을 그제야 다시 볼 수 있었다.

너희들도 단골을 만들란 말이지.

기름 냄새를 맡으면 머리가 아프다는데 별 수 없지 않느냐, 고 사장은 말했다. 핀잔인지 격려인지 종잡을 수 없었다. 그러니 딱히 할 말이 없었다. 입을 열 수 있는 것은 언제고 결과를 말할 때뿐이라는 사장의 육십 년 신념을 한 번도 흔들어본 적 없었다. 그냥 또 고개만 숙였다. 주유를 하지 않는 최초의 주유소 아르바이트생은 그렇게 탄생했다. 근 삼 일에 걸쳐 총과 주유에 관한 모든 것을 가르친 기덕이 형은 완전 삽질했다,며 연신 바닥에 침을 뱉었다.

재, 경리로 들어온 거야?

아뇨.

이건 뭐, 나도 젖을 달아야겠네.

……

그녀의 효과는 정말 굉장했다. 꼬리를 문 차량을 얼마 만에 보게 된 것인지 몰랐다. 차창을 내린 운전자들은 한사코 그녀만을 찾았다. 월 판매량 그래프에 줄을 긋던 본사 직원도 놀라 커피가 담긴 종이컵을 떨어뜨렸다. 문제는 그녀가 대형차나 외제차가 아니면 사무실의 현관 너머로 손가락 하나 내밀지 않기 시작한 데 있었다. 그녀는 다리를 꼰 채로 앉아 텔레비전을 보거나 손톱을 매만졌고 덕분에 수많은 소형차와 준중형차 들은 고스란히 우리 몫으로 놓였다.

여기서만 살아서 잘 모르나 본데 팁이라는 게 노력의 결과야. 일하는 거라고. 대부분이 다 그래.

그녀가 그렇게 말했을 때 기덕이 형은 그녀 대신 내게 속삭이듯 대꾸했다. 아무래도 자기도 젖을 달아야겠다면서. 나로선 대체 뭐가 재미있는 것인지 알 수 없었지만 기덕이 형은 이후로도 종종 그렇게 속삭이며 키득거렸다.

팁은 지랄, 나도 달면 말이야……

그런 식이었다. 같은 시간을 일하고 같은 보수를 받았지만 공정하다는 느낌이 들 리 없었다. 관리할 차량의 수는 더없이 늘었고 엉덩이를 붙일 짬은 되레 줄었다. 하지만 거북이도 기덕이 형도, 나 역시 뭐라 말을 꺼내지 못했다. 너무 바빠 그랬다. 일단 차가 꼬리를 물었으니, 총을 잡아야 했으니까.

팁이라잖아.

다 그렇다잖아.

지랄, 나도 달면 말이야……

그렇게 중얼거릴 뿐. 우리에게는 투정을 부릴 시간조차 주어지지 않았다. 주머니 속 그녀의 표정에 나뿐만 아니라 모두들 매혹당한 모양이었다.

사장이 지나치게 많은 돈을 벌게 된 것은 석유보다는 바위 덕이었다. 나는 꽤 오랫동안 그렇게 생각해왔다. 휘발유야 어느 주유소의 저장 탱크에라도 가득 채워져 있기 마련이었고 발 빠르게 움직일 줄 아는 아르바이트생 역시 마음만 먹으면 얼마든지 구할 수 있는 '것'에 지나지 않게 된 지 오래였으니까. 이곳이 그나마 특별했던 이유로 바위 말고 딱히 꼽을 만한 것이 없었다. 직영으로 판매하기 전까지 이곳을 찾은 많은 사람들도 '대성(大成)'이라는 이름 대신 한목소리로 돌바위 주유소를 외쳤다.

대성 주유소? 어디? 아, 돌바위!

다들 그랬다.

아무 말도 하지 않고 묵묵히 자리를 지키는 바위를, 우리 모두는 사랑했다. 폭 일 미터 팔십 센티미터에 이르는 바위는 거의 모든 사람들의 시야를 압도했고 때문에 바위 한번 보겠다고 수고를 자처하며 차 문을 열고 내리는 사람마저 적지 않았으니까. 사람들은 약속이라도 한 듯 바위 앞에 서서 브이 자를 그린 채 사진을 박았다. 그래서 나는 바위가 부러웠다. 표정 없이 모든 것을 견디는 바위가 되고 싶었다. 기회를 놓칠 리 없는 사장이 제 얼굴에 '대성'이라는 글자를 가혹하다 싶을 만큼 큰 크기로 깎아 내던 순간에도 바위는 아무 말 하지 않았다. 그런 바위가 참 부러웠다. 졸지에 연예인이 돼버린 지윤이 온 후로 사정이 약간 변했지만 그래도 나는 여전히 바위가 한 수 위라 생각하고 있었다. 이곳을, 이를테면 '그녀가 있는 주유소'라고 부르는 사람은 아직 만나보지 못했으니까.

누구 왔다 갔음. 누구는 누구를 좋아함. 그도 아니면 과장되게 그려진 남자와 여자의 성기. 오가는 차량이 뜸해지는 시간마다 바위가 시달렸을 흔적을 바라보는 일이 버릇이 되었다. 언제고 한결같은 표정으로 침묵하고 있는 바위가 그렇게 대견할 수 없었다. 제 흉터로 인간이 대단히 추악한 존재임을 새삼 일깨워 주고 있는 것 같아 그랬다. 사람들은 지나치게 욕심이 많았다.

그 앞에 서서 사진을 찍는 무례함도 결국에는 욕심 아닐까. 동굴 앞에서, 커다란 나무 앞에서, 맑은 하늘을 배경으로, 파도를 등지고, 강물을 내려다보면서 사진을 찍는 사람들의 심정을 욕심 말고 뭐라 설명해야 좋을지 알 수 없었다. 동굴과 커다란 나무와 맑은 하늘과 파도와 강물이 표정을 잃어버린 것이 그 때문일 것이라 여겼다. 아무것도 모른 채 사람들이 저마다 내뱉는 말들이 그래서 나는 우습기만 했다. 브이 자를 그리면서, 누가 왔다 간다면서, 누가 누구를 좋아한다면서, 커다랗게 성기를 그려놓고서는, 햇님이 웃어요, 바람이 울어요, 나뭇잎이 편히 쉬고 있어요, 하는 사람들. 정작 지친 바위는 아무런 내색도 하지 않는데.

근사하잖아. 사진 찍기 딱 좋으니까.

붉은 고무가 발라진 목장갑을 허벅지에 털어대면서 기덕이 형은 말했다.

형은 여기 일 왜 해요?

다른 데보다 편해. 누가 인터넷에 올려놨더라. 널널하다고.

기덕이 형도 욕심이 많은 인간일까. 기덕이 형은 새벽 다섯 시에 일어나 이백사십 개의 우유를 돌리고 오전 아홉 시에 출근해 신규 주택단지 마스코트가 그려진 배지를 가슴에 단 채 홍보 활동을 하고 퇴근해 저녁 식사를 마친 후 새벽까지 이곳에서 주유를 하는 지독히 복잡한 건물의 청사진 같은 생활을 하고 있었

다. 자신은 시 외곽의 야산과 논이 사라져 주택과 아파트로 가
득 차는 날이 오기 전까지는 결코 여유롭게 눈 감은 채 쉴 수
없는 운명이라면서.

잠은 안 자요?

띄엄띄엄.

요컨대 평범하다고 볼 수 없는 인간이었다. 그 청사진의 순서
에 대해 한마디라도 불평을 했다면 평범한 사람이라 느꼈겠지
만 되레 아쉬워하는 쪽이라 그랬다. 머리를 잘 굴려 한 시간만
조정할 수 있다면 육백이십 장의 대리운전 전단지까지 돌릴 수
있을 것이라 아쉬워만 하는 그런 사람이었다. 나와 거북이가 아
주 자연스럽게 기덕이 형을 '철의 사나이'라 부르게 된 것은 그
때문이었다. 애초에는 강철 사나이였지만 형이 철의 사나이가
더 좋다면서 바꿔달라 부탁한 것이었다.

철의 사나이가…… 슈퍼맨이잖아.

이름이 주는 단단한 느낌과는 달리 주유소 철의 사나이는 새
벽이 오면 고급 휘발유 간판 아래 앉아 꾸벅꾸벅 졸았다. 그것
이 '띄엄띄엄'의 실체라는 것을 이틀 만에 알게 됐다. 대단히 실
망했지만 그 때문에 이곳을 골랐다니 역시 뭐라 할 수 없는 노
릇이었다. 한 번쯤은 기덕이 형이 안경을 벗고 공중전화 부스에
들어가 기름 얼룩이 가득한 셔츠를 시원스레 뜯어내고서 불쑥
하늘을 향해 솟아오르길 기대하고 있었나 보다. 하지만 형은 근

다섯 달째 틈이 날 때마다 꾸벅꾸벅 졸기만 할 뿐이었다. 힘드니 그럴 수 있다고 괜찮다고 했는데도 형은 늘 미안해했다. 동물은 다 그렇다고, 내가 아는 한 세상의 모든 동물은 졸 때 꽤 귀여우며 그래서 예쁘지 않느냐고 설명해줘도 소용이 없었다. 퍼뜩 놀라 깰 때마다 기덕이 형은 송구스러워할 뿐이었다. 조는 걸 부끄러워하거나 조롱하며 야단치는 종은 역시 내가 아는 한 인간이 유일했다.

깜빡 졸았네. 미안.

아니에요.

아, 쪽팔리게 침을 흘렸어.

괜찮아요.

바위에 앉아 내가 둘러볼 수 있는 새벽 풍경은 그랬다. 커다란 바위 아래, 철의 사나이는 졸았고 거북이는 무언가 중얼거렸고 건너편 사무실 의자에 앉은 그녀가 손톱을 매만지는, 그런 모습들이 지구가 자전하는 것처럼 자연스럽게 반복되고 있었다. 덕분에 나는 바위 위에 앉아 여러 가지 생각을 할 수 있었다. 그렇게 자연스레 반복되던 우리의 자전은 사장의 군소리만 아니라면 영원히 멈추지 않고 계속될 것이었다. 평온한 새벽을 망쳐놓는 쪽은 언제나 사장이었다. 사장에게도 욕심이 있다는 사실을 기덕이 형이 깜빡 잊은 새 평온한 새벽은 갈기갈기 찢겼다. 만취해 느닷없이 주유소를 찾은 사장의 세차기 설치 계획은 터무니없는 소리처럼 들렸지만 그 앞에서 전에 없이 당당했던 형의 모습이 더 터무니없었던 것이다.

그러니까, 웃어. 일 없다 쪼그려 졸지 말고.

좆같은데요. 세차기 놓으면 그거 또 다 우리 갖고 돌릴 거잖아요. 커피 뽑아줘, 앞 유리 닦아줘, 휴지통 비워줘, 이렇게 하는 데가 진짜 없거든요. 삼천 원 주면서, 와~ 너무하네. 신문 안 봐요? 요새 최저임금이 삼천이백에서 시작해요.

처자던 새끼가 말이 제일 많다.

노동청 신고합니다. 이거는…… 진짜, 아저씨, 나 좀 봐요. 나 좀 봐봐요. 여기 이런 애들, 이런 등신 같은 애들 피 빨아 돈 버니까 좋죠? 좋아 죽죠?

사장이 기덕이 형의 뺨을 후렸다. 십만 원권 수표가 탱크 옆 주유기 아래 떨어진 그 새벽에도 바위는 침묵하고 있었다.

신고해 새끼야. 거지 같은 새끼 도와줬더니. 싸대기 값이니까 들고 가라. 일할 애들 널렸다.

어디서 혼자 똑똑한 척이냐며 사장은 분을 삭이지 못했다. 기덕이 형은 고급 휘발유에 반쯤 젖은 수표를 청바지에 구겨 넣고서는 우레탄 바닥에 시원스레 침을 뱉었다. 반짝반짝 빛나는 형광 점퍼와 장갑마저 벗어 던졌다. 뭔가 슈퍼맨으로 돌변할 것 같은 기세였지만 물론, 그게 다였다. 우리가 눈앞에 놓인 거대한 자동 세차기를 올려다보며 입을 벌렸던 다음 날 아침 기덕이 형은 어느샌가 슬그머니 내 곁에 다가와 있었다.

좆됐어.

형, 왜 그랬어요?

자느라, 꿈인 줄 알았다니까. 아, 좆됐어.

예?

말실수 했잖아. 꿈이었으면 좋겠다고.

철의 사나이는 불안해하고 있었다. 편히 졸 수 있는 다른 방법을 찾기가 수월치 않은 까닭에서였다. 멀리 떠날 수밖에 도리가 없다고 말하는 동안에도 거대한 자동 세차기는 형의 어깨를 누르고 있는 것처럼 보였다.

진짜…… 쪽팔리네. 철의 사나이가 세차기, 싸대기 한 대, 돈 십만 원에 무릎을 꿇네.

괜찮아요.

마음 같아서는 당장에라도 떠나고 싶은 눈치였지만 또 쉽게 그럴 수 없는 처지임을 나 역시 잘 알고 있었다. 패배한 것도 억울한 참에 다른 사람을 구할 때까지 남아 있어야 한다는 주유소의 룰이 기덕이 형의 발목을 놓지 않고 있었다. 그래서 철의 사나이는 크립토나이트를 뒤집어 쓴 슈퍼맨처럼 의욕을 잃게 됐고 설렁설렁이나마 했던 일마저 완전히 놓아버렸다.

일이 되겠냐? 할 말 안 할 말 다 했는데?

잔디처럼 펼쳐진 녹색의 우레탄 바닥을 바라보며 나와 거북이는 한숨을 쉬었다. 대충 가늠해봐도 거북이와 단 둘이 뛰어다니기에 지나치게 넓은 공간이었다.

뛰어라.

깜짝 놀란 녀석이 내달리기 시작했다. 서두르면 균형을 잃기 마련이었고, 아니나 다를까 녀석은 미끄러져 넘어졌다. 쿵 소리가 기둥을 타고 울릴 정도였지만 누구도 관심을 두지 않았다. '10월 최신 댄스가요 히트 메들리'의 볼륨이 지나치게 컸다. 엉덩이가 부숴져버린 게 아닐까 싶은 엄청난 소리였지만 나 말고는 아무도 모르는 눈치였다. '10월 최신 댄스가요 히트 메들리'는 무심히 오토리버스됐고 소나타와 라세티가 사이사이 박자를 맞추듯 경적을 울려댈 뿐이었다. 느려터진 거북이는 언제나처럼 눈에 띄지 않았다. 이곳은, 그 얼마나 외로운 곳인가.

어섭셔! 얼마나 넣어드릴깝셔!

넘어지자마자 제 몸도 추스르지 못한 채 내뱉은 녀석의 첫마디도 서글프기 짝이 없었다. 비명이었다. 얼마나 넣어드릴깝셔. 프라이드의 핸들을 쥐고 있던 여자 역시 녀석을 신경쓰지 않았다. 쿵 소리에 놀란 그녀의 근심 어린 눈빛은 보조석 시트 위의 제 아이에게만 가닿았다.

애가 놀라서 어떡해. 기름 안 넣어? 다른 사람 없어?

엉덩이를 어루만지던 녀석은 쉽게 일어나지 못했다. 총을 쥐려 안간힘을 다하는 녀석을 말리고 싶었지만 우리 둘 사이의 간격이 지나치게 멀어 손을 뻗어봤자 소용없었다. 도리가 없었다. 엉덩이가 참말 박살 난 모양인지 녀석은 끝내 털썩 주저앉았다. 최후를 맞이한 총잡이의 뒷모습처럼 처연하기 짝이 없던 녀석의 엉덩이와 눈이 맞았다.

여자는 이만 원어치 주유하고서는 카드를 건네면서 사만 원어치 포인트를 긁어달라 요구했고 단가 오십팔 원짜리 티슈를 여섯 개나 집어 들고서는 내가 여기를 또 오네 안 오네 큰소리쳐댔다. 그녀가 쏜살같이 달아난 자리에는 시커먼 매연만이 남았고 일산화탄소와 아황산가스, 알데히드와 다환방향족탄화수소를 흠뻑 뒤집어쓴 녀석은 코를 훔치고는 멍하니 주저앉은 채 프라이드의 꽁무니를 말없이, 하염없이 바라만 봤다. 녀석이 무슨 생각을 하고 있을까 궁금했지만, 그러든지 말든지, 사장의 목소리는 다시 주유소의 천장을 때리고 있었다.

뭐하냐. 뛰라니까.

프라이드를 떠나보내고 녀석은 자동 세차기 옆 드럼통에 거북이처럼 기어올라 자리를 잡았다. 그러고는 훌쩍이기 시작했다. 어째서 기름은 이렇게도 미끄러운 것일까. 늙고 쇠약한 거북이 같은, 녀석의 눈동자가 가슴에 파고들었다. 마침 세워두었던 자루걸레가 쓰러졌는데 그게 꼭 거북이 같았다. 그렇게 밤이 깊어가고 있었다. 바위는 언제나 그랬듯 침묵한 채였다. 녀석과 마주한 바위는 여전히 아무 말도 할 줄 몰랐다. 그러나 나는 마음을 놓을 수 있었다. 최소한 곁은 지켜주고 있구나 싶어 기분이 한결 나아진 것이었다. 그래서 녀석에게 가려다 발을 멈췄고 쓰러진 자루걸레를 일으켜 세우고는 녀석을 대신해 소리쳤다.

어섭셔! 얼마나 넣어드릴깝셔!

녀석의 어머니는 동네 의원을 전전하며 호스피스 일을 하고 있었다. 버려진 것과 다름없는 노인들의 바지를 내려주거나 미음을 떠먹이는 것이 그녀 몫의 일이었다.

제가 너무 바빠서.

그녀에게 부모를 맡기는 사람들의 한결같은 의견을 원체 느린 거북이는 잘 이해하지 못했다.

바빠서 돈 내고 부모를 맡기는 건데요, 그 시간에 돈 번대요.

무엇보다 노골적으로 마지막,이라는 표현을 쓰는 그들을 이해하지 못하겠다고 언젠가 내게 말한 적 있었다.

저흰 이게 마지막이라 생각하니까 정성껏 최선을 다해주세요.

그래서 정성을 다했더니 그렇게 삼 개월, 육 개월이 지나자 슬슬 짜증을 내기 시작했다고. 노인이 죽으면 그들의 비용은 줄겠지만 또 그렇게 되면 녀석 어머니의 수입은 사라지게 되는 기이한 상황을 나도 녀석에게 어떻게 설명해야 좋을지 알 수 없었다. 녀석의 어머니는 그런 이유로 정성을 다했음에도 또 그것 때문에 핀잔까지 들어야 하는 괴상한 수레바퀴에 몸을 내맡긴 처지라 했다.

　그래도 힘든 사람 돕는 건 좋은 일이야.

　나는 거북이에게 그렇게 대꾸했고,

　삽질했구만 뭐.

　곁에서 철의 사나이가 거들었다.

　안 자요?

　자야지.

　어느 곳에나 이해가 느린 사람이 있기 마련이라는 것을 사람들은 때때로 잊고 사는 모양이었다. 작은 돌멩이가 있고, 알이 작은 옥수수가 있고, 좀처럼 크게 자라지 않는 나무가 있고, 어쩐지 빠르게 달리지 못하는 타조 같은 게 있기 때문에 이 별은 아름다운 것이고 그래서 조화로운 것이라 배웠던 사실이 새삼스러웠다. 세상이 모두 꼭 같다면, 이를테면 세상의 돌이 하나같다면 누가 그 앞에 서서 브이 자를 그리며 사진을 찍을까? 그런데도 사장 같은 부류의 사람들은 그것을 전혀 이해하려 들지 않는 것 같았다. 차를 세우고 경적을 울려대면서 우리가 똑같이 움직여주기만을 바라는 사람들이 도처에 넘쳤다. 빨리빨리. 타이어에 기름 흘리지 말고. 그럴 때마다 얼마나 외로운지 몰랐다.

　나와 녀석이 만나게 된 것은 녀석의 어머니가 돌보던 노인의 죽음 탓이었다. 노인이 발작을 일으켰다던 그 새벽, 뜨개질을 하다 깜박 잠이 들었던 녀석의 어머니가 몸을 뒤튼 채 숨을 마시지 못하고 거푸 뱉어내기만 하는 노인을 위해 심폐소생술을 시작했다던 그 새벽도, 이렇게 조용했을까. 녀석의 어머니는 눈물까지 흘려가며 가슴을 눌러댔지만 노인은 끝내 눈을 감고 말았다. 슬픔을 채 억누르지 못한 그녀에게는 새벽의 고요 대신 이를 악문 노인 가족들의 악다구니가 달려들었다.

아줌마가 의사야? 좆도 모르면서 일을 이렇게 만들어?

빨리빨리. 타이어에 기름 흘리지 말고. 어쩐지 그런 느낌의 이야기였다. 그들의 악다구니에 무릎을 꿇고 녀석의 어머니는 살인자가 됐다. 안타까운 마음으로 눈물을 흘리며 노인에게 입을 맞추는 살인자. 녀석의 어머니가 어떻게 하면 좋겠냐고 물었더니 물어내라며, 현찰을 원했다고 했다. 공명정대한 판사도 그들의 손을 들어줬으니 어쩔 수 없는 노릇이라 했다. 녀석이 링 위로 오르는 권투선수 같은 걸음걸이로 주유소에 나타난 사정은 그러했다. 그 새벽 거북이는 한눈에 봐도 얻어터지려 링에 오르는 도전자의 눈빛을 하고 있었다.

저 여기서 일해도 될까요?

잘 모르면 물어보면 된다. 세상의 웬만한 사고는 그렇게 막을 수 있다. 한데 물어도 대답을 해주지 않는다면 어떨까. 바쁘다고 귀찮다고 왜 그것도 모르냐면서 침묵했다면 그 책임은 누가 져야 하는 것일까?

모르는 게 뭐가 쪽팔려. 차 주인한테 물어보면 돼. 이거 휘발유차죠? 이렇게.

예.

여자랑 자봤어?

예.

똑같아. 구멍 맞추는 거야.

아, 예.

휘발유 차는 구멍이 작아. 안에 동그란 게 막혀 있거든. 경유 차는 구멍이 넓어. 버스는 이런데 안 오니까 몰라도 되고 에스 유브이 있잖아, 그건······

에스유브이가 뭔데요?

카니발, 렉스턴, 소렌토, 테라칸, 갤로퍼 그런 거.

그게 뭔데요?

그러니까······ 지프차같이 생긴 거.

아아, 예.

애초에 내 잘못이었다. 신형 프라이드와 베르나에도 디젤 엔 진이 있다는 것을 미처 녀석에게 일러주지 못했다. 꼭 한 달 전 녀석은 새하얀 베르나에 휘발유 총을 꽂았다. 당장에라도 쓰러 질 것 같은 운전자의 입에서 새하얀 거품이 튀어나왔다. 사장이 서둘러 엔진 값과 렌트 비용 거기다 약간의 사례비를 포함한 사 백삼십만 원의 견적을 역시나 새하얀 A4 용지에 뽑아 흔들며 차주를 달랬다. 사장은 의외로 그 일에 소질이 있는 것처럼 보 였다. 그런데 운전자가 콧바람을 잔뜩 뿜어대고 돌아서자마자 이내 표정을 바꿨다. 줄곧 교육을 제대로 시키지 못한 자신의 잘못이라며 굽실댔던 사장이 책임을 단박에 녀석에게 돌렸다. 첫 월급 받으면 아무래도 장갑부터 하나 사야겠다 했던 녀석의 품에 제일 먼저 덥석 안긴 것은 마이너스 뭉치였다. 꼼짝없이 무보수로 삼 개월을 더 일해야 할 처지가 된 '3+1=0'이라는 기묘한 수식을 뭐라 설명해주어야 할지 알 수 없었다. 이곳에서 일하는 사람들 중 누구보다 돈이 필요한 녀석이었는데 그러든지 말든지, 사장은 소리만 지를 뿐이었다.

이왕 이렇게 된 거, 앞으로 더 열심히 뛰어야지 어떡해.

아무래도 제가 책임을 져야 할 것 같아요.

지랄한다.

사장에게 말해봤지만 소용이 없었다. 거북이에게 장갑을 하나 선물하고 그냥 바위 위에 오르는 것 말고는 내게 할 수 있는 일이 아무것도 없었던 그 새벽, 장갑이 마음에 쏙 든다고 거북이가 거푸 고맙다 소리를 질러대는 통에 가슴이 터지는 줄 알았다. 마음을 편안하게 하려면 책임을 스스로에게 돌릴 필요가 있다던 의사의 말도 어쩌면 거짓이었는지 몰랐다.

소설가, 라는 사람이 찾아온 것은 밤이 조금씩 길어지고 있을 즈음이었다. 이 년 넘게 있다 보니 얼굴만으로도 어떤 사람인지 대충 짐작이 됐지만 소설가라니 정말 의외였다. 뭐하는 사람인지 가늠할 수 없는 존재란 불안한 법이라더니 맞는 말 같았다. 나도 모르게 자동 반사적으로 나오는 어섭셔! 얼마나 넣어드릴깝셔!가 좀처럼 성대 밖으로 튀어 오르지 않은 것이었다. 그가 소설가,라고 자신을 밝히지 않았다면 바쁘니 그만 돌아가주세요,라고 정중히 말했을지도 몰랐다. 사실 주유소에는 여러모로 귀찮게 하는 사람들의 출입이 잦았다.

그는 이십 리터짜리 플라스틱 통을 가슴에 품고 있었다. 등에 지고 있던 처량한 시월의 달빛 때문인지 어쩐지 귀뚜라미처럼 보였다. 실제로 등을 잔뜩 구부리고 있기도 했다. 그건 그렇고, 요지는 이랬다. 주유소를 배경으로 하는 단편소설을 구상 중인데 도움이 필요하다는 것이었다.

진짜 소설가 맞아요?

그러자 그는 몹시 당황했고 그러더니 내일은 책을 한 권 가져오겠노라 대꾸하고는 죄라도 지은 양 뒷걸음질 쳤다. 그런 다음 이십 리터들이 플라스틱 석유통을 다시금 가슴에 품은 채 정말이지 귀뚜라미처럼 폴짝폴짝 뛰어 달아났다. 뭐랄까, 수줍음을 많이 타는 사람인 모양이었다. 저녁 여덟 시가 넘어 차량들이 꼬리를 문 채 밀려들기 시작했으므로 소설가 따위 오래 생각할 짬이 없었다. 물론 그러든지 말든지, 사장이 어김없이 사무실 유리문을 거칠게 연 후 소리친 까닭이기도 했다.

자, 자, 뛰자.

다음 날 거짓말처럼 이십 리터짜리 플라스틱 통 위에 소설책 한 권을 얹은 소설가가 나타났다.

지구가 삼각형이에요?

제가 쓴 소설에서는 그 삼각형이라는 것이 상징이니까요.

그래도 소설책 제목이 '세모난 지구'라니 좀……

좀?

구려요.

아아……

그러자 그는 다시금 고개를 숙였다. 어쩐지 미안했다.

여기서 같이 일해요. 잠깐이라도 좋으니까.

굉장히 불편한 느낌이었지만 기덕이 형을 위해 어쩔 수 없는 노릇이었다.

자, 봅시다. 자, 제가 또 삽질하면 안 되는 처지거든요. 그러니까 잘 들으세요.

그렇게 기덕이 형은 소설가에게 주유캡과 주유구와 총에 달린 속도계 따위를 속성으로 가르치기 시작했다. 소설가라 그러신지 머리가 좋으시네 어쩌네 하는 내내 기덕이 형의 표정은 밝았다.

기덕이 형은 거북이를 품에 안아주고 이어 나와 마지막 포옹을 했다. 그러고는 귀에 대고 내게 속삭였다.

내가 왜 참은 줄 아냐? 수표 던지던 날.

아뇨.

너 사장 아들이지? 내가 눈치만 구 단인데.

부끄러워 서둘러 고개를 끄덕인 것이었는데 소설가는 꽤 놀란 눈치였다. 멋쩍어 다짜고짜 소설가의 등을 떠밀고 지윤을 소개시켜줬다. 소설가는 그녀에게도 『세모난 지구』를 건넸다. 물론 그녀는 그저 다리를 꼰 채로 텔레비전을 보며 손톱을 매만질 뿐이었다.

아가씬 왜 여기서 일하시는 건가요?

소설에 등장이라도 시킬 모양인지 소설가는 노트까지 펼쳐 들고는 제법 진지한 모습이었다.

백 사려고요.

핸드백 때문에 석 달 밤을 보내요?

저기요, 기름 냄새 오래 맡으면 쏠리거든요. 비켜요.

그녀는 거침없이 그렇게 대꾸했고 소설가는 점퍼의 앞섶을 코에 대고는 킁킁거렸다. 석유는 굉장히 지독해서 두 시간만 지나도 냄새가 배어난다는 사실에 꽤 놀란 눈치였다. 소설가도 무언가 가늠하고 있었다. 이곳에 오래 있다 보면 누구든 셈에 밝아지기 마련이었다. '3＋1＝0'인 어처구니없는 셈에까지.

어떻게 할까. 바위에 걸터앉아 오랫동안 고민을 했다. 두 시가 넘으면 찾아드는 자동차도 줄기 마련이었다.. 바람 소리를 들었고 귀뚜라미 소리를 들었다. 앉아 있기만 했는데도 비틀스의

「Something」이 절로 떠오르는 그런 밤이었다. 낡은 트럭의 전조등 빛이 불현듯 눈을 찔렀을 때 비로소 바위에서 엉덩이를 뗄 수 있었다. 생각해보니 고민할 것도 없는 하찮은 일에 지나지 않았다. 전조등 빛 때문에 짜증이 치민 것인지도 몰랐다. 복잡한 것은 딱 질색인데, 결론이라면 이미 나 있는 것에 다름없는데 어째서 고민만 했던 것일까? 사랑하면 고민이란 것이 변명이 된다던 기덕이 형의 속삭임이 어디선가 들려오는 것 같았다.

그래서 나는 버스를 한 시간 반이나 타고 시내로 나가 백화점에 들러 문제의 백을 샀다. 멀버리,라는 이름은 생소했고 점퍼 차림의 나를 내려다보던 점원의 눈빛 역시 생소하기는 마찬가지였다. 하지만 그야말로 생소했던 것은 조명 아래 반짝반짝 빛나는 수많은 가방들을 바라보던 순간의 심정이었다. 전반적으로 낯설었던 그 기분은, 뭐랄까 그 가방들과 점원과 간밤의 낡은 트럭과 바위와 내가 같은 별에 살고 있다는 실감이 전혀 들지 않는다는 서글픔인 것 같았다.

사시게요?

자신의 손톱에서 눈을 뗀 점원의 못마땅한 시선은 내 얼굴과 점퍼와 신발 따위를 차례차례 훑고 있었다.

록산느 백이 이건가요?

예.

선물할 건데.

이게…… 꽤 비싸거든요.

알아요.

셈이라면 나도 자신 있던 터였다. 상황은 순식간에 뒤바뀌었고 이후로는 마음이 편했다. 급작스레 표정이 밝아진 점원이 새삼 의자를 권했다. 잘 들리지 않았다. 쉴 새 없이 떠들어대는 점원의 목소리가 아득할 뿐이었다. 선물할 거니 포장이나 해 달라 간략히 덧붙였음에도 누군지 참 좋으시겠네 어쩌네 하면서 멈추지 않았다. 급기야 커피도 타 왔다. 고객 카드를 하나 만들라는 둥 친구분도 같이 오시면 좋지 않겠냐는 둥 살근대길 멈출 줄 몰랐다. 귀찮아 나는 서둘러 점원 쪽으로 현금 백삼십팔만 원(정가에서 정기 세일 할인액과 회원 카드 할인액을 제외한 금액이었다)을 욱여넣듯 밀었다. 낡은 만 원권 뭉치에 적잖이 놀란 모양이었다. 그럼에도 이내 표정을 고치고는 내게 보란 듯이 자신의 명함과 카탈로그와 영수증과 백화점 십만 원권 상품권을 차례차례 셈하듯 건넸다. 마치 카드놀이 판에서 선심 쓰는 듯한 동작이 제법 능숙했다.

이게 어디 거죠?

예, 영국입니다, 고객님.

영국은 참 좋겠네요.

……

점원은 내 말을 듣지 못한 모양인지 이후로는 대꾸하지 않은 채 침묵했다. 그러다가 멀찍이 서 있던 또 다른 직원에게 불려 가 잔소리를 들었다. 건방지게 손님을 가리느냐고, 저런 사람

들이 돈은 더 잘 쓰는 법이라고, 그런 이야기들이 어렴풋이 귓
가에 파고들었다. 그녀와 사장과 거북이와 기덕이 형과 소설가
가 차례차례 떠올라 그만 픽 하고 웃음이 샜다. 빨리빨리. 타이
어에 기름 흘리지 말고. 그런 느낌이라 그랬다.

　진짜 웃긴다. 내가 이런 데 있으니까 우습니?
　갖고 싶다고 했잖아요.
　저리 가. 기름 냄새 맡으면 쏠리거든. 내가 살 거니까. 이
건…… 진짜 너 웃긴다.
　좋은 거래요.
　누가 봐도 짭이거든.
　주머니 속에 넣어두었던 그녀의 표정을 나는 비로소 내려놓을
수 있었다. 그녀가 소리 나게 사무실의 현관을 닫던 순간 나는
그간 간직해왔던 그녀의 표정을 바닥에 슬그머니 떨어뜨렸다.

　춘호야, 안 아프냐.
　괜찮아요.
　내일부터 총 잡지 말고 세차만 하자.
　죄송해요.
　괜찮아.
　죄송해요.
　괜찮다니까.

느려터진 거북이는 그렇게 대꾸하고서 자동 세차기를 한동안 말없이 바라봤다. 아무리 생각해봐도 거북이는 바보였다. 문득 경적이 울렸을 때 우리는 동시에 입을 모아 소리쳤다.

어섭셔! 얼마나 넣어드릴깝셔!

그러니까 우리 둘 다 바보인 것은 아닐까, 하는 그런 생각이었다.

그럼에도 지구는 계속 돌았다. 사장은 자동 세차기를 들이고 한동안 남은 땅의 평수를 가늠하다 바위를 밀어버리면 작게나마 편의점을 하나 세울 수 있겠다는 결론을 내렸다. 차를 몰고 찾아드는 사람들의 편의를 위해서라면 무엇이든 할 줄 알아야 한다는 것이 사장의 요지였다. 또 그것이 트렌드라니 따라야 하지 않겠느냐고. 주유소야 어찌 되든 좋았지만 바위가 사라져야 한다는 것과 또 그것이 모두 나를 위한 것이라는 말에는 진저리가 나지 않을 수 없었다. 사장은 신경정신과에나 들락거리는 아들을 달가워하지 않았다. 공들여 쌓아 올린 탑이 무너졌다 여겼고 그것을 늘 부끄러워했다. 의사의 말에 의하면 나는 이를테면 잠시 졸고 있는 상태라는데 사장은 그것을 이해하려 들지 않았다. 뭐랄까, 셔츠에 달라붙은 얼룩쯤으로 여기는 것 같았다. 힘껏 문지르다 보면 언젠가는 지워질 것이라고. 찢어질 수도 있다는 생각은 아예 할 줄 모르는 사람이었다. 입을 여는 대로 언제고 결과로 이어져야 한다는 것이 그의 신념이었으니 당연한 일

이기는 했다. 편의점을 세울 계획에 대해 이런저런 이야기를 나
누다 지윤이 한동안 서 있었다는 것을 알아차렸다. 하나마나 한
이야기를 끝내고 돌아가보니 그녀가 바위 앞에 서서 나를 기다
리고 있었다. 처음 봤을 때처럼 환한 웃음이었다. 떨어뜨린 표
정을 어느샌가 주워 담기라도 한 모양이었다.

지난번에는 준비가 안 돼 있었어. 쑥스럽잖아.

……

다시 줘. 내가 좀 그래.

……

여자는 좀, 다 그래.

……

어디 아파?

내가 멜랑콜리하대요. 의사 선생님이.

어떡해. 그게…… 수술 같은 거 해야 되는 거야?

그렇게 다가와서는 다짜고짜 볼에 입을 맞췄다.

병원에 들러 항우울제를 챙겨 왔던 저녁에 소설가와 꽤 많은
이야기를 나눌 수 있었다.

이렇게 삼각형을 그리면 여기가 사장님, 그쪽은 여기쯤. 여
기가 지윤 씨, 기덕 씨. 여기쯤에 제가 있고 맨 아래 거북이가
있게 되는 것입니다. 이것을 전부라 생각해도 무리 없습니다.
물론 그쪽이 좋아하는 하늘과 땅과 바람 같은 것의 자리가 여기

고요. 그런데 사람들은 여기가 자기 자리인 줄 알아요. 피라미드 있잖아요. 그게 실은 하늘을 향하고 있는 건데 뭣도 모르고 와아 대단해, 하는 것 같은 이치죠. 어떻게 생각하십니까?

여기는, 그러니까 굉장한 것 같기는 한데…… 잘 모르겠어요.

이쯤에 있는, 그러니까 당신 같은 사람들이 굉장히 중요하다 생각합니다. 이 사람들이 말이죠, 이걸 다 거꾸로 뒤집을 수가 있어요.

잘 모르겠어요.

그러자 그는 내게 조용히 삼각형을 떠올려보라고 했다.

생각해봤는데, 그러니까 주유소는 토성과 닮아 있었다. 멀리서 보면 멋진데 가까이서 보면 아무것도 아닌. 탄소도 많고 수소도 많은데 황량하기 그지없는. 바람이 많이 불어서 아주 추운.

탄소하고 수소하고 이것저것 섞으면 석유가 된대요.

그러자 소설가는 중요한 것은 삼각형이 아니라 세 면을 이루는 점이 아닐까요,라고 내게 물었다.

검은색은 예부터 힘을 상징했지만 동시에 죽음을 말했습니다. 그럼에도 그것을 가지려 다들 안달이었죠. 제가 이번에 쓰려고 하는 것이 그런 것인데 어떻게, 재미있을 것 같습니까?

그게 될까요? 이렇게 황량한데……

예?

진짜 재미없을 것 같아요.

죄송합니다만 여기가 지구입니다.

아…… 지구.

지구.

그래도 좀……

좀?

구려요.

다음 날 간만에 맑은 기분으로 일어나 그녀에게 핸드백 값을 내놓으라 말하기로 마음먹었다. 그 돈을 거북이에게 줄 작정이었다. 편의점을 세우든 슈퍼마켓을 세우든 알 바 아니지만 바위만큼은 건드리지 말라고 사장에게도 엄포를 놓겠다 다짐했다. 생각만으로도 뭔가 바뀌고 있다는 기분이 들었다. 그런 다음 조용한 음악을 틀어놓은 채 거울을 바라봤다. 그녀가 그랬던 것처럼 표정을 속여보고 싶었다. 잘 되지 않았지만 몇 번 더 하다 보면 될 것도 같았다. 여긴 그러니까,

지구잖아.

상상과 거짓말

거짓말: 관계자 1호의 발언 내용

저는 스포츠를 굉장히 사랑합니다. 스포츠…… 정말 중요하지요. 저도 한때 스포츠를 해봐서 누구보다 잘 압니다. 뭐, 스포츠를 진심으로 계속 하고 싶었습니다만, 안타깝게도 중간에 몸이 좀 아파서. 다들 아시겠지만 이제 스포츠는 문화 그 이상입니다. 뭐랄까 이젠 우리들 삶의 일부다, 그렇게 말해도 무리가 없어요. 선수들의 땀과 노력을 보고 있노라면 재미도 재미입니다만 사람의 마음을 울리는 묘한 감동이란 게 있지 않습니까. 그것이 스포츠다, 뭐 저는 그렇게 생각합니다. 게다가 MLB다 EPL이다 ISU까지, 국격을 높이고 나라의 위상을 드높인 스포츠인들, 또 얼마나 많습니까. 그 경제적 효과가 웬만한 대기업 못지않다 합디다. 그래서 훌륭한 선수들의 멋진 경기를 보고 나서

뒷산에 오르면 나도 모르게 「손에 손잡고」를 흥얼거리게 되고 그러다 보면 절로 눈물이 나는 모양입니다. 그래서 참 고민을 많이 했습니다. 스포츠를 위해 난 무엇을 할 수 있을까. 이제 말씀드릴 '한강 수상 경기장' 프로젝트는 사실 그렇게 시작된 것입니다. 늘 상상만 해왔던 일이 시작된다 생각하니 일단 가슴부터 뜁니다. 요즈음 기술이 참 많이 좋아졌다, 이런 생각도 들고 말입니다. 상상이 현실이 되는 순간은 언제나 놀랍고 즐겁기 마련입니다. 상상해봅시다. 저 푸른 한강 위에 돔 구장을 비롯한 스포츠 테마파크가 둥실 떠오르는 것입니다. 물 위에서, 아니면 배 위에 올라탄 것처럼 발을 물에 담그고 걸터앉은 채로 뛰어난 선수들의 멋진 경기를 볼 수 있게 되는 것입니다. 축구도 하고, 야구도 하고, 가수들 공연장으로도 활용할 수 있고, 무엇보다 우리 서민들의 편안한 휴식처가 되지 않겠습니까? 요즘 같은 전 세계적인 경기 침체 속에서 새로운 경제 가치까지 만들어낼 수 있을 것이라 확신합니다. 일자리 창출 효과도 만만치 않겠지요. 누가 농담처럼 그랬습니다. 경기장 밖으로 공이 자주 나가게 될 텐데 그렇다면 강이 오염되는 것 아니냐. 뭐 우스갯소리로 알고 다들 웃었습니다만, 저는 사실 그것조차 심각하게 고려하지 않을 수 없었습니다. 민족의 젖줄인 한강이 오염된다면 그건 안 될 말이지요. 그래서 '로봇 볼보이'를 연구 중에 있습니다. 파울볼이나 골라인 아웃 볼을 거둬들일 뿐만 아니라 각종 쓰레기도 수거할 수 있으니 향후 한강은 더욱 깨끗해질 것입니다. 다들 눈을 감고 상상해 보세요. 밤이 되면 그곳은 멋진 조명으로 보석처럼 빛날 것입니다. 분수가 꽃처럼 피어오르고 그 사이로는 로봇 볼보이들이 유유히 헤엄치는 것입니다. 한강의 새로운 랜드마크가 되리라 확신합니다. 상상만으로도 참 즐겁습니다.

상상: 실무자 2호의 발언 내용

뭐요? 에이, 진짜. 바쁘니까 그만합시다. 장난도 아니고. 요즘 같은 불경기에. 그렇게 하려면 돈이 얼마나 들겠습니까? 설사 그 예산이 있다 쳐요, 차라리 그 돈으로 다른 걸 하지요, 하필. 꼭 스포츠 '스' 자도 모르는 사람들이 그래요. 스포츠하면 축구하고 야구밖에 없는 줄 알잖아요. 그것도 국대 경기로다가. 그 잘 나간다는 축구, 야구. 우리나라 축구장, 야구장이 다 합쳐서 몇 갠 줄 아십니까? 모르면 말을 말아야지. 차라리 그걸 더 짓든가. "언제까지 우리 애들이 흙바닥에서 공을 차야 돼요?" 그 말 나온 지가 삼십 년 됐습니다. 차범근이 아저씨가 군대 갔다 와서 한 말이야 그게. 잔디 구장 짓자고. 차두리는 있지도 않았어, 그때. 뭐, 물 위에서는 볼이 더 잘 차지나? 왜 그럼 아예 바다 위에다 만들지. 파도치면 왔다 갔다, 더 분위기 있겠네. 거, 자기 일 아니라고 막말하는 거 아닙니다. 엎어지면 코 닿는데, 강 옆에 경기장이 지금 두 개예요. 것도 국제급으로다. 올림픽 했지, 월드컵 했지. 그건 그렇고 강 위로는 어떻게

들어갈 겁니까? 당산철교에서 준비하시고 다이빙하나? 서강대
교서부터 요이 땅! 수영해요? 여의도 벚꽃 축제에 몇 명 오는
줄 알아요? 닷새 동안 뻥 안 치고 용산부터 차가 못 가요. 끝나
면 쓰레기만 이만하다고. 경찰 세워야지, 행사다 뭐다 준비해야
지. 공무원만 죽어난다니까요. 공무원들이 제일 싫어하는 단어
가 뭔 줄 알아요? 철밥통하고 축제! 지옥의 교통체증을 느껴보
고 싶으면 지으라 하세요. 예? 농담 아니고 진짜 그런 말이 있
어요? 거 누구 아이디어인지 얼굴 한 번 보자고 전해주쇼. 그
래, 다 좋아. 어차피 뻥인 거 알지만 진심이다 받아들이고 진짜
생각해봅시다. 자 당신이 너무너무 스포츠를 사랑해. 그래서 뭔
가를 해야겠어. 돈은 좀 쓸 수 있어. 그럼 물 위에 경기장 만들
겠어요? 경제 살린다고? 일자리 창출한다고? 돈 생각하면 그
건 벌써 스포츠 정신에 초장부터 어긋나지. 돈 벌려고 운동 시
작하는 사람이 어디 있나? 나 같으면 이렇게 하겠네. 거지 깽
깽이 같은 각종 협회 구조조정하고, 다 애들한테 써야죠. 공부
못해서 운동한다는 소리 안 듣게, 이십일 세기인데 아직도 그런
말이 나와. 그러니까, 내 말이 그겁니다. 장비 잘 갖춰주고, 샤
워실 같은 것 잘 만들어주고, 그렇게 경기장 지어주자고, 뭣보
다 잘 먹이고. 야구, 축구만큼 육상, 수영, 복싱이며 핸드볼,
동계 스포츠 이런 종목까지 다 같은 대우를 해줘야 한다고. 왜
배구 경기는 중계하다 드라마 한다고 중간에 끊어버리느냐 이
말이지. 스포츠토토 기금도 분배에 더 신경 쓰고 말이야. 이봐

요, 잘 들어요. 소통이란 걸 좀 해봅시다. 월드컵경기장 수용 인원이 십만인데, 그게 꽉 차는 날이 손으로 꼽아요. 메시가 빤스 벗고 와도 찰까 말까라니까. 물 위에 짓는다고 달라집니까? 빤해요. 안 된다 싶으면 일 층에 이마트 들어오고, 이 층에 CGV 짓고, 파리바게뜨다, 스타벅스다, 은행이다 뭐다, 뭐 그럴 거 아닙니까. 누구 좋으라고 그런 일을 해요. 예? 에휴, 로봇 볼보이는 진심으로 할 말이 없네요. 니가 해라 볼보이, 이렇게 그냥 전해주쇼. 참 나, 어이가 없어서, 왜 돈 좀더 보태서 태권브이를 만들지. 좋잖아, 더 크고, 발차기도 막 하고. 그리고 내 이런 이야기는 잘 안 하는데 결정적으로다 왜 안 되는 줄 알아요? 앞으로는 그 길로 이제 배가 다닌다니까. 물동량 그런 건 상관없고, 자세한 이야기는 나도 잘 모르니까 안 하는데, 할 수도 없는데, 아무튼 안 돼요 그거. 큰일 나.

추가: 관계자 1호 대변인의 논평

오해다. 그냥 한 번 가볍게 해본 소리가 와전됐다. 전문가, 시민단체들과 협의 후 적극 재검토할 예정이다. 하지만 무조건적인 반대는 옳지 않다. 큰 틀에서 봐야 한다.

추가: 실무자 2호 책임자의 논평

예상했겠지만, 진짜 오해다. 해프닝이다. 타 부서원 개인의 발언이었을 뿐, 우리 기관의 공식 의견이라고 볼 수 없다. 해당

자가 십 년 전, 모 당 실무자의 핵심 소식통의 사촌으로부터 대가성 식사 대접을 받은 전력이 있다는 의혹을 오늘 아침 알아냈다. 엄중 문책할 예정이며 좀더 엄정하고 중립적인 수사 결과가 나올 때까지 진득하게 기다려볼 예정이다. 늘 그랬듯 검찰의 수사 결과를 믿는다. 믿어야 한다. 또한 큰 틀에서 보자면 상기 프로젝트가 얼마든지 가능하다는 의견도 있다. 각 전문가들의 조언을 참고해보니 스포츠 발전에 도움이 될 뿐만 아니라 지역 경제 활성화에도 큰 역할을 할 것이라 한다. 자료가 다 있다. 공청회도 했다. 우선적으로 홍보부터 시작할 예정이며 한류 아이돌 스타도 참여할 예정이니 널리 알려주시기 바란다.

살구

누군가 찾아와 이렇게 말한 적 있었다. 남은 것을 주거나, 쓰지 못하는 것을 주거나, 생색을 내려고 주거나, 그런 것들을 그저 가져다주는 것으로 할 일을 다 했다 여기는 사람들이라면 택배 기사만도 못하다고. 그러니 고마워할 필요 없다고. 받은 만큼 기뻐하라고. 진심으로 너희들을 돕는 일이란 너희 스스로 무언가 할 수 있도록 해주는 것일 터라고.

"제가 여러분께, 진심으로, 정말 진심으로 주고 싶었던 것이 그 희망과 용기였습니다. 당장 뭐든 하세요. 마음만 먹으면 할 수 있으니까."

그 말을 듣고 나서 소년은 자신도 하지 못하는 일을 남에게 시킨다는 것이 얼마나 뻔뻔한 일인지에 대해 새삼 생각했다. 그렇게 말하면 주먹을 불끈 쥐고 그래 뭐든 해야겠어, 그렇게 번

적 의지가 생기는 줄 아는 사람들은 의외로 많았다. 소년은 단한 번도 그 말에 고개를 끄덕여본 적 없었다. 연단에 선 남자는모르고 있었다. 그는 대단히 만족하고 있었지만 연단 아래 소년들에게 웃음과 박수란 이를테면 하루 일과 같은 것에 지나지 않다는 것을 말이다. 희망과 용기를 가지라고, 그러니 함께 주먹을 꽉 쥐어보자고, 아이들을 모아놓고 사진을 찍으며 그렇게 반복하기 바쁠 뿐인 남자에게 소년은 말을 붙일 수 없었다. 소년은 뭐든 좋으니 갖다 달라고, 아이들에게 필요한 것이 너무도많다고 말하고 싶었지만 사람들은 그저 좀더 힘차게 주먹을 쥐어보라며 소년의 어깨를 두르기만 했다. 빈주먹을 움켜쥘 때마다 소년은 웃지 못했다. 이가 보여야 사진이 밝게 나온다는데꽉 눌린 어깨가 답답하니 도리가 없었다.

과거를 잊으라고 말하는 사람도 많았다. 좋지 않은 기억을 담아두는 바보 같은 짓을 그만두라고. 그것은 현명한 일이 아니라했다. 오늘을 보고, 무엇보다 내일을 볼 줄 알아야 한다고 작은강당이 쩌렁쩌렁 울리게 외치던 남자 역시 소년은 잊지 않고 있었다. 그래놓고서 한동안 자신의 과거 이야기만 했던 우스꽝스러운 남자였다. 그의 이야기를 듣다가 그만 웃음을 터뜨렸던 기억이 난다. 아버지가 늘 엄마를 때렸고 어린 나이에 엄마를 잃었으며 괴물 같던 아버지도 술로 담배로 결국에는 앓아눕게 됐는데 눈만 껌벅이는 동생 셋을 들쳐 업고 비로소 여기까지 왔다

강변하던 남자는 저도 여러분과 다를 게 없었습니다,라는 말로 이야기를 마무리했었다. 눈물을 찍어내는 남자가 어쩐지 우습다 여겨졌다.

"우린 그런 과거도 없거든요."

내가 누군 줄 아느냐며 목소리를 높였던 중년 남자는 어느새 스스로 무릎을 꿇은 채였다. 분인지 뉘우침인지 모를 눈물을 떨어뜨리며 살려달라 되뇌는 중년 남자의 눈동자가 불안하게 흔들렸다. 중년 남자는 그에게 반 시간 가까이 두들겨 맞았다. 머리카락이 한 주먹 뽑혔고, 슈트의 어깨가 뜯겼고, 차가운 시멘트 바닥에 쓸린 이마가 피로 번들거렸으며, 앞니는 깨졌고, 왼쪽 팔목은 부러진 채였다. 살려달라는 말을 되풀이할 때마다 드러나는 중년 남자의 흰자위가 어느덧 위태로워지는 참이었다. 죽어도 잊을 수 없는 인생 최악의 삼십 분이었을 거다. 눈물과 콧물과 피와 침과 먼지와 모래와 머리카락이 한데 뒤엉켰다.

"이 애를 몰라?"

"몰라요. 몇 번을 말합니까."

그는 중년 남자의 오른 손가락 하나를 뒤로 꺾어 부러뜨렸다.

"이 여자는?"

"정말, 모릅니…… 다……아악!"

손가락 하나가 또 부러졌다. 중년 남자는 이미 넋이 나간 표정이었다. 앞니가 없는 탓에 내지르는 비명이 기묘한 동물의 울음소리처럼 새어 나갔다. 비명은 길게 이어지지 못했고 중년 남자는 이내 신음에 막혀 주저앉았다.

"너무 아픕니다. 살려주세요."

"아프지? 그렇게 아파도 안 죽잖아. 죽으려면 얼마나 아파야 할까? 열여섯에 임신을 했는데 어떻게 할 수가 없어. 도와줄 사람이 없어. 돈도 없어. 그래서 애를 낳았어. 변기에 넣고 물을 내렸대. 그런데 안 내려가. 어떻게 할까 하다가, 너무 놀라서, 너무 무서워서, 까만 비닐봉지에 넣었대. 그게 잊히지가 않아서, 자꾸 떠올라서 목을 맨 거야. 애는 죽지 않았어. 변기 물에서 건져져 한동안 봉지에 싸인 채였는데도 숨을 쉬어. 그런데 타일 바닥이 너무 차가웠던 거야. 뇌를 다쳤대. 병원에 왔는데, 그 꼴 다 겪고, 그래도 견뎌서 죽지 않고 살아왔는데, 남의 젖 구해다가 코에다 목에다 호스까지 꽂았는데, 그걸 못 빨아. 그래서 죽었어. 빨지를 못해서. 자, 아저씨랑 여자랑 애랑 나 중에 누가 제일 큰 죄를 지었을까?"

아이들은 어떻게 됩니까. 왜 살려두셨습니까. 어째서 제게 보내셨습니까. 왜 제가 이 아이들을 품어야 했습니까. 이 아이들은 왜 아무것도 몰라야 합니까. 살리지 마셨어야 합니다. 무엇을 해야 합니까. 이제 모르겠습니다. 힘듭니다. 너무 아픕니다. 그들이 미워 죽겠습니다.

바람이 불 때마다 들리는 기도 소리가 있었다. 어머니의 기도를 그는 잊지 않고 있었다.

소년의 집에서 소년은 소년들과 함께 지냈다. 소녀들은 오래 있지 못했다. 이 개월이나 삼 개월이 전부였고, 때로 사나흘 만에 짐을 꾸리는 소녀도 있었다. 말이라도 건네볼까 싶으면 떠나버려서 마음을 열 기회를 잡을 수 없었다. 소년은 늘 소녀들에게 인기가 좋았는데 그래서 처음 소녀들이 떠날 때는 마음이 많이 아팠다. 떠나게 됐다고, 아쉽다고, 다음에 꼭 보자고 하나씩 건네받은 인형이며 양말이며 편지 같은 것들이 대책 없이 쌓이고만 있었다. 소년은 그렇게 나이를 먹었다. 소년이 한동안 소녀가 되고 싶었다가, 선물들을 모두 버리고는 소녀들과 멀어지기로 마음을 고쳐먹은 것도 그즈음이었다. 소년의 집에서 가장 먼저 터득하게 된 것은 떠날 사람과는 친하게 지낼 필요가 없다는 사실이었다.

"어디로 간대?"

"비밀이래. 그런데 더 좋은 곳이래."

그 말을 들을 때마다 소년의 집은 졸지에 더 나쁜 곳이 됐다. 그래서 소년은 늘 궁금했다. 더 좋은 곳이 어딘지 알고 싶은 것이 아니라 대체 이곳이 어딘지 궁금해지는 것이었다. 누구도 일러주지 않아서 물음표는 늘 소년의 발치에만 꽂혔다.

차가 들지 않는 국도의 가로등은 언제고 켜진 것보다 꺼진 것이 더 많았다. 길가에는 살구나무가 빼곡히 심겨 있었다. 국도의 가로등을 몰랐던 시절, 밤이 되면 살구나무가 달처럼 빛나는 줄 알았다. 실은, 가로등 불이 밝은 게 아니라 소년들의 방이 지나치게 어두운 것이었다. 제발, 무슨 말이라도 좀 해봐. 소년은 답답했지만 창문 너머 얼굴을 내민 살구나무는 좀처럼 말이 없었다. 가장 먼저 꽃을 피우고 가장 먼저 열매를 떨어뜨리고 나서 입을 다물어버리는 살구나무.

"뭐든 먼저 하는 건 좋지 않죠?"

"왜?"

엄마의 물음에 소년은 외로우니까요, 라고 대답했다. 엄마는 잠깐 놀랐다가 외로움이라는 단어를 쓴 것이 기특하다며 소년의 머리를 쓰다듬어줬다. 처음부터 그것이 칭찬이 아님을 알았다. 엄마 역시, 외로워 보이는 눈동자를 갖고 있었다. 외로움이라는 단어의 뜻을 소년은 한참 후에야 알았다. 그때는 그저, 외로움이 그런 것인 줄 알았다. 먼저 꽃을 피우고 열매를 떨어뜨린 다음 한없이 기다리는 것. 다른 나무들이 적당한 때에 잎을 틔우고, 꽃을 피우고, 열매를 만들어내는 것을 기약 없이 지켜봐야만 하는 것. 소녀들이 남기고 간 인형이며 양말이며 편지 같은 것들을 괜히 쓰다듬는 그런 것.

배를 깔고 침대에 엎드리면 창문 너머로 먼저 보이는 것이 살구나무였다. 소년은 살구나무가 좋았다. 밤의 살구나무는 춤추는 전등 같았다. 창문을 활짝 열어놓고서 눈을 감으면 그 위에 올라타기라도 한 것처럼 바람 소리가 생생했다. 엎드린 채 발을 동동 구르면서, 그렇게 매일같이 소년은 바람 소리에 귀를 기울였다. 엄마는 바람이 세상의 모든 비밀을 품고 다닌다 말했다. 세상에 비밀이 많아지면 바람이 거세지는 것이라 했다. 바람이 나뭇가지에 닿을 때 어떤 비밀들은 실수처럼 소리를 내며 땅으로 떨어진다고 했다. 그러니 뭔가 알고 싶다면 바람 소리에 귀를 기울이라고.

"그걸 어떻게 알았어요?"

"그것도 바람이 알려줬지."

어쩌면 그것도 비밀이었는지 몰랐다. 엄마의 말이 뭐든 옳다 생각했던 시절이어서, 창밖으로 후드득 소리가 날 때마다 소년의 가슴은 뛰었다. 장마가 시작되면 어찌해야 좋을지 몰라 잠을 이룰 수가 없었다. 그럴 때마다 소년은 엄마에게 달려갔다. 살구 떨어지는 소리 때문에 잠을 잘 수가 없다고 엄마방 문을 열고 울음부터 터뜨렸다. 그때마다 엄마는, 베개를 들고 훌쩍이는 소년을 품에 안고서 세상의 모든 비밀에 대해 이야기해줬다. 어느덧 소년의 덩치가 엄마보다 커졌지만, 엄마는 개의치 않았다.

큰형이 집을 뛰쳐나간 날, 마당에는 멍든 살구들이 눈처럼 쌓여 있었다. 어쩐지 서글픈 풍경이었다. 쪼개지고 으깨진 살구들이 자꾸만 얇은 운동화 바닥에 달라붙었다. 막내가 불평하듯 입을 열었을 때 소년은 계단 턱에다 운동화 바닥을 연신 긁어대던 참이었다. 위로 하나뿐인 형이 나가버렸으니 큰형의 자리는 이제 소년의 몫이 될 터였다.

"어제 형이 나무를 막 발로 찼어요."

"그래서?"

엄마의 다급한 물음에 막내는 아무렇지도 않게 대꾸했다.

"몰라, 난 그냥 잤으니까."

막내가 소년의 눈치를 살피다 굳게 입을 다물었다. 소년들은 약속이라도 한 듯 언제나 말이 없었다. 누가 다그친 것도 아닌데 부산스럽지 않았다. 궁금한 것도, 알려주고 싶은 것도 없어 보이는 눈동자를 굴리며, 놀라도, 아파도, 기뻐도, 슬퍼도 입을 열지 않았다. 그것이 착한 소년의 덕목임을 잘 알고 있었다. 실은 그렇게 살아남은 아이들이었다. 살구나무처럼. 꼭 필요한 말만. 그것이 소년들만의 비밀이었다. 그것은 큰형이 해야 할 일이기도 했다. 다 모른다고 해. 아무 말도 마. 그게 편해. 어두운 방에 모인 소년들의 목덜미를 움켜쥐는 일은 늘 큰형의 몫이었다. 그런 다음 난 몰라요, 괜찮아요, 좋아요. 아이들에게 필요한 말을 가르치는 것이었다.

바람이 거셌다. 그는 점퍼 깃을 세우고 양손으로 귀를 막았다.

입구는 부산했다. 서둘러 크리스마스를 맞이하려는 모양이었다. 커다란 분홍색 하트에 주문처럼 적힌 러브 이벤트 글자가 유혹처럼 아른거리고 있었다. Be with you. 도시의 십이월 모 텔 예약율은 공무원시험 경쟁률을 앞선 지 오래였다.

사다리에 매달린 인부 둘이 그 위에 반짝이는 전구를 달고 있었다. 더 왼쪽으로, 오른쪽으로! 외치는 주인의 표정이 가을걷이를 준비하는 농부 같았다. 주인은 주차장 입구에서 서성이는 그가 자꾸만 신경 쓰였다. 그는 무언가 찾고 있었고 주인은 그것이 마뜩지 않았다. 그러다 말겠거니 했는데 그는 좀처럼 떠날 줄 몰랐다. 주인은 짧게 탄식을 내뱉고 그에게 다가갔다.

"왜요?"

주인은 본능처럼 경계의 눈초리로 그의 생김새와 옷차림부터 빠르게 훑었다. 귀찮으니 볼일 없으면 저리 가라는 투였다.

"일 때문에 그러는데. 한 달 가능할까요?"

"묵으시게? 혼자? 장기로?"

그는 주인의 속을 꿰뚫었고 밝은 표정으로 그렇다고 대답했다. 비로소 안심한 주인이 따라 웃었다. 이 도시에 온 후로 자꾸만 거짓말을 하게 된다고 그는 생각했다. 그가 물었다.

"예전에 저기, 쓰레기통처럼 박스 큰 게……"

오래전부터 궁금했던 것이었다.

"어이쿠야, 단골이셨네. 자주 오셨나. 뵌 분도 같고. 진즉에 치웠지 그거는. 요샌 뭐 분리수거 단속도 칼 같고."

"아……"

"거기다 왔다 갔다, 사람들이 별 거지 같은 걸 다 버리고. 참이 동네가 더러운 사람들이 많아서. 그것 때문에 흉한 꼴도 봤잖수, 추운데 안으로 들어가시지 왜."

주인은 보기와 달리 수다스러운 사람이었다. 장기 투숙은 되레 돈이 안 되는데 젊은 단골 총각 왔으니 특별히 사정 봐준다며 연신 말을 멈추지 않았다. 그가 늘 생각했던 것처럼 친절한 사람이 아니었다. 환한 웃음과 깨끗한 손을 가진 누군가를 상상했던 옛 기억이 마치 꿈처럼 여겨졌다.

"저 기억나세요?"

"그렇지 뭐. 이게 사람 장사 치곤 별나서. 그게, 기억한다고 싫어하는 사람들도 있으니까."

주인은 능숙하게 말끝을 흐렸다. 그를 제대로 쳐다보지 않은 채 행인과 고객의 차이를 명확히 두겠다는 영리한 눈치였다. 주인이 건넨 카드를 쥐고서 미련을 둔 것처럼 그는 다시 주차장을 바라봤다. 아쉬웠다. 저쪽이었을까, 가늠해보며 어떤 과거는 비밀처럼 숨어버린다 했던 엄마의 말을 조심스레 떠올렸다. 뜯긴 우레탄 바닥이 할 말이 있다는 듯 그의 발치에서 입을 벌린 채였다. 천장에서 물이 새는 모양이었다. 한때 커다란 쓰레기통이 놓여 있었던 우레탄 바닥을 두드려보다 그는 다시 고개를 숙이고는 양손으로 귀를 막았다. 바람이 거셌다.

이왕 이렇게 된 일, 한숨 자는 것도 나쁘지 않겠다 싶었다.

"엘리베이터 바꿨어요. 진짜 빠른 걸로. 공사 내내 매출 줄어서 혼났는데. 이런 데선 계단 걸어 다니면 좀 그러니까."

그가 카드 번호를 확인하고 엘리베이터 앞에 섰을 때 주인이 또 불쑥 끼어들었다. 오래 묵으려면 이래저래 조심해달라고 부탁하고 싶은 모양이었다.

"단골이니까, 이거로다가 스페셜."

귀에 속삭이며 주인은 그의 손에 슬며시 콘돔을 쥐여줬다. 서울에서 즐기는 크리스마스, 분홍색, 러브 이벤트. 한참을 망설이다 그도 주인에게 일러주기로 마음먹었다.

"맞은편 교회 옆에 새로 생긴 모텔. 거기 사장이 그랬어요."

"예? 뭐를?"

"머리통 쪼개버리고 싶다던 그 사람이요. 작은 손도끼 같은 거 있으면 할 수 있어요. 어찌 됐든 고맙습니다. 어쩌나 싶었는데 덕분에 살았어요."

진심이었다. 주인의 귀에 속삭인 후 그는 웃으며 엘리베이터의 닫힘 버튼을 눌렀다.

주인은 적잖이 놀란 눈치였다. 부잣집 도령같이 생긴 청년이 해맑게 하는 말 치고는 지나쳤다. 어찌해야 좋을지 알 수 없었다. 놀랍기도 하고 기쁘기도 하고 복잡한 마음이었다. 실은 무서웠다. 주인의 다리는 절로 후들거리고 있었다. 걸음을 쉬 뗄 수가 없었다. 지난달 초부터 연신 누군가 민원을 넣고 있었다. 근 두 달 만에 무려 스무 건이었다. 머리가 빠질 지경이었다. 잘못한 부분이 있긴 했지만 무턱대고 잡아대는 꼬투리를 어찌 해볼 수가 없었다. 이 바닥에서 건축법이란 지키려야 지킬 수 없는 법이라는 것을 모르는 이가 없었다. 어느덧 얼굴을 익혀버린 구청 직원조차 송구스러워하던 참이었다.

"사장님 열람 신청하신 거 소용없다니까. 요샌 다 익명으로 해요. 인터넷 시대 아닙니까. 이건 누가 진짜 맘먹고 덤비는 건데, 짚이는 사람 없어요? 내가 다 피곤하네. 이거 딱 봐도 아는 사람이 해코지하는 거라니까."

구청 직원은 그렇게 말했다. 어느 놈인지 잡히면 가만두지 않겠다고, 떠올리는 것만으로도 넌더리가 나서 그 새끼 잡히면 머리통을 쪼개버리고 싶다는 생각을 하루에도 수십 번 넘게 하고 있던 참이었다. 누구에게도 말한 적 없는 그것은 주인 혼자만의 비밀이었다.

"아니, 그걸 어떻게……"

놀란 주인이 되물었지만 그는 이미 엘리베이터 너머로 모습을 감춘 뒤였다. 주인은 바닥에 주저앉아 숨을 고르며 여러 가지 생각을 해야 했다. 어떻게 반응해야 할지 알 수 없었다. 어찌 됐든 우선 명확히 할 필요가 있었다. 일단 그의 말이 사실인지 아닌지 판단부터 하는 것이 순서였다. 하지만 그의 말을 덥석 믿고 말았다. 거짓말이라 하기에는 지나치게 차분한 그의 표정이 단단한 믿음을 준 것이었다. 주인이 현관을 박차고 나서자마자 새로 매단 전구가 반짝반짝 빛을 내기 시작했다.

꼭대기 층이라 그런지 어디선가 바람 소리가 새어 들어오고 있었다. 그는 침대에 엉덩이를 걸치고 앉았다가, 일어섰다가, 리모컨에 달린 버튼을 이것저것 눌러봤다가, 유리로 된 화장실 문을 두드려보기를 반복했다. 매트를 쓰다듬어보고 커다란 거울이 달린 천장도 올려다봤다. 길을 잃은 느낌이었다. 빙글빙글 돌아가는 자신의 얼굴과 눈이 맞자 비로소 어지럽다는 것을 깨달았다. 이불에 남은 희미한 소독약 냄새 탓인지도 몰랐다. 어찌해야 좋을지 알 수 없었다. 그래서 스탠드의 불을 끄고는 그냥 침대에 누워버렸다. 싸구려 세제 냄새가 가시지 않은 시트를 목까지 끌어 올렸을 때 급기야 슬픔이 밀려들었다. 어디선가 가루가 떨어지는 느낌이었다.

잠은 오지 않았다. 한동안 눈만 감고 있었다. 오른쪽 방인지 왼쪽 방인지 여자의 목소리가 바람처럼 스며들고 있었다. 목소리는 점점 신음에 가까워지고 있었다. 오빠, 오빠, 오빠가 너무 좋아. 나, 죽을 것 같아. 낯선 여자의 묘한 신음을 듣다 급히 바지를 내렸다. 귀를 벽에 가까이 대고 눈을 감은 채 손을 몇 번 움직여봤다. 하지만 이내 손동작을 멈췄다. 그만 울음이 터져버렸다. 쪼그라든 성기를 드러낸 채 울고 있는 그의 모습은 영락없이 소년 같았다. 천장에 비친 그의 등이 소년처럼 떨리고 있었다.

눈물을 멈추고 숨을 고른 다음 베개를 가슴에 품은 채 그는 컴퓨터 모니터 앞에 앉았다. 벌써부터 집이 그리웠다. 무엇보다 엄마가 보고 싶었다. 그가 쓴 편지가 깜박깜박 빛나고 있었다.

〈엄마, 저 왔어요. 나 여기서 태어났대요.〉

누구도 소년의 말을 믿어주지 않았다.

"말을 한다니까요."

소년의 외침은 번번이 바닥으로 떨어지기만 했다. 사람들은 소년의 절박함을 어머니를 향한 애틋함쯤으로 여겼다.

어머니의 병이 깊어가고 있었다. 걷지 못했다가, 서지 못했다가, 자리에 눕고는 입을 닫아버린 지 수개월이었다. 떠 먹여주는 식사조차 쉽게 받아들이지 못하는 그녀의 수척해진 얼굴을 사람들은 애써 외면하고 있었다. 그녀의 얼굴을 마주하고 싶지 않아 고개를 떨어뜨릴 뿐 누구도 말을 잇지 않았다. 너무도 익숙한 풍경이라 그는 더욱 화가 났다.

"저 여기 있어야 해요. 저한테 그랬어요. 여기 남아야 해요. 아니, 이왕 이렇게 된 거 다 말할게요. 맞아요. 엄마는 말 못 해요. 그런데 전 들린다니까요. 거짓말 아니라니까요."

애원으로 바뀐 소년의 말이 또 한 번 바닥에 떨어져 가루가 됐다. 소년에게 돌아온 것은 소용없다는 말이 전부였다. 관계자들도 안타깝다며 소년의 어깨를 두드리기만 했다. 할 수 있는 방법이 이제 없다는 뜻이었다. 소년은 자격이 되지 않는다는 설명이기도 했다. 그래서 소년은 떠나야 했다. 이별은 두렵지 않았다. 헤어지는 일이라면 자신 있었다. 소년이 오열한 것은 그 때문이 아니었다. 소년에게 아직 해야 할 일이 남아 있어 그랬다.

한동안 버티기만 했던 소년이 그녀에게 마지막으로 입을 맞추자 사람들은 비로소 안심할 수 있었다. 고개를 끄덕이고 나서 소년은 사슬을 끊듯 쥐고 있던 그녀의 손을 놓았다. 그때에도 소년이 그녀와 이야기를 나눴다고 생각하는 사람은 아무도 없었다.

"그래요, 엄마. 그렇게 할게요. 약속 지킬게요."

방 안에서 소년이 남긴 마지막 말이었다. 제 방으로 돌아와 책과 사진과 컴퓨터와 옷가지를 챙겨 배낭에 구겨 넣고서 소년은 한참을 더 울었지만 사람들은 일이 마무리된 것이 다행이라며 서로 격려할 뿐이었다.

집에 컴퓨터를 들인 것은 어머니의 선택이었다. 훌쩍 자라버린 아이들에게 뭔가 쓸모 있는 것을 가르치고 싶다는 생각에서였다.

"정 사장님, 이달에는 돈 대신 컴퓨터 하나 주실 수 있을까요?"

왕들의 이름을 따 컴퓨터를 만들던 회사의 사장 역시 그녀의 선택을 반겼다. 장사가 잘 되는 모양인지 부쩍 소년의 집을 자주 방문하게 된 사장을 그녀는 어느덧 신뢰하고 있었다.

"좋은 생각입니다. 이걸로 뭐든 할 수 있는 세상이 온다니까요. 어허, 수녀님 왜 이러실까, 성금은 놔두시고. 기계야 얼마든지 드릴 수 있죠. 내 하는 일이 이건데."

사장은 약속대로 틈틈이 소년의 집을 찾아 소년을 가르쳤다. 잘 읽고, 잘 쓰고, 간단한 영어 단어를 알고 있던 소년이 대표로 아이들에게 컴퓨터를 가르치는 역할을 맡았다. 시간이 남을 때면 사장은 여러 가지 것들을 컴퓨터에 연결해 설치해주기도 했다. 전화도 되고, 팩스도 되고, 노트처럼 적을 수 있고, 프린트를 하고. 뭐든 연결할 수 있다는 컴퓨터도 마치 살구나무 같았다. 보관도 편리하고, 찾기도 편하고, 일목요연하게 정리할 수도 있다고. 그렇게 캐비닛에 담겼던 비밀들이 컴퓨터 안쪽으로 빨려 들어갈 때 사장은 자신이 좋은 일을 하고 있다고만 생각했다.

사장 탓이라 할 수 없었다. 비밀을 일러준 것은 분명 바람이었다. 버려야 하는 곳에 버려졌으니 찾기 쉽지 않을 거라고. 바람은 속삭이고 있었다. 처음에 소년은 무슨 말인지 알아들을 수 없었다. 방치되어 낡아버린 트럭의 뒷바퀴 옆에, 누군가 토악질해놓은 영업 끝난 포장마차 덮개 안에, 고장 난 가로등이 매달린 전신주 아래, 몇 달째 세입자가 들지 않은 싸구려 주택의 깨진 현관문 틈에. 바람이 일러준 것들은 알 수 없는 주문처럼 혼란스러웠다. 잠금장치가 고장 난 동전 보관함 안에, 함부로 놓인 쓰레기통 속에, 물이 내려가지 않아 누렇게 때가 긴 변기 위에, 누구도 볼 수 없는, 아무도 지나가지 않는 그런 어두운 곳만 골라…… 낯선 주문은 페이지를 넘길 때마다 멈출 줄 모르고 계속됐다.

쇼핑백, 비닐봉지, 철 지난 옛 신문, 키친타월, 휴지, 구멍 난 스웨터, 일회용 반찬통, 플라스틱 바구니, 쇼핑 카트. 아이들이 태어나 처음 입은 옷은, 쓰고 바로 버리거나 반납해야 하는 것들이었다. 궁금증이 풀렸으니 마음이 놓일 차례였지만 발가벗겨진 비밀은 당혹스러울 뿐이었다.

"컴퓨터 안에는 바람개비가 들어 있어. 윙윙 돌면서 바람을 내지. 그렇지 않으면 너무 뜨거워지고, 그럼 완전 낭패야."

소년은 사장이 해줬던 말을 기억해낼 수 없었다. 입을 막은 채 모니터를 바라보면서 바람이 멈췄으면 좋겠다고 생각했다. 살갗이 찢어질 만큼 매서운 추위가 소년을 휘감기 시작했다. 추웠다. 아이들을 처음 발견했던 사람들의 한결같은 목소리가 소년을 차갑게 누르고 있었다. 새소리가 나더라고요, 강아지인 줄 알았어요, 고양이인 줄 알았어요, 얼마나 놀랐는지 몰라요.

"그걸 어떻게 알았니?"

"바람이……"

엄마는 소년을 나무랄 수 없었고 소년은 바닥에 떨어진 베개를 다시 끌어안을 수 없었다.

그가 떠날 차례였다. 그는 더 이상 소년일 수 없었다. 크리스마스트리는 늘 미리 준비했었다. 연말은 너무 바쁘다고 구월이나 시월에 오는 사람들이 제법 되는 까닭에서였다. 그들은 크리스마스 느낌이 묻어나는 사진을 원했고 그 탓에 크리스마스트리를 초겨울의 상징쯤으로 여기는 아이들이 많았다.

눈이 올지도 모른다고 사다리 아래 모여 손뼉을 치고 있는 아이들을 보면서 마지막 트리를 장식하는 그의 마음은 무겁기만 했다. 그는 행복한 이에게 기쁨을 주고 불행한 이에게 슬픔을 주는 명절이 싫었다. 겨울에는 더 그랬다. 트리를 볼 수 있는 아이들보다 아파 누워 있는 아이들이 더 많았다. 두 명의 아이가 새로 들어왔지만 세 명의 아이가 죽어 집을 떠났다. 하나같이 추워서 얼어 죽었다. 인간이 수시로 우주에 드나드는 시대인데도 얼어 죽는 아이들이 있었다. 두 달에 한 번, 때때로 서너 번씩 늘 있는 일이어서 눈물도 말라버린 지 오래였다. 괜찮아, 늘 있는 일이라. 그렇게 말할 수도 없는 노릇이었다. 불행한 아이를 돕겠다고, 착한 일 한번 해보겠다고 해맑은 표정으로 그의 집을 찾은 학생들에게 그 일들을 어떻게 설명해줘야 할지 알 수 없었다.

"너희는 이게 정말 봉사활동이라고 생각하니? 얘들이 뭔가 도움을 얻은 것처럼 보여?"

"……"

난데없는 그의 질문에 아무런 대답을 하지 못한 학생들이 우왕좌왕하기 시작했다.

수소문해 찾아간 집에서 만난 남자는 그보다 덩치가 더 좋은 청년이었다. 미리 커다란 대못이 튀어나온 각목을 준비했음에도 여의치가 않았다. 준비해간 나무보다 단단한 어깨를 가진 남자였다. 몇 번 치고받은 끝에 그의 머리에서 피가 솟았다. 하마터면 그가 당할 뻔한 순간이었다. 가까스로 가스총을 쏜 후에야 비로소 남자를 묶어놓을 수 있었다. 그는 널브러진 남자의 등 위에 앉아 숨을 헐떡이다 자신의 이마에 일회용 반창고를 붙였다.

"시작하자. 이 애 알아?"

"……"

그는 남자의 오른 손가락 하나를 부러뜨렸다.

"이 여자는?"

"……"

손가락 하나가 또 부러졌다. 그제야 남자는 발악하듯 입을 열었다.

"뭘 제대로 알고 왔어야지 미친 새끼야. 알아, 이 새끼야. 내가 그년 안다고. 여기저기 벌리고 다니는 년이라 내 아인지 확실하지도 않았어. 돈 더 뜯어내려고 질질 시간 끌기에 내가 그랬어. 그래 좋다, 다 믿는다, 내가 벌 받고 결혼도 하고 애도 키우겠다. 그랬더니 도망간 년이라고. 니가 뭐 정의의 사도냐? 또라이 새끼가. 그럼 그년을 잡아야지. 왜 나한테 지랄이야. 그게 혼자 한다고 되는 거냐?"

남자의 악다구니는 진실인 것 같았다. 예상치 못한 상황이었지만 그는 흔들리지 않았다. 사실이든 아니든 개의치 않겠다는 그의 눈초리가 더욱 매서워지고 있었다. 치켜든 그의 손을 누구도 말릴 수 없을 것 같았다. 그의 손에 들린 스패너가 반짝반짝 빛났고 남자는 질끈 눈을 감았다.

"그렇게 말하면 내가 모를 줄 알아? 다 안다니까. 난 다 들린다니까. 우리 엄마가 가르쳐준다니까!"

둔탁한 소리가 한동안 이어졌다. 그가 스패너를 내던지자 비로소 소리들도 멎었다. 아무 소리도 들리지 않았다. 하지만 그는 귀를 틀어막은 채 멈추지 않고 소리를 질러댔다. 조용히 하라고. 시끄럽다고. 손을 타고 흐르는 피가 그의 귓속으로 빨려들어가는 참이었다.

바람이 거셌다. 그는 점퍼 깃을 세우고 양손으로 귀를 막았다. 엘리베이터는 고장 난 채였다. 그래서 버튼을 누르다 말고 한동안 엘리베이터를 바라만 봤다. 낡은 육 층 건물 계단을 오르는 내내 고개를 들 수가 없었다. 꽁초 냄새가 지독했다. 땀과 타액과 머리카락과 볼품없는 전단지가 함께 뒹구는 전형적인 서울 변두리 건물의 계단이었다. 오르면 오를수록 제자리인 듯한 느낌이었다. 쓰레기통 같기도 변기 같기도 했다. 그는 계단을 밟고 싶지 않았다. 당장에라도 누군가 나타나 그의 발목을

부여잡고 살려달라 외칠 것 같은 기분이 들어 그랬다. 그 어둠
과 축축함이 그는 무엇보다 싫었다. 그를 아무렇지도 않게 앞질
러 오르는 사람들이 두렵게 느껴졌다. 산부인과로 약국으로 보
습 학원으로 작은 교회로, 계단은 마치 갈림길 같았고 사람들은
아무렇지 않은 듯 바삐 걸음을 재촉하고 있었다. 갈 곳이 정해
졌다면 다른 것은 개의치 않는 사람들로 가득한 도시를 그는 평
생 품을 수 없을 것 같았다. 길을 잃었다.

　PC방은 육 층에 있다고 했다. 컴퓨터 앞에서 그는 비로소 다
시 소년이 될 수 있었다. 아이디는 모르는 이의 것들을 돌려썼
지만 대화명은 늘 '소년'을 고집했다. 보이였다가 샤오니엔이었
다가, 쇼넨, 가르송, 치코가 된 적도 있지만 어찌 됐든 그는 늘
소년일 수 있었다.

　소녀의 가방이 떨어졌다. 하필 후크가 풀려 내용물이 와르르
쏟아졌다. 전화기와 작은 머리빗, 소박한 기초 화장품, 작은 노
트와 문제집, 하늘색 비닐에 싸인 생리대 한 움큼. 그의 발치까
지 구슬처럼 떨어져 굴러온 것들이었다. 그는 잠깐 고민하다 전
화기를 골라 들었다. 전화기에 매달린 빨간 하트에 볼품없이 새
겨진 'Love'라는 영문이 어쩐지 먼저 눈에 박혔다. 소녀는 그것
들을 욱여넣듯 가방 안으로 밀어버리고 나서야 비로소 전화기
를 낚아챘다. 고맙다는 말은 하지 않았다. 어쩔 줄 몰라 하다
그냥 뒤돌아섰다. 그는 핏방울이 떨어지는 소리를 생생하게 들

었고 소녀 역시 그보다 조금 늦긴 했지만 눈치챈 모양이었다. 소녀의 다리 사이에서 핏방울이 떨어지고 있었다. 눈물처럼 어둡고 축축한 바닥을 향해 떨어지고 있었다. 어쩐지 마음이 놓여 그는 저도 모르게 미소를 짓고 말았다.

"잘됐네."

"쪽팔리게."

손에 핏방울이 묻었지만 그는 기뻐하고 있었다. 그래서 소녀는 그렇게밖에 대꾸하지 못했다. 소녀는 뒤돌아 다시 황급히 계단을 올랐다. 화장실이나, 옥상으로, 아니면 경황이 없어 무작정 오르는 것인지도 몰랐다. 소녀의 스니커즈가 낡은 계단 바닥을 두드리는 소리를 들으며 그는 검붉은 핏자국을 한동안 바라봤다. 어머니의 말이 떠올랐다. 살아보니 새로운 것이 없다고. 같은 일이 반복된다고.

"살 이유가 없네요."

그가 말했을 때 어머니도 미소를 지었다.

"그러니까 살아야지. 나 여기 있어요, 말해야지."

어머니의 손을 잡은 채 그는 그것이 어머니의 비밀이리라 짐작했었다. 누구도 관심을 두지 않는 죽음이 있고, 누구도 관심을 두지 않는 탄생도 있다. 과연 그것을 비밀이라 할 수 있을까.

옥상으로 간 소녀는 팔짝팔짝 뛰며 제 친구와 통화 중이었다.

"나 생리해. 임신 아닌가 봐."

울다가 웃다가 소리 지르며 반복하는 통에 그가 계단에 서서 건넨 말은 까맣게 잊어버린 채였다.

경찰, 은평구 삼십대 남성 살인사건 용의자 검거 나서

서울 은평구 삼십대 남성 박 모 씨(33) 살인 사건을 수사 중인 은평경찰서는 사건의 유력한 용의자로 피해 남성 아버지가 운영했던 회사 납품 업체의 전 부사장 이 모 씨(51)를 지목하고 검거에 나선 것으로 알려졌다.

경찰은 피해자 주택에 설치된 CCTV에 며칠에 걸쳐 주기적으로 포착된 이 모 씨가 지난해 부품 계약 파기 등을 이유로 해직된 뒤, 이에 원한을 품고 피해 남성 아버지 앞에서 한 차례 자해를 시도하는 등 지속적으로 과격한 행동을 보였던 것에 주목하고 있다.

박 씨는 지난달 21일 새벽 3시 21분 쯤, 집 근처 공원에서 양손과 발이 비닐 테이프로 결박돼 숨진 채 발견됐다. 저항의 흔적은 없지만 검안 결과 박 씨가 흉부 압박과 질식으로 숨졌다는 사실에 따라 경찰은 박 씨가 살해된 것으로 보고 수사를 벌여왔다. 한편 아버지가 전직 의원임이 알려져 비로소 화제가 된 이 살인사건은 지난달 21일 벌어진 것으로 추정되나 박 씨의 어머니는 "평소에도 집에 잘 들어오지 않았고, 사이도 썩 좋지 않아 크게 신경 쓰지 않았다"라며 살해된 사실을 사흘간 몰랐던 것으로 밝혀졌다.

서울 CHS 고원용 기자
gwy@CHS.co.kr

비로소 알려진 죽음인데, 그것이 전부인 모양이었다. 관심을 두는 이가 아무도 없는 것 같았다. 기사의 조회 수는 형편없었다. 흔한 광고 댓글조차 찾아볼 수 없었다. 그도 애써 태연한 척하려 했다. 남자의 아버지가 모 당의 의원이었나 보다. 어머니는 사흘간 아들을 보지 못하고도 태연했나 보다. 덕분에 남자의 죽음은 기사가 될 수 있었다. 아니었다면 오늘의 날씨나 모 여가수의 시구 복장보다도 가치 없었을 죽음. 그는 의자를 바싹 끌어당겼다. PC방 의자에 앉아 뉴스를 확인하는 내내 맞은편에서 끊임없이 웃음소리가 넘어왔다. 슬쩍 책상 다리를 발로 쳐봤지만 소용이 없었다. 꽤 거슬리던 참이었다. 사실 웃음보다는 자기들끼리 주고받던 내용이 더 불쾌했다. 건너편에서 다시 웃음소리가 들렸다. 이메일 주소를 확인하고 그는 고원용이라는, 남자인지 여자인지 그도 아니면 가상의 인물일지도 모르는 기자에게 이메일을 보냈다.

〈그곳에 사진이 두 장 있었을 겁니다. 꼭 확인하세요.〉

건너편에서 다시 웃음소리가 넘어왔고, 타이핑을 마친 그는 일어나 맞은편을 넘어다봤다. 학생들이었다. 삼 층쯤에서 떨어져도 끄떡없을 것 같은 단단한 머리통이 한눈에 들어왔다. 뭐가 그리 좋은지 박수까지 쳐대는 참이었다. 사용 내역을 지우고 웹 브라우저 창을 닫은 후, 학생들의 뒤편으로 뚜벅뚜벅 걸어가 제일 덩치가 큰 녀석의 목덜미를 움켜쥐었다.

"아저씨 경찰이거든. 힘이 뻗치면 그냥 뛰자. 축구 같은 거

많잖아."

　저희들끼리 키득거리며 주고받던 대화가 예상했던 대로 모니터 메신저 창 위에 함부로 벗어놓은 옷처럼 고스란히 널브러진 채였다. 십일만 원이면 비쌈. 예쁜지 사진 좀. 정말 중학생? 따위의 글들이었다. 그럼에도 목이 뒤로 꺾인 채 그를 노려보는 학생의 눈동자는 꺾일 줄 몰랐다. 십대는 언제나 단단한 법이었다.

　"이거는, 그냥 장난한 거거든요. 친구거든요."

　급히 메신저 창을 닫는 학생의 단단한 손가락을 보다 그는 그만 웃음을 터뜨리고 말았다. 그렇게 녀석의 목을 놓아줬다. 아주 어렸을 때, 소년이었던 자신의 얼굴이 스친 것이었다.

　"아저씨도 그냥 장난한 거거든."

　그가 학생의 말투를 따라하며 멋쩍게 웃자 학생은 웃으며 졸라 놀랐잖아요, 라고 대꾸했다. 그는 자기가 죽였던 그 남자를 떠올리고 있었다. 누구도 관심을 두지 않는다면, 그것을 비밀이라 할 수 있을까. 문득 풀린 비밀이 다시 비밀이 되어버린 상황이 재미있게 여겨졌다.

　크게 웃다가 그가 가방을 떨어뜨렸다. 하필 후크가 풀려 내용물이 와르르 쏟아졌다. 고무망치와 스패너, 앳된 여학생의 사진과 기괴한 생김의 신생아 사진 들, 진통제와 피 묻은 거즈, 비닐 테이프, 철사 뭉치, 가스총, 까만 비닐에 싸인 콘돔 한 움

큼. 학생의 발치까지 구슬처럼 굴러 내려온 것들이었다. 학생들
은 입을 벌린 채 슬금슬금 뒷걸음치다 재빨리 PC방 유리문을
밀고 뛰쳐나갔다.

"와, 씨발, 대박! 저승사잔 줄 알았다. 졸라, 어이없네."

당황한 학생들의 목소리가 그에게만 들렸다.

가면

1

이제야 알겠다. 상상이 실현됐던 순간은 꽤 많았다. 평생 바랐던 꿈이 아니라는 이유로 누구도 언급하지 않은 것뿐이었다. 돌이켜 보니 그랬다. 눈앞에 펼쳐진 누군가의 상상을 타인의 일일뿐이라 여기고 무심히 지나치기만 했다. 실제가 되어버린 상상마저 버려진 듯 초라하게 남게 된 것은 그 때문이었다. 그간 그것들을 아무렇지 않게 버려왔던 모양이었다. 기쁨이, 벅참이, 무언가를 해냈다는 만족감이 없다는 이유로 현실이 되어버린 상상들은 구겨져 폐기되고 있었다. 맞닥뜨리고도 그것이 여전히 상상인 줄 아는 이들이 너무도 많았다. 알려주고 싶었다. 그것이 현실이라 일러주고 싶었다. 그러나 소년은 가진 것이 없었다. 지혜도, 힘도, 이제는 시간마저.

지난 삼십여 년간 끊임없이 상상해온 순간이었다. 어떤 느낌일까, 어떻게 될까, 때때로는 무엇이 될까. 소년은 늘 궁금했었다. 이제 진실의 문턱에까지 이른 셈이니 현실을 더듬어 의문을 해결하고자 하는 의지가 생길 차례였다. 한데 의지는커녕 어쩐지 웃음만 났다. 나는 특별했을까. 아무런 의지가 없어 더없이 편안할 뿐 생각을 이어나갈 수가 없었다. 현실은 소년에게서 달아나고 있었다. 등을 보인 현실의 그림자는 소년이 늘 생각해왔던 것처럼 거대하지 않았다. 다가온 그림자는 부드럽게 속삭이고 있었다. 소년에게 남은 모든 것들을 남김없이 삼킬 기세였는데 그림자의 혀는 터무니없게도 부드럽기만 했다.

"꿈이 뭐였지? 아무것도 모르겠지? 조금도 자라지 않았잖아. 평생 그 꼴로 살아."

그래, 사람의 감각이란 참 보잘것없는 모양이다. 소년은 생각했다. 눈앞에서 벌어지는 이상한 일들이 낯설지 않아 그랬다. 새삼스러운 일이 아니었다. 소년은 늘 달렸고, 매번 두들겨 맞아왔고, 그래서 언제나 피곤했다. 숨이 턱까지 차오르면 기침을 했고, 아플 때는 웃었으며, 달콤한 피로조차 은밀히 즐길 줄 알았다. 그것이 소년의 평범했던 지난 삶의 전부였다. 한계라는 것이 있다 배웠다. 끝까지 달리면 숨이 차야 했고, 계속 맞으면 아파야 했고, 너무 힘들면 지쳐야 옳았다. 하지만 현실은 언제나 달랐다. 한동안 달리고 있자면 기침이 났고, 한동안 두들겨 맞고 있자면 웃음이 터져 나왔으며, 지나친 피로의 노곤함은 되레 달콤했다. 대체 한계란 어디에 있는 것일까. 이곳이 정말 끝이라면 이렇게 말해야겠다고, 소년은 다짐했다. 자신의 시간이, 아는 사람은 알고 모르는 사람은 모르는 이야기가 될 것이라고.

차가운 물이 고인 바닥은 더 이상 춥지 않았다. 팔다리는 소년의 말을 듣지 않은 지 오래였다. 그럼에도 소년은 어쩐지 무엇이든 할 수 있을 것 같은 기분이었다. 온몸을 꽉 조였던 불쾌한 느낌이 누군가의 품에 안긴 듯 따뜻하게 변하고 있었다. 멍텅구리가 되어버린 몸의 감각들이 더 이상 야속하지 않았다. 이제야 알겠다. 후회는 아프지 않다. 또 하나 새로운 것을 알았으니 됐다. 그러니 웃어야겠다고, 그렇게 소년은 조용히 눈을 감았다. 희끗한 회색 머리칼을 가진 나이 든 소년의 마지막 모습이었다. 물방울들은 소란스레 사방으로 튀어 오르고 있었다. 아무것도 모른 채 바삐 걷는 사람이 너무도 많았다. 실제가 된 상상 하나가 또 하나, 시들어가고 있었다.

2

넌 아주 특별한 아이란다. 하지만 잊지 마라. 세상 모든 특별한 일들은 모두 다 평범한 곳에서 시작돼. 아주 작았던 일이 지나고 보면 더없이 특별한 일이 되어 있곤 하지. 이 작은 원숭이가 사람이 될 줄 누가 알았겠니? 눈사람을 만드는 것처럼 말이야. 그러니까 가장 특별한 사람이란 가장 평범한 사람이고, 그래, 세상에서 가장 특별한 것은 결국 네 주변에 있는 모든 것들이란다. 그걸 잊지 말았으면 좋겠구나. 그러니까 제대로 볼 줄 알아야 해. 제대로 보면 세상 모든 게 아름답지. 엄마를 잘 지켜주렴. 미안하구나. 아빠가 되면 너도 이해할 수 있을 거야. 사랑한다.

3

소년의 아버지가 소년을 위해 남긴 것은 원숭이 사진 한 장이 고작이었다. 사실 '원숭이 사진'이었는지조차 알 수 없게 된 지 오래였다. 발신지 표시가 없는 그림엽서에 적힌 문장을 소년은 얼마나 되풀이해 읽어왔던가. 소년에게 사진은 몇 안 되는 소중한 것 중 하나였다. 그것은 소년에게 단순한 사진일 수 없었다. 사진은 자신에게도 아버지가 있다는 '확인'이었고 언젠가 다시 아버지를 만날 수 있을지도 모른다는 '희망'이기도 했다. 읽을 때마다 새로운 느낌이 드는 묘한 문장이었지만 이내 익숙해지기까지 오랜 시간이 필요치 않았다. 시간이란 새로움이 부서져 흩어진 자리에 푸념처럼 남아 쌓이는 법이었다. 따뜻하게 건네는 격려의 말 같았던 문장이 어느샌가 완곡한 부탁이나 명령처럼 다가오고 있었다. 아무 생각 없이 그림엽서를 만든 회사에서 그럴듯한 격언을 인쇄해버린 것은 아닐까. 이를테면 소년이 가진 모든 공책 뒷면에 한결같이 인쇄되어 있는 '인내는 쓰고 열매는 달다'처럼. 푸념이 무언가를 잊게 만든다는 사실을 알지 못했던 소년이 아버지를 원망하기 시작한 것도 그즈음이었다. 정확히 무슨 의미인지 알 수 없는 그 문장들이 유언이 되어버렸다는 사실을 알게 된 후로 소년은 그것을 되풀이해 읽는 일마저도 그만뒀다. 도무지 아버지의 목소리를 기억할 수 없었음에도 되풀이해 읽을 때마다 어떤 목소리가 들리는 것 같은 느낌이 의심으로 변한 것이었다. 의심이 모든 생각들을 단순하게 만들어버린다는 사실 또한 알지 못했던 소년은 조금씩 사진을 제 삶의 구석에 밀어 넣는 것으로 푸념을 대신했다. 애초에 아무것도 없었을지 모른다는 생각이라면 잊는 편이 나았다. 원숭이 사진은 점점 색이 바래갔고 그래서 이제는 그것이 원숭이인지조차 가늠할 수 없었다. 애초에 그 그림엽서 한 장에는 그렇듯 소년의 모든 삶이 담겨 있었다.

　아무래도 말장난 같았다. 그래서 뭐가 어쨌다는 거야. 시간이 지날수록 점점 그런 생각만 들었다. 그런 말을 하려면 아무래도 특별한 사람이어야 될 것 같아 그랬다. 보잘것없는 사람이 그런 말을 한다면 얼마나 우스꽝스러운 일일까. 사진 속, 이제는 사라져버린 원숭이와 무엇이 다를까. 소년은 그렇게 생각했다. 어린 아들과 여린 아내를 남겨두고 여기저기 떠돌기만 했다

는 사람을 어떻게, 재산은커녕 제대로 찍은 사진 한 장 남기지
않았다는 사람을 어떻게, 형제들에게 좋은 기억 한 점 남기지
못했다는 사람을 어떻게 믿을 수 있을까. 그것을 '평범'이라 부
르면 안 될 것 같았다. 계단으로 치자면 가장 아랫단에 서 있는
사람인 꼴인데 어떻게.

그가 찾아온 것은 그렇게 아버지에 관한 기억이 거의 사라지
고 있을 즈음이었다. 지친 어깨로 계단 아래 서서 봉우리를 응시
하는 한 남자의 뒷모습을 소년은 오랫동안 하염없이 바라봤다.

큰아버지의 말에 따르면 소년의 아버지는 세상에 더없이 불
필요한 사람이었다. 가만히나 있지, 남에게 피해만 주는 사람
을, 아니 남은커녕 가족에게까지 몹쓸 짓만 한 사람을 도대체가
어디에다 쓸 것이냐고, 소년의 큰아버지는 소년의 어머니에게
일 년이면 꼬박 열두 번씩 말했다. 결코 특별한 사람이 아니었
다고, 어쩌면 그 날카로운 말의 끝은 소년의 목을 겨누고 있는
것인지 몰랐다. 명절과 가족의 제일이 다가올 때마다 그래서
소년의 어머니는 죄인처럼 늘 몸을 웅크린 채였다. 소년도 그런
어머니의 등 뒤로 눈을 숨기기에 바빴다.

"그놈이 빨갱이 짓을 하고 돌아다니는 통에 온 가족이 이 꼴
이지! 나아지는 게 없잖아."

평범한 날이었을까, 어쩌면 또 명절이었는지도 모르겠다. 평
소처럼 몸을 웅크리지 않고 어머니가 소년을 이끈 적이 있었다.

급작스러운 일이었지만 꽤 오랫동안 품어왔던 일을 해치우듯 소년의 어머니는 평소와 달리 더없이 침착했다. 소년은 곧게 펴진 어머니의 등에서 알 수 없는 힘이 솟구치고 있다고 생각했다.

"아니에요."

"……"

"……알겠어요."

큰아버지는 소년의 부모를 가족으로 여기지 않았다. 정확하게 말하자면 가족이 아니었으면 좋겠다, 생각하고 있었다. 가족을 잘못 쓴 글씨처럼 지울 수 있다고 생각해본 적은 없었다. 그러나 어머니가 그 '가족'들을 향해 단호한 목소리로 아니다, 또 알겠다, 라고 이어 대꾸한 다음 자신의 손을 붙잡던 순간 소년의 어머니와 소년은 실수로 잘못 쓴 글자가 됐다. 어찌나 세게 쥐었던지 손이 금세 저려왔지만 어쩐지 불평을 하거나 고통을 호소하면 안 될 것 같았다. 그렇게 소년은 어머니와 함께 한참을 걸었다. 가족이 사라진 느낌은 나쁘지 않았다. 소년은 어머니가 있어 든든하다 생각했다. 이듬해 명절부터 소년은 그렇게 어머니와 단둘이 지냈다. 하지만 조금도 서운하지 않았다. 아버지에 대해 아무 말도 해주지 못하는 형제들이라면 어차피 있으나 마나라는 생각이었다. 얼굴조차 모르는 아버지였어도 그를 향한 푸념을 대할 때마다 매번 심통이 났던 것도 사실이었다. 돌이켜보니 어머니가 자신의 손을 움켜쥐었던 그 순간 소년에게도 알 수 없는 힘이 솟고 있었다.

"아빠?"

계단 아래 서 있는 남자는 좀처럼 대꾸하지 않았다. 소년이 아무리 불러도 손가락 하나 까딱할 줄 몰랐다. 계단의 남자는 끝없이 아득해 보이는 봉우리만 엄숙하게 바라볼 뿐이었다. 의미 없고 그래서 무료해 보이기만 하는 그 일을 그는 사명처럼 여기는 것 같았다. 무거운 분위기 탓에 소년의 눈에도 그것이 그 남자가 평생 해야 할 일인 것처럼 여겨졌다. 그렇대도 야속한 것은 어쩔 수가 없었다. 어째서 대꾸조차 하지 않는 것일까. 새어 들어오는 빛이 전혀 없는 기묘한 공간에서 사방을 손으로 더듬으며 소년은 조금씩 앞으로 나아가려 애썼다. 검은 형체로만 보이는 계단과 남자를 확인해보고 싶어 그랬다. 저 봉우리는 무엇인지, 저 사내가 과연 아버지인지 소년은 궁금해 견딜 수 없었다. 소년은 제가 알지 못하는 세상의 모든 것, 제가 두려워하는 세상의 모든 것을 검은색으로 여기는 나이였다. 하지만 아무리 다가서도 시커먼 형체는 좀처럼 명확해지지 않았다. 달음질을 쳐봐도 꽤 오랫동안 눈을 비벼봐도 달라지는 것이 없었다. 제대로 보고 싶었지만 볼 수 없어 소년은 끝내 막막해지고 말았다. 한 번도 본 적 없는, 게다가 형체마저도 불분명한 사내의 뒷모습이 전해주는 기묘한 친밀함이 그저 야속하고 동시에 어리둥절할 뿐이었다.

"원숭이 엽서 갖고 왔어요!"

애타게 부르고서 눈을 뜨면 언제나 어머니의 품이었다. 소년의 어머니가 따뜻한 물을 적신 손수건으로 소년의 이마를 훔치며 말했다. 무서운 꿈을 꾼 것에 불과하다고. 괜찮다고. 또 키가 자랄 것이라고. 키가 커지면 아버지의 모습을 제대로 볼 수 있을까. 꿈에서 깰 때마다 소년의 궁금함도 키처럼 자라고 있었다.

"정말 원숭이야?"
"네가 어려서부터 원숭이를 좋아했어. 그래서 특별히 고른 걸 거야. 너 주려고."
"아빠 글씨가 맞아?"
"그럼, 글씨를 아주 잘 쓰셨어."
애초에 답이 없을지도 모른다는 것까지 이미 알고 있는 소년이 모를 리 없었다. 사실 소년에게는 더 궁금한 것이 있었다. 원숭이며 글씨 따위는 정말로 궁금한 것을 묻기 위해 어머니의 눈치를 살피는 데 지나지 않았다. 역시 그것을 모를 리 없는 소년의 어머니도 태연하기는 마찬가지였다. 소년의 어머니는 준비가 됐다는 듯, 아니 이제는 알려줘야겠다는 듯 목도리를 뜨고 있던 바늘을 조용히 치마 앞자락에 내려놓았다. 어느덧 제법 길쭉해진 아들의 다리를 보고 있노라니 이제 말해도 좋을 것 같았다.
"아빠가 진짜 빨갱이야?"
"흑인, 백인은 있지만 세상에 빨간 사람은 없어. 어깨가 조금 작겠네."

어머니는 소년의 가슴 앞에 반쯤 완성된 스웨터를 슬며시 올려보았다.

"등에 숫자를 넣자. 어떤 숫자가 좋을까?"

소년은 더 이상 어머니를 조르지 않았다. 소년은 그때, 어떤 질문은 때때로 해답 없이 해결되기도 한다는 것을 알았다. 아니라면 됐다고, 소년은 마음을 놓았다. 덕분에 그날 이후 소년은 사진 속 원숭이가 아버지일지도 모른다는 터무니없는 생각을 접을 수 있었다. 그러자 놀라운 일이 벌어졌다. 거무죽죽하게 형체만 남은 덩어리가 소년을 마주 본 채로 작고 앙증맞은 원숭이 모양으로 변하고 있었다. 가느다란 갈색 털로 뒤덮인 원숭이는 소년을 향해 손을 흔들었다. 작별 인사였다.

"숫자 말고 원숭이를 넣을까?"

소년의 어머니는 아들의 얼굴을 내려다보며 흐뭇한 얼굴로 고개를 끄덕이고는 뜨개질을 계속했다. 한 땀이 손이 되고 발이 되고 원한다면 숫자를 헤아릴 수 있게 되고 또 원한다면 원숭이도 될 수 있다는 남편의 말을, 소년의 어머니는 그것으로 소년에게 대신했다. 지극히 평범했던 날, 소년도 자신이 본 원숭이를 어머니에게 말하지 않고 비밀로 남겨두었다. 제대로 본다는 것은 어떤 것일까. 그간 소년은 제대로 보려면 아버지가 있어야 한다고 생각해왔다. 제대로 보려면 목말을 타야 할 것이라고. 이렇게 작은 키로 어떻게 제대로 볼 수 있을까 싶은, 그런 투정이었다. 하지만 비로소 소년은 알게 됐다. 자라면 되는 일이었다. 그렇게 제 스스로도 아버지가 될 수 있음을 소년은 깨닫고 있었다. 아버지에 대한 궁금증을 어른이 되기 위한 욕망과 뒤바꾼 소년은 어떤 질문은 해답 없이도 해결된다는 것을 여전히 믿고 있었다. 그날, 소년의 어머니가 손으로 일궈낸 한 땀의 마술처럼 소년에게도 설명할 수 없는 작은 힘이 있다는 것을.

4

최초의 기묘한 경험은 새 학기와 함께 시작됐다. 그것은 기회였을까? '기회'라기에는 지나치게 가혹했고 '그저 벌어진 일'이라기에는 알 수 없는 구석이 많았다. 그래서 소년은 그것을 한동안 '기묘한 경험'이라고 불렀다. 예전처럼 스스로 해답을 찾으려는 고민이 아닌 까닭에서였다. 당시 소년은 그런 고민을 할 만한 나이가 아니었다. 그러니 일단 그 누구도 예상하지 못했던, 별안간 닥친 어떤 '상황'이었다 해두는 게 좋으리라 여긴 것이었다. 사실, 그런 일들은 누구에게나 종종 벌어질 수 있을 것이다. 다만 기억이 나지 않아 없었던 일처럼 생각될 뿐이었다. 하지만 때로 되묻기도 했다. '상황'이 곧 '기억'이 되는 것이라면 지금 이 순간 '기억나지 않는 상황'은 실제일까 아닐까. 벌어지지도 않은 일이 연신 떠오른다면 그 '기억만 나는 상황'은 실제일까 아닐까.

결국 돌이켜보니 소년의 그 기묘한 경험은 썩 유쾌하지 않았다. 한동안 초조하기만 했고, 그렇게 외로워졌고, 결국 겁에 질려버렸던 기억. 그래서 그때, 소년은 무릎을 바짝 끌어당겨 웅크린 채 한참을 울기만 했다.

"혼자 남게 되면 다 삼켜버릴 거야."

소년은 눈물을 훔치며 주변에 아무도 없는 게 그토록 무서울 수 있다는 것을 처음 깨닫고 있었다. 혼자 있노라니 누군가의 입속에 빨려 들어간 것 같은 느낌이었다. 그 불쾌함이 어찌나 싫었던지 절로 눈물이 난 것이었다. 어둡고, 축축하고, 그렇게 차차 호흡이 가빠지는 동안 소년은 볼 수 있었다. 흉측한 모양새의 온갖 몽롱하고 불쾌한 경험들이 소년의 피부로 스며들고 있었다. 알 수 없는 덩어리들은 뭉치고 흩어지기를 반복하면서 갖가지 모양들을 만들어냈다. 소년은 자신의 몸이 감당하기 어려울 만큼 부풀어 오르고 있다고 생각했다. 당장에라도 눈알이 튀어나와버릴 것만 같은 무서운 기세의 속도였다. 머리칼은 물론이고 온몸의 털이 모조리 뽑혀 나가는 듯한 고통도 함께였다. 뭔가를 빨아들이고 있는데 정작 삼켜지는 느낌이라니! 소년은 저도 모르게 살려달라 소리치고 말았다. 하지만 주위에는 그 '무엇'을 빼고 아무것도 보이지 않았다. 그 '무엇'인가가 소년을 삼키려 걸음을 떼고 있었다.

때때로 어떤 일들은 기억이 나지 않아 없던 일이 됐다. 어떤 이들은 나쁜 기억을 지우지 못했고, 또 어떤 이들은 좋은 기억을 지우지 못했다. 인간이 기억으로 성장한다면 인간을 자라게 하는 것은 나쁜 기억들일까, 아니면 좋은 기억들일까.

지난 시간 동안 소년에게도 그런 일들은 많았다. 어린 시절의 경험이란, 기억이란 다 그런 거야, 하고 지금은 대수롭지 않게 생각할 수 있지만 그때는 그것을 알지 못했다. 요컨대 자신만만 해했다. 마음만 굳게 먹는다면 모든 기억을 주머니에 담을 수 있으리라 확신했었다. 너무 어렸기 때문에, 혹은 너무 여렸기 때문에, 어쩌면 너무 부끄러웠기 때문에 없던 일이 되어버렸던 수많은 순간들. 그것들에 대해 깊게 생각해볼 기회가 한 번도 없었다. 그저 주머니만 뒤지면 만사 다 되는 줄만 알았다. 소년 은 분명 바람의 노래를 들었고 떡갈나무와 이야기를 나눴고 작은 꿀벌이 가리키는 대로 달려보기도 했었다. 하지만 기억이 나지 않게 된 순간 그 모든 일들은 아무렇지도 않게 상상이 되지 않았던가. 문득 돌아보니 주머니는 어느새 텅텅 비어 있었다.

그러나 '기묘한 경험', 그 기억만큼은 달랐다. 소년은 종종 자신을 삼키려 했던 그것을 제 의지와 상관없이 떠올려야 했다. 버리고 싶은 기억이 지워지지 않고, 붙잡아두고 싶은 기억이 거짓말처럼 사라지는 원인이 그 경험의 불쾌함 탓일지도 모른다 는 생각을 하게 된 것은 무심결에 떠오르는 '기묘한 경험' 때문 이었다. 어둡고, 축축하고, 그렇게 차차 호흡이 가빠졌던 느낌. 흉측한 모양새의 온갖 몽롱하고 불쾌한 경험들이 피부로 스며

드는 느낌은 돌이켜보니 그렇게 소년에게 몇 번이고 거듭되어 왔던 일이었다. 이유 없이 몸서리치기를 반복하면서 소년은 확신했다. 이 모든 기억들이 분명 누군가 계획해놓은 일인 것 같다고. 하지만 대체 누가, 왜?

그렇게 많은 시간이 흘렀다. 소년의 귀밑으로 어느덧 흰머리가 자라나기 시작했지만 몸이 부풀어 올랐던 기괴한 느낌만큼은 여전히 생생했다. 소년이 같은 말을 반복하게 된 것도 그 때문이었다. 결국에는 누구나 혼자다, 라는 이야기를 하는 사람들의 목을 모조리 조르겠노라 다짐하며 소년은 자주 악다구니를 부렸다.

"제발, 날 혼자 두지 마세요."

사실 다짐이라기보다는 애원이었다. 쫓기는 일이 지긋지긋한 터였다. 내가 죽는다고 끝날 일이 아니다. 나 말고도 아는 사람은 더 많이 있다. 반격하듯 소년은 단호한 목소리로 말하고 싶었다. 하지만 입이 뜻대로 벌어지지 않았다. 때마침 '무엇인가'가 다시금 음습한 그림자를 드리웠다. 본능적으로 그것을 느끼기 시작한 지 꽤 오래였다. 주변에는 여전히 아무도 없었다. 어쩌면 예전에 그랬던 것처럼 누군가 문을 밖에서 모조리 잠가버렸을지 모를 일이었다. 소년은 옛일을 떠올렸다. 돌이켜보니 기묘한 일들은 죄다 학교에서부터 시작됐었다.

5

소년은 특별한 아이가 아니었다. 아니, 좀더 명확하게 말하자면 소년을 특별하다고 하는 사람은 아무도 없었다.

그날 역시 평범한 날에 불과했다. 적당히 맑은 하늘에 적당한 바람이 불었고 햇살도 따갑지 않았다. 소년도 보통의 아이들처럼 애초에는 설렘이 전부였다. 어떤 선생님과 일 년을 같이 보내게 될까, 어떤 친구들을 만나게 될까(나보다 키가 큰 녀석은 몇이나 될까!), 창가 자리에 앉을 수 있을까, 예쁜 여학생이 삼학년때처럼 한 명도 없으면 어쩌지, 작년처럼 창가 어항에다 거북이를 키울 수 있을까, 따위의 질문과 바람 들을 머릿속에 가득 담고 운동화를 꿰어 나선 길이었다. 머릿속 수많은 질문들이 출렁이는 느낌이어서 우유 한 잔도 제대로 비워내지 못하고 도착한 학교였지만 사실 그것도 특별한 일은 아니었다. 늦은 밤 어머니 몰래 라면을 끓여 먹고 잠든 날이면 종종 아침을 거르고는 했었다. 요컨대 그런 일이 생기리라고는 생각지도 못한 것이었다.

예년과 다름없는, 그래서 익숙한 공간이 먼저 소년을 맞았다. 같은 건물에 위치마저 그대로여서 소년은 적잖이 실망했다. 바뀐 것이 층수밖에 없다는 사실에 조금 맥이 풀리고 말았다. 작년과 꼭 같은 위치에 꼭 같은 모양의 교탁과 책상, 의자, 청소

함, 액자, 칠판이 차례로 소년을 물끄러미 바라보고 있었다. 어쩐지 소년은 자신이 지금 앉아 있는 자세마저 작년과 꼭 같을 것 같다는 생각을 했다. 텅 빈 교실에 혼자 앉아 휘 둘러보면서 소년은 지난 일 년이라는 시간이 사라져버린 듯한 느낌이 들었다. 그도 그럴 것이 오른쪽 벽에 걸린 시계조차 때마침 멈춘 참이었다. 소년은 시계를 바라봤다. 죽은 것은 아니었다. 시침과 분침은 멎어 있었지만 초침은 움직이고 있었다. 다만 무언가에 걸린 듯 앞으로 나아가지 못하고 탁, 탁, 정확한 간격으로 제자리에서 제 몸만 흔들고 있었다. 당시 소년에게 똑같은 것만큼 무료한 것은 없었다. 그래서 괜히 발을 까닥거려봤다. 소년은 기묘한 일이라 생각하면서 새 학기의 새날을 맞아 깨끗하게 세탁된 자신의 실내화 코를 바닥에 탁, 탁, 탁, 두드렸다.

6

아무도 없구나! 그것을 깨달은 순간 최초의 공포가 밀려왔다. 소년이 맨 처음 그 '무엇인가'와 맞닥뜨리게 된 순간, 소년은 한참을 몸부림치다 쓰러지기를 몇 번이고 반복했고 시간이 멈춰버렸으면 좋겠다고 생각했었다.

7

제법 시간이 흐른 모양이었다. 죽음이 느껴질 만큼 급작스레 고통스러운 허기가 밀려들었다. 사방은 텅 비어 있었다. 교실로 들어서는 사람은 여전히 아무도 없었다. 멎은 시계 때문에 확인할 수는 없었지만 분명 오 교시가 시작되고도 남을 시간이었다. 그 긴 시간 동안을 고통에 몸부림치고 있었다. 앞으로 일 년간 함께 생활하게 될 학생들도 또 그들을 이끌 선생도, 아니 일없이 학교 복도를 지나치는 누군가조차 좀처럼 모습을 드러내지 않았다. 창문을 포함한 문이란 문이 기이하게도 죄다 바깥에서 잠겨 있었다. 아무도 없구나! 소년이 몇 번이고 비명을 거듭한 후 깨어났을 때 거짓말처럼 뒷 미닫이문이 열렸다.

소녀였다.

또각, 또각, 또각, 초침보다 더 명쾌한 구두 소리가 교실을 가득 채웠다.

"바보같이 왜 울어?"

"잡아먹힐 뻔했어."

소년은 흐느끼고 있었다.

"원숭이? 잡아먹힐 것 같으면 먼저 삼켜버리면 되는데. 바보."

"이게 다 진짜야?"

"네가 생각하는 건 다 진짜야. 너, 특별한 아이라면서. 그나저나 여길 어떻게 알고 왔어?"

"오늘부터 여기가 우리 반인데."

"다 알면서도 멍청한 질문을 했네. 그럼 엽서 받았지?"

기묘한 일이었다. 어둡고, 축축하고, 그렇게 차차 소년의 호흡을 가쁘게 만들었던 온갖 불쾌함이 연기처럼 사라지고 있었다. 사실 소녀는 아무 말도 하지 않았다. 어떤 행동도 하지 않았다. 그저 웃고 있을 뿐이었다. 소년 역시 입을 열지 않았음에도 둘은 어렵지 않게 대화를 나눌 수 있었다. 당시 아이들 사이에서는 초자연적인 현상들이 유행이었다. 버뮤다 삼각지대니, UFO니, 텔레파시니, 사차원이니 하는 것들. 소년도 그러한 현상에 대해 꽤 많이 알고 있었다. 하지만 뭔가 달랐다. 소년에게는 그런 것들을 떠올릴 틈조차 없었다. 얼마나 오랫동안 시간이 멎어 있었던 것일까. 깊이 생각하기도 전에 소녀의 목소리가 먼저 파고들었다. 침착하고 명확하고 아름다운 소녀의 목소리는 소년의 그 어떤 의심조차 무색하게 만들었다. 마치 아플 때마다 소년을 위로하고 치료해줬던 어머니의 목소리 같았다.

"원숭이라니. 너도 참 웃겨. 제대로 보고 싶은 거야?"

소녀는 그렇게 한발 앞서 대화를 이끌었다.

"결국에는 불행해져."

그때, 두려움에 스스로 발을 내딛는 탐험가처럼 소년은 고개

를 끄덕였다. 그것이 제 의지인지조차 알 수 없었지만 무심코
그렇게 된 셈이었다. 계단 아래 서 있는 남자에게 다가갔을 때
처럼 용기인지 무모함인지 본능인지 알 수 없는 마음이 그렇게
소년보다 한 걸음 앞서 발을 내딛고 있었다.

"끓어오르는 물에 손이 빠졌는데 가시덤불로 들어차 있다면
어떻게 할래?"

일단은 손을 빼야 옳았다. 가시에 찔리는 것은 그다음의 일
이 아닐까. 두려운 나머지 소년은 고개를 저었다.

"우리 아빠 손을 뺀대. 그게 본능이래. 흐르는 피 같은 거랬
어."

기묘한 두려움의 진실을 소녀는 입을 다문 채 친절하게 설명
하고 있었다.

"달라지는 게 없을 수도 있고, 모든 게 달라질 수도 있고, 그
저 너만 달라질 수도 있어. 그리고 처음에는 좀 아파."

소녀는 마치 꿈처럼 소년의 곁으로 또각, 또각, 또각, 다가와
소년의 얼굴을 단박에 할퀴었다. 소년은 얼굴을 움켜쥔 채 주저
앉아 다시금 비명을 질렀다. 혼자 있었을 때와는 또 다른, 색다
른 고통이었다. 누군가 커다란 포크로 얼굴을 사정없이 긁어버
린 것만 같았다. 참기 어려운 쓰라림에 소년은 미친 듯 계속해
서 소리를 질렀다. 뺨에서 흘러내리는 피가 목을 타고 가슴에까
지 이른 것 같았다. 그러나 과연 소녀의 말대로 고통은 잠시뿐
이었다. 정신을 차리고 보니 피가 난 곳은 되레 손가락이었다.

소녀는 소년의 손가락을 입에 넣고는 피를 빨았다. 더없이 따뜻했다.

"흐르는 피 같은 거. 이렇게."

눈물이 가득 담긴 소년의 눈동자는 뒤늦게 소녀를 품었다.

난생 처음 보는 얼굴이 소년의 어깨를 흔들어대고 있었다. 소년은 책상에 엎드린 채였다. 뭔가 달랐다. 교실은 아이들로 가득 차 있었고 벽면의 시계도 정확하게 움직이고 있었다. 그제야 모든 것이 제대로 된 느낌이었다. 소년은 대체 얼마나 시간이 지난 것인지 가늠해보고 싶었다. 하지만 몹시 어지러울 뿐 눈앞을 떠다니는 자신의 희미한 속눈썹 말고는 보이는 것이 없었다. 선홍빛 손가락도 그대로였다. 소년의 새 선생은 소년을 나무라지 않았다. 소년을 직접 양호실까지 데려가 두통약과 감기약을 먹이고는 땀으로 젖은 머리칼까지 쓰다듬어줬다. 새 학기가 시작될 때마다 지나치게 스트레스를 많이 받는 아이들이 있다는 것을 선생은 잘 알고 있었다. 선생은 소년의 앞에 무릎을 꿇은 채로 소년을 안심시키는 데 최선을 다했다. 사 학년은 십이 반까지밖에 없다고, 자신이 소년과 일 년을 함께할 새 선생이며, 소년이 아마도 감기몸살 탓에 쓰러졌을 가능성이 높다는 것을 차례로 일러준 것이었다.

"전 제가 십삼 반인 줄 알았어요."

"사 학년은 십이 반까지밖에 없다니까. 그리고 우린 십이 반이야."

선생이 웃으며 말했다.

"너 혹시 뭘 알고 있니? 그런 게 있으면 하나도 빼지 말고 선생님한테 다 말해야 하는 거야."

소년의 새로운 선생이 의심스러운 눈으로 소년을 바라봤다. 익숙하고 친절한 의심이었다. 소년은 익숙한 의심의 그림자를 피해 애써 고개를 절레절레 흔들었다.

십삼 반이 만들어진 것은 그로부터 사 개월이 지난 후였다. 그 기묘한 교실은 소년이 앞서 경험한 그대로 모든 문에 바깥에서 잠기는 장치를 훈장처럼 두르고 있었다. 그럼에도 언제 학교에 이런 곳이 생겼는지 의아해하는 학생은 소년뿐이었다. 철저하게 외면된 그 공간은 버려진 공간보다 그래서 더 쓸쓸해 보였다. 학교의 모든 선생들은 그곳을 '특수반'이라 불렀다. 제대로 보지 못하거나 걷지 못하거나 먹지 못하는 아이들이 각 반에서 모여 함께했다. 옷이 없고 책이 없고 돈이 없는 아이들이 모인 그곳을 다른 아이들은 건물 밖 화장실을 지날 때처럼 코를 막고 손사래를 치면서 종종걸음으로 서둘러 지나쳤다. 특수반 아이들은 글을 읽지 못하고 훌라후프를 돌리지 못하며 리코더를 불지 못한다는 이유로 전염병자 취급을 받았다. 구내에서 최우수 민방위 훈련 수행 학교였던 소년의 학교가 그 명성을 이어나가기 위한 조치였지만 소년을 제외한 학교의 모든 사람들은 그것이 보살핌이 조금 더 필요한 아이들을 위한 가장 현명하고 민주적인 조치라는 변명을 거짓말처럼 굳게 믿고 있었다. 실제로 일 년에 두세 번씩 검은 양복 차림의 사내들이 학교로 몰려들 때마다 십삼 반의 모든 자물쇠가 채워졌고 그 공간은 철저하게 '아무것도 아닌 곳'이 됐다. 현명하고 민주적인 조치라 할 수 없었다. 그곳의 아이들은 한데 모여 앉아 그저 시간만 보냈다. 예전에는 같이 노래를 부를 수 있었다. 함께 그림을 그릴 수 있었고 운동장의 모래를 밟을 수도 있었다. 하지만 소년을 제외한 학교의 모든 사람들은 이제 그것에 대해 신경 쓰지 않겠다는 눈치였다. 빈자리를 느낄 새도 없이 의자를 책상 위에 올려놓고는 그 아래 웅크리고 앉아 눈과 코와 귀를 동시에 막은 채 최대한 크게 소리를 지르는 일이 우선인 까닭에서였다. 시간은 종종 그렇게 멈췄다.

"가스! 가스! 가스!"

지금 막 사악한 빨갱이들이 세상의 모든 이들을 삼켜버리려 내려왔다는 그 기묘한 사이렌 소리를 뚫고 특수반에 드나들 수 있는 사람은 둘뿐이었다. 소년은 쓰레기를 태우고 조개탄을 솎으며 낙엽을 쓸거나 물주전자로 운동장에 원을 그리는 아저씨가 자신처럼 뭔가 알고 있다는 생각은 미처 하지 못했다. 다만 소년은 십삼 반의 맨 뒷줄에 앉아 시종일관 천장만 바라보고 있는 소녀와 다시 한 번 이야기를 나누고 싶을 뿐이었다. 지난번에는 어떻게 된 일이었니? 넌 누구니? 난 네게 뭘 해줘야 하니? 아니 우린 어떻게 다시 이야기를 나눌 수 있는 거니? 소년에게는 묻고 싶은 것이 너무도 많았다. 하지만 소녀는 대답은커녕 소년에게 눈조차 맞춰주지 않았다. 소년이 눈물을 흘리며 소녀의 손가락을 깨물고 피를 빨았을 때도 소녀는 아무 말도 하지 않은 채 해죽 웃기만 했다. 소년은 너무도 가슴이 아팠다. 학교의 모든 아이들이 상급학교 진학을 위해 뿔뿔이 흩어지던 날 학교의 교장은 소년에게 마뜩잖은 표정으로 '선행 어린이상'을 건넸다. 안타깝지만 경쟁에서 이기려면 마음을 조금 독하게 먹을 필요가 있다는 말과 함께였다.

"지금처럼 했다간 곤란하단다."

8

선생이 교탁 앞에 서면 아이들은 고개를 숙였다. 가전제품 설명서 같은 수업은 늘 그렇게 시작됐다. 오차 없이 순서대로, 선생이 뒤돌아 칠판에 무엇인가를 적기 시작하면 아이들은 고개를 숙이고는 자신의 노트를 채워나갔다. '인내는 쓰고, 열매는 달다.' 공부를 잘하는 녀석도 적고 공부에 관심이 없는 녀석들도 적었다. 교실 안에 떠도는 소리라고는 선생의 분필 소리와 받아 적는 아이들의 펜 소리가 전부였다. 대단히 소란스러운 것 같지만 한편으로 지나치게 적막한, 여전히 기묘한 공간이었다. 그것이 중학교였다. 어찌 됐든 그것은 한 자리에 앉아 오십 분 동안 숨을 내쉬는 모두가 지켜야 하는 예의 같은 것이었으므로 무엇을 적는 것인지는 그리 큰 문제가 아니었다. 다른 짓을 해도 좋아. 하지만 입은 다물어라. 열심히 하는 다른 사람에게 피해를 주면 안 되니까. 그런 예의였다. 그렇듯 그날 역시 겉으로 보기에는 더없이 평범한 날이었다.

이렇게 다들 똑같이 적는 일만 반복하는데 어째서 등수는 차이가 나는 것일까. 소년은 이내 바보 같은 생각이라 여겼다. 체육 시간마다 똑같이 국민 체조를 해도 어떤 녀석은 바람처럼 움직이고 어떤 녀석은 쉽게 지쳐 숨을 헐떡이는 법이었다. 음악 시간마다 똑같이 노래를 불러도 미술 시간마다 똑같이 그림을 그려도 누군가의 노래와 그림은 감탄을 자아내고 누군가의 노래와 그림은 웃음거리가 되곤 했다. 그럼에도 소년은 궁금했다. 소년은 자신의 옆자리에 앉아 있는 녀석을 보며 그런 생각에 빠져 있었다. 녀석은 뚱뚱해서 달리기를 잘하지 못했다. 교내 체육대회가 있는 오월이면 그야말로 쓸모가 없었다. 노래도 잘 못부르고 그림을 잘 그리거나 시를 잘 짓지도 못해 다가올 구월 축제에도 그저 뒷짐이나 지고 있을 것이 뻔할 녀석이었다. 그래서 모든 아이들이 녀석을 싫어했다. 그럼에도 녀석은 선생의 말을 그대로 따르자면 '우리 반의 자랑'이었다. 교실 안의 예의는 어쩌면 녀석을 위한 것인지도 몰랐다. 학교의 모든 일은 녀석을 중심으로 돌아가고 있었다. 중학교에서 충분히 벌어질 수 있는 일들 역시 녀석과 엮이게 되면 이상한 방향으로 흘렀다. 저희들끼리 돈을 빌리기도 하고 성인 잡지를 돌려 읽기도 하고 가끔 뒤통수를 쥐어박기도 하고 도시락 반찬을 몰래 집어 먹는 일들. 대단히 평범한 일들은 매일같이 반복되고 있었고 그런 일들이 벌어진다고 해서 긴급회의 같은 것이 소집되는 경우는 흔치 않았다. 서로 마음이 상하거나 다투거나 욕설을 뱉다가 다시 웃고 때로 사과도 하고 어깨를 두르는 것이 평범한 소년들이 하는 일이었다. 하지만 녀석의 경우는 달랐다. 어떤 아이는 부모가 나서 합의란 것(보통 부모가 무릎을 꿇었다)을 해야 했고 어떤 아이는 체육비품실(그곳은 학생지도실이기도 했다)로 끌려가 입이 돌아가고 코뼈가 휘어질 만큼 두드려 맞아야 했으며 어떤 아이는 삼십 일간 학교에 나오지 못했고 어떤 아이는 다른 학교로 떠나야 했으며 아예 서둘러 기묘한 졸업을 해버린 아이도 있었다.

소년이 녀석의 얼굴을 할퀴어버리기로 한 것은 녀석이 원해서였다. 그런 일들이 벌어질 때마다 누구보다 가장 힘들어한 것이 녀석인 까닭이었다. 소년은 소녀가 해줬던 것처럼 천천히, 침착하고 명확하고 아름다운 목소리를 내기 위해 최선을 다했다.

"달라지는 게 없을 수도 있고, 모든 게 달라질 수도 있고, 그저 너만 달라질 수도 있어. 그리고 처음에는 좀 아파."

녀석도 역시 얼굴을 두 손으로 감싸고는 비명부터 질러댔다. 그러다 아예 바닥에 눕더니 살려달라며 데굴데굴 굴렀다. 예전의 고통이 떠올라 소년도 따라 인상을 썼다. 그 일이 있은 후 녀석의 눈은 확실히 맑아졌다. 녀석은 그 기묘한 일을 기어코 소년에게 설명하려 애썼다. 어떻게 한 거야? 두꺼운 껍질을 벗어버린 느낌이라고, 이제껏 봐왔던 것이 모두 가짜였다는 것을 믿는 데만도 꽤 오랜 시간이 걸렸다고. 그런 다음 녀석은 조용히 소년의 손을 잡았다.

"고마워."

녀석의 시체는 새 교사 건축이 한창이던 산 아래 잘린 나무둥치 곁에 놓였다. 새 교사가 십 층이라는 위용을 떨치는 데 가장 큰 몫을 한 사람은 녀석의 아버지였다. 나무를 대신해 하늘을 찌를 듯한 기세로 높게 오르고 있던 콘크리트 더미 아래에서 녀석의 아버지는 검은 양복을 반듯하게 차려입고 오열하고 있었다. 녀석이 이곳저곳에 남겨둔 백삼십 장의 편지는 모든 것을 바꿔놓았다. 녀석에게 시험지를 미리 건네준 선생과 녀석의 아버지에게서 봉투를 받은 선생과 또 같은 이유로 한무리가 됐던 교내 식당, 매점 운영자와 교복 업체 관계자와 시의원과 교육청의 자금 관리자 들이 한곳으로 향했고 새 교사의 건축은 그렇게 중단됐다. 소문대로 학교의 모든 일은 녀석을 중심으로 돌아가고 있었다. 하지만 그것은 기쁜 일도, 좋은 일도, 바람직한 일도 아니었다. 소년이 다시 깊은 슬픔에 빠지게 된 것은 그 때문이었다. 그것이 어쩐지 제 탓처럼 여겨진 까닭에서였다. 무엇보다 시간이 지나고 나니 결국 제자리로 돌아간 모든 것들 때문이었다. 달라진 것이 아니라 더 나빠졌다.

경쟁은 사라지지 않았고 건축도 계속됐다. 녀석의 자리를, 엄밀히 말하자면 녀석을 중심으로 배치되어 있던 모든 사람들의 자리를 재빨리 다른 이가 꿰찰 뿐이었다. 이제 좀더 공정해졌으니 좀더 최선을 다하자. 무엇을 하든 좋아. 하지만 입은 다물어라. 열심히 하는 다른 사람에게 피해를 주면 안 되니까. 이제 경험이 생겼으니 좀더 주의해야 할 거야. 섣불리 입을 열면 얼마나 큰 혼란이 오는지 다들 잘 알았을 테니까. 그것은 분명 어리석은 일이다. 불평등한 일은 언제나 있어왔다. 떼쓰고 시끄럽게 해서 다른 사람에게 피해 줄 생각은 하지 말고 너희가 직접 높은 자리에 올라 세상을 바꾸란 말이다. 누가 뭐래도 세상은 이 퍼센트의 앞선 자가 움직인다. 그것이 너희가 끝내 올라야 할 계단의 꼭대기다. 자, 모두 힘을 내자. 그렇게 조금 더 상세한 항목의 새로운 예의가 생긴 것에 지나지 않았다. 수많은 아이들이 다시금 가면을 쓴 채 자신이 할 수 있는 일들을 애써 외면하기 시작했다. 바람의 노래를 들었고 떡갈나무와 이야기를 나눴으며 작은 꿀벌이 가리키는 대로 달려보기도 했었던 수많은 아이들이 알 수 없는 불쾌한 덩어리를 이루며 뭉치고 흩어지기만을 반복하기 시작했다. 바이러스 같았다. 좋은 기억을 지우고 나쁜 기억을 선택한 아이들은 쉽게 감염돼 무기력해졌고 그렇게 나약해지기만을 반복했다.

"그럼 나머지 아흔여덟 명은 어디서 무엇을 해야 해?"

9

태어나 한 번도 안경을 써보지 못했던 소년은 그 기분을 온전히 이해할 수 없었지만 무려 십 년간 안경을 끼고 살았던 친구 덕에 조금은 알 수 있을 것도 같았다.

"그래도, 넌 모른다니까."

이를테면 안경을 벗은 느낌이라고. 세상의 모든 것, 심지어 자신의 모습조차도 희미했는데 그것을 비로소 볼 수 있으니 단순히 무거운 짐을 덜었다는 말만으로는 표현하기 어렵다면서, 과장하자면 다시 태어난 것 같다고 친구는 호들갑이었다. 기적이며 동시에 축복이라고. 사실 친구는 애써 소년을 북돋아주고 있었다. 하지만 소년의 의심은 사라지지 않고 있었다. 가면을 쓴다는 것은 자신을 감추는 일일까, 새로운 어떤 것이 되고 싶은 욕망일까, 아니면 새로운 어떤 것이 실제로 되는 걸까. 나약한 이가 가면으로 용기를 얻었다면 그래도 가면을 거짓이고 악이라 해야 하는 것일까, 아니면 새로운 기회이며 힘이니 때로는 쓸 줄도 알아야 한다고 해야 하는 것일까. 누군가 위기에 빠진 토끼를 구하기 위해 용의 가면을 쓰고 호랑이를 몰아냈다면 그

때도 가면은 정직한 것이 아니니 원래의 모습만을 고집하라 강변한 후 토끼의 죽음 앞에 슬퍼하기만 하면 된다는 것일까. 그것은 분명 질문이라기보다는 의심이었다.

검은 양복을 입은 사내들을 피해 다니며 혼란스러운 삶을 살게 된 소년은 끝내 그렇게 절망하고 말았다. 좀처럼 되는 일이 없었다. 모습만으로도 위압적인 거대한 러닝머신 위에 놓인 기분이었다. 참으로 최선을 다해 달려왔는데, 심장은 식고 근육은 줄고 거친 숨은 바닥나 혈관의 피마저 식고 있는 기분인데 돌아보니 여전히 제자리인 것이었다. 소년의 손을 잡아줬던 이들은 하나같이 나약하거나 결국에는 나약해지거나 그들과 '무엇인가'에 끌려 사라져버리는 마당이어서 희망이 보이지 않는 것이었다. 후회 역시 기억처럼 어떤 일들을 아무것도 아닌 것으로 만들어버리는 모양이었다. 원숭이 엽서도, 말을 하지 못하는 소녀도 어쩌면 핑계에 지나지 않는지도 몰랐다.

10

가면을 볼 수 있고, 가면을 벗길 수 있는 소년의 기묘한 힘은 누가 뭐래도 저주였다. 시커먼 계단의 아랫단에 서서 봉우리를 바라보기만 한다는 것은 얼마나 어리석은 일인가. 아버지의 나이에 이르자 비로소 소년은 후회하며 아버지를 저주할 수 있었다. 분했지만 큰아버지 말이 옳았다. 제대로 볼 수 있다면 축복일까. 제대로 봤으니 자신 있게 세상 모든 것이 아름답다 말할 수 있을까. 소년 때문에 많은 사람들이 계단 아래로 제 의지와 상관없이 굴러떨어져 주저앉고 있었다. 무엇보다 가슴 아픈 사실은 그들이 모두 소년의 친구들이라는 것이었다. 전도유망한 기자는 직장을 잃었고 종합병원의 불평등을 고발한 의사는 내부고발자의 명예를 쓰고 본의 아닌 봉사활동을 시작했다. 제법 인기 있었던 방송국 프로듀서는 책상을 옮긴 이후로 십 분짜리 프로그램조차 만들 수 없게 됐고 사립학교 선생은 교문 밖으로 쫓겨났다. 소년은 가면을 벗겨준 것이 아니었다. 요리사에게서 칼을 뺏고 트럭 운전기사에게서 핸들을 빼앗았으며 어머니에게 아들 대신 근심을 던져줬을 뿐이었다. 학생들에게서 상급 학교에 진학할 기회를 빼앗았고 여성들에게서 출산할 기회를 빼앗았으며 세상 모든 아버지들이 가족을 버리게 만든 것이었다. 무엇보다 그들 모두를 침묵하게 만들지 않았나. 자신이 그런 것처럼 도망자가 되어 쫓기는 삶을 살게 만들었다. 제대로 본다고? 웃기지 말라고 해라! 그렇게 스스로 가면을 만들어 다시 쓴 후 떠나는 사람들이 속출하기 시작했다. 어쩌면 그저 의리라는 이유로 발만 떼지 못했을 뿐 이미 마음을 떠나 보낸 사람들도 꽤 많았을 것이다. 모든 것을 빨아들일 수 있지만 그때마다 함께 삼켜지는 기묘한 불쾌함. 그것을 떨치고 이겨낸 줄 알았지만 세상에 이처럼 가혹한 저주가 또 없었다. 저 옛날 어머니가 그랬던 것처럼 아닙니다, 알겠습니다, 자신 있게 그 말을 꺼낼 수가 없어 소년은 끝내 울음을 터뜨렸다. 소녀처럼, 또 어머니처럼 할 수 없는 제 처지에 결국 항복해버린 것이었다.

11

소년은 막다른 길에 다다랐다. 평범한 도시의 구석진 상가 건물 곁에 놓인 포장마차 의자에 앉아 고개를 꺾은 채 소년은 흰 깃발을 만지작거리고 있었다. 항복할 순간이었다. 몸도 마음도 지쳐버린 까닭에서였다. 도시 최고의 애널리스트로 인정받았던 소년의 또 다른 친구(더 이상 책을 쓸 수도 없고, 텔레비전이나 라디오 출연은 더더욱 하지 못하는)만이 소년의 곁을 지키고 있을 뿐이었다. 친구는 여태 거짓말만 일삼았던 자신의 삶에 새로운 길을 열어줬다며 소년의 어깨를 두드렸다. 그렇게 소주잔을 건넸지만 소년은 여전히 미안해할 따름이었다. 항복할 순간이었다. 소년은 깃발을 꺼내려 했다. 때마침 소년의 친구가 그림엽서 이야기를 꺼냈다. 친구의 재킷 안쪽에서 소년의 것과 똑같은 엽서 한 장이 나왔다.

"이런 건 아무래도 우연이 아니지? 아버지가 그랬어. 우연이 아닌 운명이라 생각할 줄도 알아야 한다고. 몸속에 피가 흐르고 있다 생각하는 것처럼. 정말 원숭이가 사람이 됐을까? 그럼 동물원에 있는 원숭이들은 다 뭐야? 네 엽서에 있는 원숭이는? 넌 점점 이걸 싸움이라고 생각하는 것 같아. 내가 싸우는 걸로 보여? 이런 얼굴, 이런 표정으로? 싸울 수 있을까? 이게 전투는 아니야. 그들만 전투라 생각하지. 난 네가 병사를 얻으려고 내 얼굴을 할퀴었다곤 생각 안 해. 그때 네 얼굴을 내가 봤으니까. 그 표정을 어떻게 잊겠어."

"달라지는 게 없을 수도 있고, 모든 게 달라질 수도 있고, 그저 너만 달라질 수도 있어. 그리고 처음에는 좀 아프지."

친구와 소년은 소주를 털어 넣으며 체념한 듯 한목소리로 말했다.

.

12

어쩌면 그렇게 조금 나약해진 까닭일 수 있었다. 최소한 그들 앞에서는 단 한 번의 실수도 하지 않았던 소년이 끝내 덜미를 잡혔다. 검은 양복 차림의 그들은 예전의 친구들이 말했던 것과 꼭 같은 말을 꺼냈다. 세상에는 룰이 있고 그 룰을 따르는 사람만이 함께 경쟁할 수 있다고. 너희는 애초부터 그 룰을 거부했지. 결국에는 누구나 혼자야. 그런데 불합리하게 시작하면 이건 말이 안 되잖아. 상상이 실현되는 것은 힘일까, 저주일까. '기묘한 경험'이 그랬듯 익숙한 일들이 다시 눈앞에서 생생하게 반복되고 있었다. 검은 양복의 사내는 주머니에서 '무엇인가'를 꺼냈다. 종종 자신을 삼키려 했던 그것이 난생처음으로 소년의 눈앞에 놓였다. 버리고 싶은 것들은 지워지지 않고, 붙잡아두고 싶은 것들이 거짓말처럼 사라지는 기억의 정체, 그 불쾌함. 어둡고 축축한 그것이 소년의 목을 조르며 다가오고 있었다. 호흡이 가빠지고 있었다.

"웃어라. 죽는 게 아니라 다시 태어나는 거니까."

검은 양복의 사내 중 하나가 입을 닫자 흉측한 모양새의 온갖 몽롱하고 불쾌한 경험들이 소년의 피부로 스며들기 시작했다. 몸서리치면서 비로소 소년은 확신할 수 있었다. 이 모든 기억을 계획해놓은 것이 바로 너희들이었구나. 소년의 귀밑 위태로운 흰머리가 비명처럼 바람에 흩날렸다. 소년의 몸이 터질 듯 부풀어 오르자 소년은 소리를 질렀다.

"제발, 날 혼자 두지 마세요."

13

소년은 쉽게 항복하지 않았다. 실은 멋진 복수를 꿈꾸고 있었다. 그들을 향해 하고 싶은 말이 저 옛날 손에 쥐어졌던 알 수 없는 힘처럼 솟아나고 있었다.

"끝이 아닌데. 나 말고 아는 사람이 또 있거든. 내가 가면을

벗긴 사람들이 몇 명일까. 그들이 벗긴 가면은 더 많지 않겠
어?"

소년의 말에 단단하게만 보였던 검은 양복의 사내들이 안절
부절못해하는 모습이 보였다. 그들이 당황하는 모습을 보면서
소년은 기분 좋게 눈을 감을 수 있었다.

세상에는 두 종류의 사람이 있다. 태어나 죽을 때까지 진실을
찾는 사람과 태어나 죽을 때까지 진실을 감추는 사람. 인간은
의외로 그렇게 간단하다. 내가 지금 누워 있는 이곳, 세상이란
이들이 끊임없이 경쟁을 하는 곳에 지나지 않는다. '경쟁'이라
니, 지나치게 점잖은 단어지만 이렇게 편안하게 누워 있자니 기
묘하게도 거친 말을 쓰고 싶은 마음이 들지 않는다. 그것이 누
구 때문인지, 혹은 누구의 뜻인지, 거기까지는 잘 모르겠다.

소년은 깊은 생각에 빠져 있었다.

세상에는 두 종류의 사람이 있다. 가면을 벗은 사람과 가면
을 쓰고 있는 사람. 인간이란 얼마나 간단한가. 싸움이 될까?
모두들 후자가 압도적으로 경쟁에서 유리할 것이라 생각할 것
이다. 나도 그런 줄 알았다. 하지만 진실을 찾는 사람들은 의외
로 많다. 약해빠져 보잘것없다는 것이 문제지만 그들의 힘도 실
은 거기에서 나오니 문제될 것은 또 없다. 봐라. 지금도 집요하
게 말 안 되는 그 경쟁에 용감히 뛰어들고 있다. 벼랑 끝 레밍
떼처럼. 그들이 불행해 보이는가. 묻지도 않고 섣불리 말하지
마라. 덕분에 세상은 평행을 유지한다. 쉽사리 한쪽으로 기울어

지지 않는다. 이제야 알겠다. 평행을 위해 대책 없이 달리는 그 힘이 무엇인지.

'희망'이다.

소년은 여전히 깊은 생각에 빠져 있었다.

이것은 서막에 불과하다. 모두가 특별한 사람이 될 수 있다.

14

"아버지?"

계단 아래 서 있는 남자가 비로소 등을 돌렸다. 천천히 뒤돌아선 남자는 소년의 손을 잡았다. 소년은 자리에서 일어나 남자의 손을 움켜쥐고 함께 계단을 올랐다. 남자의 따스한 힘이 전해졌다. 비록 한 계단 위로 올라선 것에 지나지 않았지만 어쩐지 봉우리에 성큼 다가선 느낌이었다.

"원숭이 엽서 가지고 왔어요!"

"그래, 그걸 몇 장이나 만들었니?"

"저기까지 닿고도 남죠."

소년은 봉우리를 가리키며 대꾸했다.

비로소 기묘한 일들은 계속될 수 있었다. 어떤 소년은 어렵지 않게 하늘을 날 테고 어떤 소녀는 보란 듯 이천 시시 승용차를 한 손으로 들어 올릴 테다. 눈 감은 채 섬나라 사람들의 소곤대

는 이야기를 듣고 눈 깜박하는 새 인천에서 부산까지 달음질칠
터였다. 그 모든 기묘한 일들은 제대로 보니 더없이 아름다운
풍경이었다.

15

그렇게 한 소년이 죽었다. 평범한 도시의 구석진 상가 건물
곁 포장마차 아래, 전날 내린 비로 바닥은 젖어 있었지만 눈을
감은 채 누워 있는 소년의 표정은 거대한 바다에 몸을 맡기고
수영이라도 하는 듯 여유롭게만 보였다. 많은 사람들이 그 곁을
지나쳤지만 소년에게 눈길을 주는 이는 없었다. 하지만 그들이
지나칠 때마다 작은 물방울들이 마치 온 세상으로 흩어질 것처
럼 이리저리 튀었다. 웃고 있는 소년의 표정이 꼭 그 때문인 것
같았다.

리얼리즘의 리얼리즘

조형래

1. 가망 없는 희망

　표제작 「부디 성공합시다」는 그 제목부터 역설적이다. 그다지 성공했다고 할 수 없는 성공학 강사 김형준이 성공에 대해 강의한다는 설정부터가 그렇다. 물론 그는 IMF 전후에 '변신의 귀재'인 성공학 강사로 승승장구한 적이 있었다. 하지만 이제는 과거의 명성을 상실하고 이따금 들어오는 강연 요청에 감지덕지해야 하는 영락한 처지다. 그러므로 지방 소도시에까지 와서 종종 족구장으로 활용되곤 하는 거대한 강당에 모인, 기껏해야 열대여섯 명밖에 안 되는 청중을 앞에 두고 강연해야 하는 상황을 감내하지 않으면 안 된다. 그러나 자신과 수작(酬酌)하는 턱수염 사내를 비롯하여 하다못해 장소, 커피, 현수막 등 어느 하나 제대로 마음에 드는 것도, 뜻대로 되는 것도 없다. 청중 또한 그의 정체를 전혀 알고 있지 못함에도 불구하고 그가 설파하는 "부디 성공합시다"라는 복음에 시종(始終) 건성으로만 응답한다. 그의 인내와 기대는 매 순간 낭패와 굴욕에 직면하며 강연은 공전(空轉)한다.

오히려 그 청유(請誘)의 문장은 오로지 그 자신에게로 회귀한다는 점에서 독백적이다. 즉 김형준에게만 들리며 또한 의미가 있는 것이다. 그가 성공을 보장하는 것으로 애써 믿고 싶어 하는 '유통기한이 지난 삼각김밥 이론'의 법칙 역시 언제나 스스로의 실패와 굴욕을 재차 확인시키는 대조적인 기표로서만 환기된다. 그러므로 "부디 성공합시다"라는 명제는 매 순간, 나아가 인생 전반에 있어서 결코 성공하지 못하고 있는 한 개인이, 그러나 그 사실을 한사코 부인하고 싶어 하기 때문에 구애되는 것뿐이라고 해도 과언이 아니다. 한때 대기업의 기획조정실을 거쳐 성공학 강사로 승승장구했던 과거의 영광에 비추어 더욱 그렇다. 반면 그는 현재 화원을 운영하면서 생계를 책임지고 있는 아내의 눈치를 살펴야 한다. 더욱이 이 지방 소도시에서의 황당하기 짝이 없는 강연과 족구 경기를 감수하지 않으면 안 되는 처지다. 다만 이와 같은 그 자신의 현실적 실패는 스스로가 설파했고 또 설파하고 있는 성공의 복음에 의해 성공을 향한 시련과 굴곡의 도정에 놓여 있는 것으로 거듭 정당화될 뿐이다. "부디 성공합시다"라는 문장은 결국 그 자신이 성취하지 못했으며 앞으로도 성취

할 가망이 없는 미망(迷妄) 자체의 역상이다. 따라서 지극히 공허한 자기기만의 계기를 거듭 제공할 뿐이다. 물론 그 자신도 이 사실을 모르지는 않는다. 오히려 '유통기한이 지난 삼각김밥 이론'의 법칙을 한사코 떠올리고자 하는 것은 자신이 낭패 또는 좌절스런 상황과 무시로 직면하거나 또는 그것을 예감할 때뿐이며, 이 사실을 애써 부정하거나 외면하기 위해서다. 그러므로 성공의 법칙이 오히려 이 성공학 강사의 가망 없는 미망을 스스로에게 부단히 의식시키고 있다고 해도 잘못은 아니다.

이처럼 가망 없는 미망에 고착되어 있는 개인은 『부디 성공합시다』에 수록된 다수의 단편에 등장한다. 이를테면 「버틸 수 있겠어?」의 주인공도 그렇다. 그는 독서논술토론 학원을 개원했다가 쓴잔을 마신 후, 후배가 필사적으로 오더를 받아 온 온라인스쿨 준비에 매진한 끝에 디스크가 악화되어 본의 아니게 삼 개월간의 휴가를 얻게 된다. 이것은 나름 궁지에 몰린 상황 속에서도 선배와 후배의 동지애 어린 배려로 얻게 된 휴식이다. 재충전의 기회라는 휴가의 일반적인 취지에 걸맞게 모든 일이 순조롭게 풀려갈 것 같은 기미도 엿보인다. 그는 수술 없이 약물과 물리치료를 병행하면서 호전에 대한 기대를 갖게 된다. 아내는 직장을 얻고 후배는 매사를 빈틈없이 진행시켜간다. 뿐만 아니라 칠 년간의 학원 강사 경험을 바탕으로 아파트 주민들과의 친분을 돈독히 하면서 널리 신망을 얻게 된다.

그러나 오랜 장마로 인한 칩거 생활까지도 어렵잖게 버텨낼 수 있는 평화로운 일상이 이어질 무렵, 우연히 발견된 장롱 위 누수가 다시금 그 자신을 뒤흔들어놓는다. 단지 관리실에 하자 보수를 요청했을 뿐이었지만 관리소장, 부녀회장, 자치회장 등 은 실로 어처구니없는 대응으로 일관한다. 모든 일이 잘 풀려갈 듯했던 그 자신의 예감은, 관리소장과 승강이하는 와중에 다시 금 허리 통증이 도졌던 것에서 어그러지기 시작해 아파트 실세 들 사이의 심상치 않은 결탁과 협잡이라는 장벽에 직면하여 무 너지게 된다. 그는 자치회의에서 실세들 간 카르텔의 부정을 폭 로하고 각종 개선안에 주민들의 연명을 받는 선에서 모든 문제 가 해결될 것이라는 기대를 갖지만 그들의 대응은 예상 밖으로 기민하며 신속하다. 도리어 그에게 협조하기로 했던 경비원이 해고되고 그에 관한 온갖 악의 어린 소문이 유포되며 노인회를 통해 회유와 압박이 동시에 들어오는 등 그의 노력 일체는 사실 상 수포로 돌아간다. 급기야 그의 허리마저 다시금 아파오기 시 작하며 두문불출할 수밖에 없는 지경에까지 내몰린다. 그러나 대세가 이미 기울었음에도 불구하고 그는 자치회장에 출마할 것 을 결심한다. 선배와 함께 진행해오던 학원의 프로젝트도 포기 해야 하고 격심한 허리 통증에 시달리는 것까지 감수해야 할 정 도로 그에게 이것은 결코 쉽지 않은 선택이다. 마지막으로 "버 틸 수 있을까?"라고 자문(自問)하지 않으면 안 될 만큼 그를 둘 러싼 상황이나 예감도 좋지 않다. 무엇보다도 그는 이제껏 사업, 허리 통증, 아파트 정화 운동 등의 모든 방면에서 실패를 거듭해

온 인물이다. 관리소장과 부녀회장, 자치회장, 노인회 등의 카르텔에 맞서 승리를 거둘 가능성은 그리 크지 않다. 그럼에도 불구하고 그는 "더러워야 잘 팔린다고" "그런 것만 찾는단디 으짤 것이냐"(p. 136)와 같은 어머니의 마지막 말을 통절하게 반추하며 그 가망 없는 '희망'을 놓지 못한다.

2. 멜랑콜리

성공학 강사와 전직 학원 강사에게 고착되어 있는 가망 없는 희망은 그러나 일정 부분 상이한 종류의 것이다. 전자의 그것이 그 자신의 미망과 자기기만을 반복하여 부각하는 계기가 되고 있다면, 후자는 다분히 아파트를 둘러싼 특정 카르텔의 잘못을 폭로하고 시정하려는 오기에 가까운 의분(義憤)에서 비롯된 것이다. 그러나 특히 상황이 풀리지 않을 때마다 '유통기한이 지난 삼각김밥 이론'이나 허리 통증과 같은 증상이 따라붙고 있다는 점에서만큼은 기묘한 공통점이 나타나고 있다. 무엇보다도 그 가망 없는 희망 배후에는 바로 '성공의 법칙'이라든가 아파트 입주자의 권리, 계약이나 원칙 등에 대한 믿음이 자리해 있다. 그것은 단순히 '다 잘될 거야'라는 식의 관념적인 낙관이나 사회적 정의의 실현을 희구하는 의지 차원에 그치는 것이 아니다. 오히려 외적 세계가 특정한 상식이나 도덕과 합치하는 순리대로 운

행되어갈 것이라는 사필귀정(事必歸正)의 당위성에 관한 이상
자체에 구애되고 있는 것이다. 물론 그러한 믿음은 무수한 배반
에 직면한다. 성공학 강사도, 전직 학원 강사도 스스로가 세계
와 불화하고 있다는 사실을 모르지는 않는다. 오히려 세상은 그
렇고 그런 것이라는 이치를 부득불 수긍해야 할 상황 앞에서 공
연히 주저하는 것처럼 보인다. 다만 그럴 때마다 법칙에 구애되
거나 통증에 시달리는 등의 구체적인 증상이 나타나고 있다는
점이 특별하다. 즉 외부와 마찰을 빚거나, 내면의 드라마를 경
유하거나, 정신적인 스트레스에 시달리는 선에서 그치지 않는
것이다. 오히려 스스로가 믿고 싶어 하는 당위에 적대적인 상황
이 조성될 때마다 그들 자신의 심신에 고착되어 있는 무엇이 강
박적으로 외화(外化)되고 있다고 해도 좋다.

「등」의 화자 역시 '등'에 고착되어 있는 인물이다. 동시에 '아
름다움'에 대해서도 연연하고 있다. 본래 미대 출신의 건축가인
그가 후자에 집착하는 것은 당연한 일일지 모른다. 그러나 그에
게 있어서 '미(美)'란 전적으로 상실된 가치로서 동경된다. 그가
거쳐온 직장인으로서의 이력이나 삶의 관성, 그리고 그것이 축
적되어 형성된 환경과 조건이 미에 대한 추구를 전적으로 무망
한 것으로 만든다. 현실적으로 건축가로서 아름다움에 관한 자
신의 소신을 주장하거나 관철시키는 것은 불가능에 가깝다. 또
한 대학 선배의 입장으로 담당하게 된 특강에서조차 학생들이
질문하는 것은 입사에 필요한 요건과 연봉, 회사의 주가 따위다.

거짓말과 공치사, 미사여구와 같은 내용 없는 수사(修辭)만이 한없이 증식해가는 현실 속에서 미로 대변되는 (사실 그것에 인접해 있다고 해야 할) 소위 삶의 진실한 의미나 가치 따위는 한낱 무용한 것에 지나지 않는다. 그러므로 그가 새삼스럽게 아름다움을 동경하는 근본적인 이유는 그것이 외장(外裝)으로만 소진될 뿐 세계에 부재하기 때문이다.

공교롭게도 '등'은 그가 미에 접근하지 못하게 하는 장벽을 의식할 때 현현한다. 그가 보고 싶어 하는 미나 사람의 진면목 같은 것은 모두 그 너머에 있다. 단지 있다는 사실을 간접적으로 짐작할 수 있을 뿐 직면하는 것은 불가능하다. 모든 이는 서로의 등을 바라볼 수밖에 없는 완강한 조건하에 있다. 그 자신 또한 스스로가 추구하는 일체의 가치에 등을 돌리지 않을 수 없었으며 지금껏 그렇게 살아왔다. 하지만 바로 그 '등'이라는 장벽에 의한 접근 불가능성 자체가 역설적으로 가치는 분명히 존재한다는 진실을 환기한다. 즉 '등'이 시사하는 거리와 차단이야말로 미를 포함한 일체의 진실한 가치를 (언제나 간접적으로나마) 낯선 것으로 포착할 수 있도록 하는 불가결한 조건에 해당한다. 그러므로 서로의 등을 바라볼 수 있다는 것 자체가 소중한 의미를 갖는 것이다. 실제로 그의 부모가 각각 가족에 관한 자신만의 '아름다움'의 진실을 운위할 때마다 그들의 등이 시야에 들어온다. 여직원은 사실상 그의 등을 두드려주며, 그는 여직원의 등을 보면서 인사를 건네는 듯한 기분에 사로잡힌다. 낚시를 떠난 그의 동기들은 저마다 약을 삼키면서 호기롭게 "아름답다, 아름다워"(p. 96)라고 얘기하지만 정작 그들의 뒷모습은 외로워 보인다. 무엇보다도 그의 아이의 코에 구슬이 들어가 아비규환이 된 상황에서 미모로 인해 신산스러운 일생을 살아온 누이가 침착하게 구슬을 빼내는 뒷모습은 "예전처럼 환하게 빛나고 있었다"(p. 107)라고 말할 수 있을 정도로 아름답다. 「등」의 모두는 현실의 세파 속에서 서로의 등을 지극히 안쓰럽게 응시하고 있는 존재들인 것은 틀림없다. 비록 자신의 등을 볼 수는 없지만 그렇게 각양각색의 등 이면에 존재하는 상대방의 아름다움을 미루어 짐작하고, 때로는 서로의 등을 두드려주며 살아가는 개인 아닌 개인들인 것이다.[1]

그러므로 이 소설에서 '등'이란 사실상 타자가 간직하고 있는 아름다움이나 진실의 주형(鑄型)에 해당한다. 그것은 화자가 자신의 등을 보거나 두드릴 수 없다는 것, 즉 자신 내부의 아름다움에 접근한다는 것이 영구히 불가능하다는 진실을 부단히 환기한다. 하지만 또한 오로지 가족을 포함한 타자의 아름다움을 포착하거나 그것에 대해 말하는 것만큼은 가능하다는 것을 역설적으로 확인시킨다. 그것은 제약인 동시에 해방의 가능성이다. 아

---

1) 한편 천운영 소설에도 이와 유사한 '등'의 형상이 나타난다. 차미령, 「그로테스크 멜랑콜리, 상실에 대응하는 한 가지 방식—천운영의 소설 세계」, 2005년 『서울신문』 신춘문예 참조.

니, 유년 시절 빵공장에 대한 회상을 통해 적나라하게 드러나는 것처럼 대상의 아름다움이란 오히려 거리를 두지 않는다면 포착될 수 없는 것일지도 모른다. 그리고 등으로 비유되는 장벽은 그러한 거리를 확보하도록 하는 데 필수불가결한 것이다. 그것은 널리 알려진 바와 같이 본래 아름다움이란 거리두기를 통해 감각될 수 있다는 미학의 상식을 단적으로 연상시킨다. 그러나 이와 같은 '등'의 알레고리적 의미는 또한 미적 거리aesthetic distance의 불가결한 전제 중 하나인 사심 없음disinterestedness의 태도와도 연루된다. 그것은 미적 판단이 일체의 현실적 이해관계로부터 괴리된 몰아(沒我)와 객관의 불편부당한 위치에 입각할 때 비로소 가능해진다. 그렇다면 '등'과 같은 거리와 장벽이 미의 포착을 위해 필수적인 조건으로 자각되는 바로 그 순간, 화자는 어떤 의미에서 현실로부터 스스로를 소외시키고 있는 것은 아닐까. 그가 타자의 '등' 너머, 아름다움을 포착한다는 것은 자신의 이해관계 및 일체의 거짓말과 공치사가 횡행하는 현실을 등지려고 하는 극적인 순간과 관계된다. 스스로에게 매몰되어 있다면 그러니까 거리를 통한 객관화가 이루어지지 않는다면 그것은 불가능하다. 즉 그는 자신에게서 등을 돌릴 때 비로소 타자의 아름다움과 진실을 확인한다는 구원을 한순간이나마 성취할 수 있다. 그것은 또한 아버지와 마찬가지로, 그가 사실상 현실과 생활의 짐을 지고 있는 스스로의 등을 보거나 두드릴 수 없다는 사실과 배리(背離)적으로 작용한다. 분명 한편으로 그것은

그와 그 자신을 둘러싼 삶의 조건을 확인하거나 위무하지 못하
도록 하는 제약이다. 하지만 동시에 어떤 의미에서 허위와 자기
기만에 물든 자신의 세속적인 삶을 기꺼이 등지거나 외면하는
것 또한 가능케 한다. 그리고 바로 이 순간 그는 내향(內向)한
다. 즉 타자의 등 너머에 있는 아름다움을 보기 위해 입지하지
않을 수 없었던 객관과 몰아의 위치가 그를 세속의 구체적인 조
건으로부터 유리시키는 가운데 역설적으로 미(와 진실)를 포착
하기 위한 자기 내부의 주관성에만 몰입할 수 있도록 해준다. 타
자의 아름다움과 진실이란 이러한 내향의 결과로 볼 수 있게 되
는 것이다. 그러므로 아름다움(이나 진실)은 원래부터 거기에
존재했던 것이 아니다. 오히려 자신을 둘러싸고 있는 일체의 현
실적 조건에 대해 등지는 것, 즉 거리를 확보할 수 있는 주관이
라는 중심으로 내향하는 원근법적 전도에 입각한 내적 인간
inner man으로서의 자각[2]에 의해 새롭게 낯선 것으로 발견되는
것이다. 그의 구원은 이와 같은 내향의 결과로 이루어질 수 있
다.

미학주의aestheticism에 기초한 내향적 인간의 각성이라는 해
묵은 주제를 가지고 김종은의 소설을 운위하려는 것이 아니다.
물론 「등」에서의 세속의 '거짓말' 일체에 가려진 것처럼 보였던
외재하는 미(와 진실)란 「부디 성공합시다」의 성공을 위한 '유통

---

2) 가라타니 고진, 「풍경의 발견」, 『일본 근대문학의 기원』, 박유하 옮김, 도서출판
  b, 2010, pp. 40~42.

기한이 지난 삼각김밥 이론'이라든가 「버틸 수 있겠어?」에서 사 필귀정의 순리에 대한 믿음과 유사한 성질의 것이다. 앞서 언급 했다시피 그것은 개인을 기망하는 일종의 거짓말이며 허상이다. 문제는 이 소설의 주인공들이 그 무의미함을 어느 정도 간파하 거나 예감하고 있으면서도 그것에 기꺼이 구애되지 않을 수 없 다는 것이다. 다만 그들은 종국에 이러한 부질없는 고착으로부 터 어떻게든 가까스로 벗어나고자 하는 일종의 각성에 도달한 다. 외부의 미란 원래부터 존재하지 않았으며 오히려 나를 포함 한 모두의 웅크린 등 안에 내재하는 것이라는 각성(「등」), 성공 의 법칙과 같은 것이 실은 자기기만의 빌미 외에는 아무것도 아 니며 생활의 구체적인 조건을 직시하는 것이야말로 중요하다는 사실(「부디 성공합시다」), 삶은 사필귀정의 순리에 의해 좌우되 는 것이 아니라 본래 더러운 것으로 뒤범벅되어 있으므로 그것 을 버텨야 한다는 진실(「버틸 수 있겠어」). 즉 그들 모두가 이와 같은 자기기만의 대상으로부터 자유로워지는 순간이 이들 소설 의 결말이 되고 있다. 그러나 미나 성공의 법칙, 사필귀정의 순 리 등이 허망한 것으로 한순간에 폐기되는 것처럼 보이지는 않 는다. 오히려 이들 소설에서는 사실상 본래 자기 것이 아니었던 대상이 전치displacement된 특정 사물이나 기표에 계속해서 연 연하지 않을 수 없는 우여곡절에 관한 이야기가 상당한 비중을 차지하고 있는 것처럼 보인다. 그것은 이러한 개인들이 소위 진 정한 자기를 발견하거나 새롭게 구성하는 것이 가능하다는 믿음

이 형성되는 특별한 각성의 순간을 예비하는 데 중요하게 기여
한다. 이미 상실된 가치에 대한 지속적인 구애(求愛/拘礙)가 이
들 소설의 주인공이 각성하게 되는 진실한 자기 구성의 계기로
전도되고 있는 것이다. 상실된 대상에 대한 애착을 부단히 유지
하려 한 끝에 마침내 자기와 동일시하는 것, 즉 자기를 구성하는
준거로 삼게 되는 이러한 도착이 다분히 멜랑콜리melancholia적
이라는 것은 말할 필요도 없다.[3]

3. 리얼리즘의 리얼리즘

실제로 「지구본」에는 우울증 진단을 받은 주인공이 등장한다.
그리고 그가 "내가 멜랑콜리하대요. 의사 선생님이"(p. 165)라
고 명시적으로 선언하는 순간은 지극히 의미심장하다. 그것은
그가 이제껏 구애(拘礙)되어왔던 지윤의 "난 기뻐요"(p. 140)
라는 표정을 되찾은 바로 그 순간에 언명된다. 그러나 그것은 그
가 주유소 사장의 아들임을 뒤늦게 알아차린 후에 다시 보여주
는 허위의 표정에 불과하며 본래부터 그의 것이 아니라는 자각
이 선행한 후의 일이다. 오히려 사장이 "셔츠에 달라붙은 얼룩
쯤으로 여기는"(p. 164) 그 내부의 멜랑콜리한 어둠이 극적으로

---

3) 지그문트 프로이트, 「슬픔과 우울증」, 『정신분석학의 근본 개념』, 윤희기 옮김,
   열린책들, 2006.

외화된다. 토성의 황량하고 추운 풍경을 닮은 주유소나 소설가가 이야기하는 '점'의 '검은색' 같은 것들로 말이다. 그에게 대상의 상실은 주유소 일대의 풍경을 마치 말레비치의 「검은 정사각형」이 환기하는 "회화 자체의 실천 내부로부터 회화에 의해 창조되는 최초의 "내용" 또는 대상으로 간주될 수 있을 어떤 형태" 즉 "대상으로서의 회화—표면"[4]과 같은 영도(零度)의 상태로 환원하는 계기가 된다고 해도 좋다. 그 검은 점 가운데 하나인 지구가 "이렇게 황량"하고 "진짜 재미없을 것 같"으며 또한 "구려요"(p. 166 ~ 67)라는 말에 내포되어 있는 자각은 바로 멜랑콜리의 암흑이 외화된 결과다. 그리고 이로 인해 그를 둘러싼 세계가 재편되는 것처럼 보이는 것은 「등」의 경우와 일정 부분 유사하다. 자신의 암흑으로 내향한 결과 세계가 낯선 의미를 갖고 달리 보이게 되는 것이다. 실제로 주인공은 그녀에게 핸드백 값을 청구하고 그 돈을 '거북이'에게 줄 것이며 아버지인 사장에게 바위만큼은 건드리지 말라고 엄포를 놓겠다고 다짐하는 등 생각만으로 뭔가 바뀌고 있는 듯한 기분에 사로잡힌다. 말할 것도 없이 이것은 그에게 있어서 이제까지의 무기력에서 벗어날 수 있을지도 모를 중대한 변화를 예고한다. 그럼에도 불구하고 그는 다시금 "그녀가 그랬던 것처럼 표정을 속여보고 싶"(p. 167)은 욕망에 포획된다. 그것이 가능할 것도 같은 기분이 드는

---

4) 알렌카 주판치치, 『정오의 그림자』, 조창호 옮김, 도서출판b, 2005, p. 14.

것은 바로 여기가 (검은) 지구이기 때문이다.

　이에 반해 실상 「등」과 많은 부분을 공유하고 있는 소설인 「줄넘기」의 주인공은 자신을 둘러싼 다수의 허황된 언사(言辭)에 관한 위화감에 좀더 자의식적으로 구애되고 있는 인물임에 틀림없다. 그는 본래 화가를 꿈꾸었으나 예정에 없던 아내의 임신과 결혼으로 광고 회사에 취업하지 않을 수 없었다. 「등」의 주인공과 유사하게 그 역시 자신과 자신의 회사가 제작하는 리플릿의 허황된 수사와 광고주의 주문에 기대 스스로를 속이는 일에 점차 익숙해졌던 전력이 있다. 아울러 청운의 꿈과 맞바꾼 통장의 잔고가 그와 가족을 지켜줄 것이라는 믿음에 안도하면서 자족했던 적도 있다. 그러나 수중의 현금이 부족해 아들 진영을 화교 유치원에 입학시키려는 시도가 좌절된 후 더욱더 타자의 욕망에 구애된 나머지 아이의 교육에 집착하고 주식 투자에 혈안이 된 아내의 변모는 그에게 있어서 의미심장한 전환의 계기가 된다. 과거 어머니가 계와 사채를 이용해 쉽게 돈을 벌게 되자 집에 들어앉은 아버지처럼, 그 역시 주식으로 막대한 수익을 거둔 아내의 권유로 다시금 그림을 그리기 위해 직장을 그만두게 된다. 그리고 그 결과 집에 들어앉은 이후 도무지 속내를 짐작하기 어려웠던 아버지와 마찬가지로 내향한다. 그는 주위의 시선 내지는 타자의 욕망을 맹목적으로 추수하면서 그것을 합리화하는 수사와 기표를 자신의 신조로 삼는 데 여념 없는 아내의 모습에서 과거의 자신(과 어머니의 모습)을 보고 성찰한다. 「줄넘기」는 이러한 계기로 말미암아 (과거 자신 또한 몰입해 있던, 타인의 욕망을 좇을 것을 촉구하는) 세속의 허상에 대해 자의 반 타의 반 거리를 두고 낯선 것으로 바라보게 된 한 개인의 성찰적 내면에 관한 이야기다. 그 결과 그는 더 이상 허황된 경구에 속지 않고 또한 스스로도 그러한 거짓말을 하지 않기 위해 아버지의 선택을 유사하게 답습한다. 진영의 질문에 대해 모르는 것은 모른다고 솔직하게 대답하는 대신, 세속적 허상에 현혹되었던 자신에 대한 부끄러움을 간직한 채 그러한 현실과 조건을 견디기로 다짐하는 것이다. 그러기 위해 그는 아들을 학원에 맡기지 않고 함께 줄넘기를 하는 것이다. 줄넘기야말로 그가 모든 것을 견디기 위한 구체성을 담보한 실체substance다. 즉 세속의 모든 허황된 수사에 현혹되는 대신 아들과 함께 아무 말 없이 눈앞의 줄을 계속해서 넘는 것이다.

「상상과 거짓말」은 그러한 관리자와 대변인, 책임자 등이 내세우는 공식적인 거짓말에 의해 담당 실무자의 실제 속내에 관한 발언이 포위된 형국의 콩트다. 그리고 "상상"은 실무자의 발언을 허구적인 것으로 지칭하는 역설적인 명칭이지만, 공식적인 차원에서는 "개인적 발언"으로 부정되고 있다시피 그것이 전적으로 사적 영역, 내면적 작용에 귀속되는 것이라는 의미도 된다. 그리고 각자의 경합하는 이야기들 사이에서 그 "상상"으로 규정된 개인의 발언이 외려 진실성을 담보하고 있는 것처럼 보이는 것은 그것이 내면의 투명성을 보장하는 솔직함의 언사(言辭)를

취하고 있기 때문이다. 그리고 이 한 개인의 발언이 그것을 둘러싸고 압살하고자 하는 공식적인 표현들을 허위의 기만적인 것으로 무력화한다. 「가면」은 아예 타인이 쓰고 있는 가면을 보고 또 벗기는 특별한 능력을 전수받게 된 소년의 이야기다. 이미 전부터 빨갱이라고 손가락질당했던 아버지의 존재를 '원숭이'의 형상에 전치시키고 있었으며 불우한 환경으로 말미암아 그 자신의 고립에 침잠해 있었던 그는 소녀에 의해 가면이 벗겨지는 불가사의한 체험을 하게 된다. 그리고 그 직후부터 세계는 전적으로 다른 의미를 가진 것으로 일변한다. 즉 모든 이들이 건축이나 경쟁 논리, 욕망 모방의 무한 연쇄와 같은 무의미한 것들에 맹목적으로 매달리고 있는 것처럼 보인다. 이러한 세태에 대해 의문을 품게 된 소년은 지극히 당연하게도 세속과 불화하며 소외를 자청한다. 뿐만 아니라 소년에 의해 가면이 벗겨진 이들 또한 이와 유사한 세상의 진실을 깨닫고 자살해버리거나 세상으로부터 스스로를 격리한다. 소년은 세속적 논리의 무상(無常)함을 누구보다도 먼저 각성한 선지자와도 같은 인물임을 자임하지만 동시에 바로 그 능력으로 말미암아 세계로부터의 고립 또한 자초한다. 뿐만 아니라 종국에 가면을 벗는다는 것의 의미조차 그리 특별한 일이 아님을 깨닫게 된다. 그럼에도 불구하고 죽음을 맞이하는 순간 소년은 스스로의 소외를 초래한 원형적 체험, 꿈의 한 장면으로 소급하게 된다. 달라진 것은 아버지로 짐작되는 남자와 비로소 대면하게 된다는 것뿐이다. 가면의 착탈(着脫)과 관런된 소년의 모험은 결국 그 자신의 내향을 초래한 원점으로 회귀하는 여정이라고 해도 실로 과언이 아닌 것이다.

그러므로『부디 성공합시다』에 수록된 단편들 대부분은 결국 내향의 순간, 기존과는 완전히 다른 형상으로 낯설게 재편된 외적 세계에 직면하게 된 개인들에 관한 이야기다. 이 과정에서 한결같이 지양되는 것은 '거짓말'로 대표되는 현실의 세속적 논리이며 그 자리에 대신 들어서는 것은 주관이라는 중심이다. 그리고 바로 이 내향에 의해 새로운 가치가 포착된다. 그것을 지칭하는 명시적 이름이 아름다움이나 진실, 삶의 바람직한 의미 등 무엇이 된다고 해도 관계없다. 중요한 것은 이러한 내향을 전후하여 세계도, 개인도 완전히 다른 의미를 갖게 된다는 점에 있다. 이러한 전도에 의한 낯설게하기에 기초한 형식이 바로 리얼리즘이다. 가라타니에 따르면 주관(이성)의 무한성에 근거를 두고 있는 숭고가 오히려 대상 쪽에서 발견된다고 하는 전도에 의해 풍경의 묘사가 가능해지며 "그것이 리얼리즘으로 불린다."[5] 물론 이러한 전회가 곧바로 현실 세계의 변혁으로 이어지는 것은 아니다. 김종은 소설 전체를 통틀어 우리가 살고 있는 현실 세계에 대한 날카로운 비판의식이 관철되고 있으며 바람직한 사회에 관한 비전 또한 조심스럽게 드러나고 있다는 사실을 부정하기는 어렵다. 그러나 그 비전은 결코 낙관적이지 않다.『부디 성공합

---

5) 가라타니 고진, 같은 책, p. 40~42.

시다』에 수록된 단편들에서 두드러지는 것은 세속의 거짓말에
의해 스스로를 기만하기에 여념이 없는 개인들이며 그들이 그렇
게 할 수밖에 없도록 완강하게 작동하는 기성 세계의 질서다. 그
들의 내향에 의한 전도는 단지 이러한 거짓말의 세계에 현혹되
지 않고 자의식적으로 거리를 두는 것 정도를 가능하게 할 뿐이
다. 또한 주관에 의해 새롭게 개편된 주위의 대상에 대해 본래
자기 것이 아니었던 거짓말이나 허상, 타자의 욕망 모방이라는
매개 없이 즉(即)하는 것이 가능하다는 믿음을 형성할 따름이
다. 때로는 심지어 내성의 외화로 주변의 모든 것을 원래의 물질
적 표면 자체로 환원하기까지 한다. 실제로 누이와 같은 개별적
등(「등」), 아들을 위해 연습해야 하는 줄넘기(「줄넘기」), 어머
니가 보내준 흙 묻은 고구마와 허리의 통증(「버틸 수 있겠어」)
같은 것들이 그들로 하여금 세상의 거짓말에 현혹되거나 또는
회피하지 않고 직면하도록 해야 할 대상으로 발견되고 있다. 거
기에는 그들 각자가 애초부터 구애되어온 상실된 대상들 또한
뒤섞여 있다. 그리고 어떤 추상이나 이념의 매개를 거치지 않고
대상에 즉하는 것이란 소위 객관적 현실의 감각적 재현이라는
리얼리즘의 오래된 정의이자 불가능한 이상과 상통하는 것이라
고 해도 크게 틀리지 않는다.

「부디 성공합시다」의 결말은 이렇다. '유통기한이 지난 삼각김
밥 이론'이 환기하는 성공의 법칙이라는 추상적 원리, 인간을 우
주와 등치시키는 관념적 상상력에 구애되어 눈앞의 현실과 청중

의 존재를 받아들이지 못하던 형준은 사람들과 함께 '뽈'을 차고 "탕…… 탕…… 탕…… 탕……" 축구공같이 알 수 없는 방향으로 튀는 말을 주고 받으며 막걸리가 담긴 대접을 들고 "짠!"하며 건배한다. 어떤 다른 뉘앙스로 환원되기 어려운 이 의성어의 구체성(과 청중 개개인의 개별성)에 직면한 후 그는 서울로 돌아오면서 마빈 게이의 음악을 "짠 짠짠 짠 짠짠 짠 짠짠"이라는 리듬으로 환원한다. 그리고 "아내에게서 다마스 열쇠를 낚아챌 요량이었다"(p. 39)에서 알 수 있는 것처럼 이제 성공학 강사로서의 뜬구름 잡는 삶을 그만두고 아내의 권유대로 그녀가 운영하는 꽃가게를 돕기로 한다. 그를 둘러싼 구체적 삶의 조건에 직면하는 것이야말로 형준의 최종적인 결단이다. 내향이라는 전회에 의한 세계의 재편(리얼리즘)을 통해 삶의 구체성에 (감각적으로) 즉하는 것(리얼리즘), 이것이 『부디 성공합시다』의 '리얼리즘의 리얼리즘'이라고 할 수 있을 것이다.

나이가 쌓였다.

폼 나게 살고 싶었다. 고교 시절에 체육 선생보다 몸도 좋고 운동도 잘했던 물리 선생이 있었다. 물론 물리 쪽에도 더할 나위 없이 훤했다. 그래서 그를 강인한 육체에 과학적 사고까지 겸비한 인간의 완전체쯤으로 여기고 반짝이는 눈으로 우러러봤던 시절, 잊고 있었던, 폼 나게 살자고 마음먹었던, 그 시절이 가을처럼 다가온 것이었다.

스포츠의 팔 할은 폼이야.

완전체의 교시를 철썩같이 믿지 않을 수 없었고, 그래서 폼 잡는 데 있는 힘 다하느라,

누가 뭐래도,

그렇게 살았고,

돌아봤더니,

속절없이 쌓인 나이만 보이는 그래서 조금 외로운 그런 가을과 눈이 맞은 것이었다.

안녕, 하고 인사하지 못했다. 뭘까, 싶어 고개를 숙였다.

바뀌보려 했었다. 바뀌는 쪽보다 바꾸는 쪽이 누가 뭐래도 폼 나니까.

바꾸는 것과 바뀌는 것 사이, 그 힘에 대해 생각하다 보니, 정수리에 머리카락이 비고, 귀 옆으로 흰 머리칼이 생긴 줄도 몰랐다. 무성하게 푸른 나뭇잎을 단 한여름 나무 같던 시절이 이미 끝났는데 바꾸기는커녕 바뀌지도 못해 외로움이 남은 것이었다.

돌이켜 보니, 생각만 했고, 문득 아이 하나 낳은 것 말고 한 일이 없다는 것도 깨달았는데, 아뿔싸, 그것도 아내가 낳았지 내가 한 일은 없다.

이것 참.

돌다 보면 제자리인 시계가 이제는 완전체처럼 보인다. 돌고 돌아 거기서 거기, 시작하면 어느덧 끝이다. 뭐가 뭔지 알 수도 없을 만큼 세상이 변하는 것 같지만, 수첩이 컴퓨터고, 편지가 스마트폰이고, 아버지는 아들이고. 뭐 그렇게. 내 고교 시절의 물리 선생보다 열 배는 더 공부했을 아이들이 쪼그려 앉아 대자보를 쓰는 이 시절이 그래서 많이 아프지 않다. 그것도 꽤 멋진 폼이다. 박수 치고 싶다. 바뀌는 것도 나쁘지 않다.

지금은 기억뿐인 아버지와 대책 없이 아버지가 되어버린 나와 언젠가 아버지가 될 가여운 아들까지, 우린 다 가을이었고, 가을이고, 가을이 될 테니까. 돌고 돌고 돌아 제자리로 왔다면 그것도 성공 아닌가. 가을이 뭐라고 외롭나, 그래, 바람은 더 불겠지, 더 추워지겠지, 그래도 견디다 보면 어디에선가 또 푸른 잎이 돋겠지.

글 쓰는 게 뭐라고, 철부지 소년처럼 어디든 겅중겅중 뛰어다니기만 한 시절을 나도 마무리해볼까 한다. 견디고 있는, 곧 푸른 잎이 될 이들에게 '포스가 함께하길' 빌어줄 수는 있겠다.

돌고 돌아 거기서 거기인 글을 담아준 문학과지성사에 고맙다. 언제고 이 마음을 돌려줄 수 있길 바란다. 보답이야말로 진짜 폼나는 거니까.

2014년
김종은

264

수록 작품 발표 지면

부디 성공합시다 『창작과 비평』 2007년 여름호

줄넘기 〈문장 웹진〉 2008년 10월호

등 『문학사상』 2009년 3월호

버틸 수 있겠어? 『문학사상』 2011년 9월호

지구본 『세계의 문학』 2007년 봄호

상상과 거짓말 미발표

살구 『현대문학』 2011년 3월호

가면 『문학수첩』 2009년 봄호